DUBACH IM ABSEITS –
MORD IM STADE DE SUISSE

NORBERT HOCHREUTENER
HEINZ RAMSTEIN

DUBACH IM ABSEITS

MORD IM STADE DE SUISSE

Weltbild

Alle in diesem Buch beschriebenen Personen und Vorkommnisse sind frei erfunden. Ähnlichkeiten mit lebenden Personen und Institutionen wären nicht beabsichtigt und sind rein zufällig.

Weltbild Buchverlag
– Originalausgaben –
© 2007 Weltbild Verlag
Baslerstrasse 47, CH-4609 Olten
Alle Rechte vorbehalten

Umschlag: Johannes Frick, Augsburg
Umschlagabbildungen: © plainpicture/Deepol und plainpicture/LP

Das Werk ist urheberrechtlich geschützt. Jede Verwendung ausserhalb der engen Grenzen des Urheberrechts ist ohne Zustimmung des Verlages unzulässig und strafbar. Dies gilt insbesondere für Vervielfältigungen, Übersetzungen, Mikroverfilmungen und die Einspeicherung und Verarbeitung in elektronischen Systemen.

Besuchen Sie uns im Internet: www.weltbild.ch

ISBN 978-3-03812-235-7

2008   2007

Die letzte Jahreszahl gibt die aktuelle Ausgabe an.

1

Ich bin kein Erfolgsmensch. Das ist weder verfrühte Resignation noch falsche Bescheidenheit, sondern simple Einsicht eines 47-Jährigen, der frei nach Daphne du Maurier in den für die Karriere massgebenden Jahren zu wenig Menschlichkeit abbauen konnte, um wirklich erfolgreich zu sein.

In letzter Zeit hatte ich zudem leicht zugenommen, sodass mich meine Freundinnen gelegentlich als vollschlank bezeichnen durften. Was mir einerseits recht egal war, aber andererseits doch meine neuen Grenzen als Single beim gesellschaftlichen Beziehungsspiel der Geschlechter aufzeigte. Noch vor sechs bis sieben Jahren hatte mir mein Auftreten fast unbeschränkte Möglichkeiten bei der holden Weiblichkeit eröffnet, wobei natürlich auch mein Beruf als Reporter von Bern-1, dem zweitgrössten regionalen TV-Sender der schweizerischen Hauptstadt, eine nicht zu übersehende Rolle spielte. Dieser Beruf war mir geblieben, reichte aber nicht mehr aus für einen wirklich durchschlagenden, nachhaltigen Eindruck auf meine Umwelt, und ich wusste nur zu gut, dass meine nunmehr fast 15-jährige Anstellung als einfacher Berichterstatter überhaupt nicht den Erwartungen der modernen Erfolgsgesellschaft entsprach. Auch die beruflichen Zukunftsaussichten sahen nicht sehr rosig aus, denn Werner Ochsenbein, mein ungeliebter Chef, liess in unschöner Regelmässigkeit verlauten, ich hätte den Zenit meiner Karriere erreicht. Natürlich meistens aus lauter Neid über meine Scoops, die mir die Götter der Massenkommunikation gelegentlich schenkten.

Ochsenbein, Chefredaktor von Bern-1, war ebenfalls schon lange an seinem Posten und stand kurz vor der Pensionierung, führte eigentlich ein noch härteres berufliches Dasein als ich. Denn sein Verleger Max Huber, wir nennen ihn nur den Maxli, lebte seine humorlose Ader für morbide Spässe mit Untergebenen immer ungebändigter an ihm aus. Die Rundumschläge des Chefs in der Redaktion verstanden wir denn auch als Spontanreaktionen auf diese seelischen Strapazen. Dazu musste unser Chefredaktor dem ständigen Druck einer sich dramatisch verschärfenden Konkurrenzsituation zwischen den beiden Berner Lokalfernsehsendern standhalten, die mit allen Mitteln um jede noch so kleine Erhöhung der Einschaltquoten kämpften.

Heute kam mir die Ehre zu, an einem Gruppenspiel der Fussball-Europameisterschaft 2008 im Stade de Suisse, wie das altehrwürdige Berner Wankdorfstadion seit ein paar Jahren so schön und bescheiden heisst, teilzunehmen. Dies anstelle einer Gehaltserhöhung oder einer schon lange fälligen Ernennung zum Abteilungsleiter «News» beim Sender. Ochsenbein rief mich vor zwei Tagen zu sich und eröffnete mir, Verleger Huber sei sehr angetan gewesen von meiner letzten Reportage über Eskapaden des Stadtpräsidenten, die in Bern und Umgebung einigen Staub aufgewirbelt hatte. Maxli befand sich seit Jahren in innigem Streit mit dem quirligen Lokalpolitiker und war natürlich entzückt von meinen Enthüllungen. Ochsenbein wurde beauftragt, mich entsprechend zu belohnen. Um seinen Lohnetat zu schonen und seiner fehlenden Hochachtung für meine Person Genüge zu tun, übergab er mir feierlich die VIP-Eintrittskarte von Huber für das EM-Gruppenspiel mit der Bemerkung: «Das wird für Sie ein unvergessliches Erlebnis.»

Maxli verbrachte diesen Tag, es war ein Freitag und zudem der 13. Juni, wieder einmal bei einer Regatta auf dem Thunersee. Wenn er gewusst hätte, was er versäumte, würde er vielleicht auf den Pokal des Segelclubs Oberhofen verzichtet haben. Aber auch ich ahnte ja nicht, was mich im Stade de Suisse erwartete.

Das VIP-Sporttheater im Stade de Suisse begann um 18 Uhr. Mit dem obligaten Apero, gefolgt von einem Dinner in der Medienloge. Das Fussballmatch wurde erst um 20 Uhr 45 angepfiffen. Ich war zeitig im Stadion, um mich nach Bekannten umzusehen und mit Kollegen aus meiner Zeit als Sportreporter zu plaudern. Dank des VIP-Ausweises von Maxli durfte ich den Prominentenlift benutzen und wurde so in die oberste Ebene der Haupttribüne, den eigentlichen Olymp der Stadionwelt, gehoben. Eine Fee in roter Uniform begleitete mich, schleuste mich oben an zwei grimmigen Wachtleuten vorbei und übergab mich einer Kollegin in dezenter dunkelblauer Kleidung, die mich aufs Herzlichste willkommen hiess.

Da stand ich nun im langen Gang der VIP-Etage. Kollegen sah ich keine, und auch Bekannte gab es hier nicht. Nur unzählige Bedienstete und dazwischen einige wenige Prominente, die lautlos über den schweren Spannteppich zu ihren Logen schwebten. Ich sah mehrere Bankiers, Versicherungsbosse und Chefs von Pharmaunternehmen, aber auch hohe Politiker und Behördenvertreter. Viele waren mir aus PR-Artikeln in der Regenbogenpresse oder anderen gekauften Medienauftritten bekannt, die den absolut Abgehobenen eine gewisse Alltagsnähe wiederzugeben versuchten.

Ich löste mich von den Promis und schlurfte auf dem dunkelroten Teppich zur Loge drei. Sie war mit dem Logo des Medienkonzerns Limmat-Aare Medien AG versehen, der seit einiger Zeit in der Bundesstadt die Kommunikationsszene beherrschte. Nicht zuletzt dank eines gesunden finanziellen Rückhalts beim dominierenden Partner aus der Wirtschaftsmetropole Zürich. Zum Grosskonzern gehörte übrigens auch Bären-TV, unsere Konkurrenz im Berner Lokalfernsehen. Nur sehr klein stand an der Logentüre der Name unseres Senders, Bern-1.

Ich hatte in diesem Kreis eigentlich nichts zu suchen, zog also, wie es sich gehörte, den Kopf ein und begab mich in die Höhle des Löwen.

*

Die bereits anwesenden hohen Damen und Herren nahmen mein Erscheinen mit grösster Zurückhaltung zur Kenntnis. Mein wenig verehrter Chef, Ochsenbein, war natürlich auch schon da, und er beeilte sich, mich zu sich zu winken und gleichzeitig den Herumstehenden zu erklären, ich sei nur ausnahmsweise hier. Auf Weisung von Max Huber, der halt ab und zu solch generöse Einfälle habe. Er lächelte mich auf seine humorlose Art an, und ich konnte in seinen dunklen Augen gut erkennen, wie sehr er diese Demütigung genoss.

Damit war ich offiziell als Sozialfall abgestempelt, meine Rolle in diesem Kreis sauber definiert. Ich löste mich mit einem befreienden Schnauben aus Ochsenbeins Fängen und sah mich um. Ein Raum in Grün. Mit festlich gedeckten Tischen, einer pompösen Bar und Sitzgruppen aus feinstem Polsterleder in den Ecken. Dazu eine kleine Bibliothek für die paar wenigen echten Fussballfans.

Die Repräsentanten der Berner Medienwelt standen vor der Bartheke, hielten ein Glas Champagner in der Hand und übten sich im Small Talk. Natürlich alle in elegantem Strassenanzug mit Krawatte, wie es in der Einladung vorgeschrieben worden war. Mehrere Herren kannte ich nicht, und auch die wenigen anwesenden Damen hatte ich noch nie gesehen. Einer der Unbekannten bewegte sich auf mich zu und zupfte mich am Ärmel. Ein gross gewachsener, sonnengebräunter Mann in mittleren Jahren.

«Schön Sie hier zu sehen, Herr Dubach», er lächelte mir freundlich, fast beruhigend zu, «ich heisse Sie in unserer edlen Sportrunde willkommen.» Und nach einer kleinen Pause: «Ich habe Ihre Reportagen immer mit Interesse verfolgt. Eine

Bereicherung der Berner Medienszene. Obschon Ihre Chefs das offenbar nicht so richtig zu würdigen wissen.»

Er stellte sich vor als Alberto Marrani. Chef der neuen Zentralstelle für die Bekämpfung der Geldwäscherei in der Bundesverwaltung. Ich wusste aus Zeitungsberichten, dass der sehr gebildete, ledige Tessiner aus nobler Familie vor Kurzem recht unerwartet zu diesem 2007 neu geschaffenen Amt gekommen war. Der 48-jährige Jurist galt als kompetent und integer. Seine Patrizier-Familie war massgeblich an den grossen Zürcher Zeitungsverlagen beteiligt, und das erklärte wohl auch seine Anwesenheit in der Medienloge.

Wir plauderten eine Weile über Gott und die Welt, bis Marrani auf meine seinerzeitigen Reportagen im Fall Steiger zu sprechen kam und er wissen wollte, was eigentlich mit Olivia, der schönen Tochter des kriminellen Verlegers, geschehen sei. Das war nun aber genau das Thema, über das ich überhaupt nicht reden mochte. Marrani bemerkte meine Zurückhaltung sofort und machte mir den Gesprächsabbruch leicht, indem er auf den Grossfernseher in der Ecke der Loge wies.

Gerade hatte die Übertragung des stadioneigenen Fernsehprogramms begonnen – mit Hinweisen auf die Mannschaftsaufstellungen sowie einigen Interviews mit Prominenten. Und natürlich viel Werbung. Eine eingeblendete Ankündigung machte auf die Spielvorschau von Fernsehen DRS um 20 Uhr 15 im Rahmen des EM-Sportpanoramas aufmerksam, die von diesem Kanal übernommen würde.

Das Dinner war auf halb acht Uhr vorgesehen. So verblieb mir genug Zeit, den illustren Kreis in unserer Loge etwas näher zu betrachten und für einen kurzen Rundgang durch die anderen VIP-Räume. Ich musterte die Damen und Herren um mich. Am besten kannte ich Georg Wenger, den Verwaltungsratspräsidenten der Limmat-Aare Medien AG. Wir waren uns mehrmals begegnet, und ich erinnerte mich lebhaft an seine charmante Art, mich immer wieder nach meinem Namen zu fragen. Auch diesmal sah er mich erstaunt an, als ich mich ihm näherte: «Ich kenne Sie doch von irgendwo. Sind Sie nicht bei Bern-1, unserem lieben Konkurrenzsender, tätig?»

Bevor ich ihm das bestätigen konnte, hatte er sich schon umgedreht und ein Gespräch mit einem Nachbarn begonnen. Meine ausgestreckte Hand blieb unbeachtet in der Luft hängen. Der elegante, aber dennoch irgendwie grobschlächtig wirkende Prominente mit dem nach hinten gekämmten, sorgsam gewellten weissen Haar und der grossen, getönten Brille hatte mich gerade auf die Unschicklichkeit meines Annäherungsversuches hingewiesen. Es gelang mir mit knapper Not, die peinliche Situation vor Ochsenbein, der in der Nähe stand, zu verbergen. Er hätte sich zu sehr über die Zurückweisung gefreut, und ich gönnte ihm dieses Glückserlebnis nicht.

Ich rettete mich in den grossen Korridor hinter den Logen und wollte die Toilette aufsuchen. Auf dem roten Teppich herrschte ein Riesengedränge, denn die Botschafter der am Gruppenspiel beteiligten Mannschaften waren eingetroffen, samt Tross und eigenen Bewachungsmannschaften. Sie wurden von mehreren blau gekleideten Hostessen in die grosse Gästeloge geleitet, und ich musste mit dem Überqueren des Korridors warten, bis der seltsame Umzug vorbei war.

Im grossen Spiegel der Toilette musterte ich mich eingehend. Diese kritische Selbstanalyse des reflektierten Ebenbildes war mir in den vergangenen Jahren zur durchaus nicht immer lieben Gewohnheit geworden. Ich hatte auf diese Weise aber die Fähigkeit erworben, aus meinem Gesicht recht objektiv aktuelle Trends meiner Lebenssituation herauszulesen, auch kleinere Persönlichkeitsgewinne oder -verluste rasch zu erkennen – fast wie beim Börsenkurs einer Aktie. Heute sah ich nicht viel Neues. Die sich an den Schläfen merklich lichtenden dunkelblonden, kurz geschnittenen Haare mit den seitlichen weissen Strähnen und auch die mehr oder weniger attraktiven Stirnfalten schienen unverändert. Nur die Augen kamen mir müder als sonst vor. Vielleicht hatte Wenger gerade eben doch einen Teilerfolg erzielt.

In der Loge zurück, bemerkte ich Marrani in einer Ecksitzgruppe. Neben ihm sass ein massiger, sehr modisch gekleideter Mittvierziger mit kurz geschorenen Haaren und einer etwas zu grossen Brille, der sich intensiv seiner Begleiterin, einer jüngeren, überelegant gekleideten und stark geschminkten Dame widmete. Sie zeigte sich von seinen Bemühungen sehr flattiert, war aber offenbar noch mehr fasziniert von Marrani, den sie mit ergebenem, beinahe unterwürfigem Blick bewunderte.

Der noble Tessiner winkte mir zu und wies auf einen noch freien Sessel an seinem Tisch. «Darf ich Ihnen, Herr Dubach, Frau Keller und Herr Dr. Meierhans vorstellen.» Marrani grinste kollegial und zwinkerte mir zu: «Herr Charles Meierhans ist CEO der Sportvermarktungsfirma, der auch alle TV-Übertragungsrechte der EM 2008 gehören. Eine sehr wichtige Person also.» Er wandte sich dem Mittvierziger zu und scherzte: «Ausserdem überall bekannt als rassiger Porschefahrer und Harley-Besitzer. Und vor allem beneidet um seine junge, hübsche Lebensgefährtin Lydia.» Meierhans erhielt für diese Laudatio einen innigen Kuss seiner Begleiterin und verabschiedete sich bald, um, wie er sagte, Lydia-Schätzli seinen Neidern vorzuführen. Als wir allein waren, meinte Marrani: «Meierhans liess vor einigen Jahren seine Familie im Stich. Wahrscheinlich wegen dieser Lydia. Niemand mag das Paar so richtig.»

Und fügte bei: «Die hübsche Lydia wird aber kaum die neue Frau Meierhans werden. Der Charmeur scheut seit seiner Scheidung jede feste Bindung. Übrigens gehört auch die einstige Miss Schweiz, Benita Kobelt, zu seinen Eroberungen.»

Zwei Männer näherten sich unserer Sitzgruppe. Marrani raunte mir zu: «Es kommt leider nicht besser. Ich gehe auch diesen Herren wenn immer möglich aus dem Weg.» Er stellte mir Dr. Urs Keppler, Chefredaktor der Wirtschaftsnachrichten, und Stefan Sommer, Chefredaktor der Schweizer Woche, vor. Die beiden leitenden Journalisten waren mit Wenger befreundet und konnten im weitesten Sinne als Repräsentanten des Zürcher Medienkartells gelten, das sich vor einem Jahr die Berner Medien AG unter den Nagel gerissen hatte. Keppler, ein arroganter Mittfünfziger mit Glatze, sah sein führendes Wirtschaftsblatt als geistiges Bollwerk des Wirtschafts- und Finanzplatzes Schweiz. Sommer fühlte sich dagegen verantwortlich für alle modernen Trends in der Unterhaltungsbranche, hatte offensichtlich einen Hörfehler und sprach deswegen stets lauter als seine Umgebung. Zwei absolute Nervensägen.

Ich verabschiedete mich rasch von Marrani, überliess ihm noch so gerne die beiden Topjournalisten und machte mich auf den Weg zu den übrigen Logen der VIP-Etage. Auf der Aussentribüne waren nur wenige Leute zu sehen. Ich genoss für einige Augenblicke die relative Ruhe und vor allem die frische Luft, schlenderte den schmalen Durchgang des durchgehenden Logenbalkons entlang.

In der benachbarten Loge, sie gehörte dem regionalen Energieversorgungsunternehmen EBA, entdeckte ich den jovialen Bieler Stadtpräsidenten und Nationalrat Ernst Böckli von der Sozialen Arbeiterpartei, den ich schon einige Male interviewt hatte. Er löste sich aus einem Gespräch und holte mich in die Loge, stellte mich dem CEO der Energie Bern AG vor, einem imposanten Mann namens Paul Staudenmann. Mehrere herumstehende Herren kannte ich von meinen Berichterstattungen aus dem bernischen Grossen Rat. Es wurde rege über gerade anstehende Energiefragen diskutiert, die mich im Augenblick nur wenig interessierten. Mein Magen knurrte, und ich sah mich nach etwas Essbarem um. Der Aperotisch war reich gedeckt, auch mit leckeren Appetithäppchen. Gerade als ich so richtig zupacken wollte, ging ein Raunen durch den Raum, und alle Blicke richteten sich auf die Türe zum Korridor.

Hoher Besuch. Staudenmann bahnte sich resolut einen Weg durch die Menge und begrüsste mit überschwänglichen Worten Bundesrat Manuel Schmitter, den Energieminister. Schmitter war es offenbar gelungen, für kurze Zeit aus der Gästeloge zu entkommen, wo er die Botschafter und natürlich auch mehrere Ehrengäste aus den am Gruppenspiel beteiligten Ländern betreuen musste. Er liess sich vom CEO der EBA recht willig in eine Ecke führen, wo er zwar von Nationalrat Johannes «Housi» Dummermuth, einem Weinbauern vom Bielersee, ein Glas besten Weissweines kredenzt erhielt, gleichzeitig aber sofort mit energiepolitischen Fragen konfrontiert wurde. Er nahm es offenbar gelassen, denn er unterbrach die Fachdebatte immer wieder mit seinen trockenen Witzen, die in der Runde schallendes Gelächter auslösten. Da ich die meisten dieser lustigen Sprüche schon kannte, stahl ich unbemerkt noch ein paar feine Snacks und schlich mich aus der EBA-Loge auf die Aussentribüne. Ich wollte ein Auge in den danebenliegenden VIP-Raum mit den ausländischen Gästen und der Schweizer Topprominenz werfen.

Die grosse Gästeloge war überfüllt. Ich schätzte, dass sich mindestens fünfzig Personen um die beiden Botschafter scharten. Die meisten Leute hatte ich noch nie gesehen, aber einige Vertreterinnen und Vertreter der Schweizer Politprominenz waren mir bekannt. So der Berner Ständerat Roland Luegisland von der Schweizer Mittelstandspartei, die junge Nationalrätin Christine Merkel von der Liberalen Wirtschaftspartei und Nationalrat Lino Bartolini von der Christlichen Zentrumspartei, ein Mittfünfziger und fideler Kerl, der immer für ein Spässchen zu haben war. Nicht zu sehen war Klaus Immergrün, der wirblige Stadtpräsident; irgendwo in der Menge würde er aber sicher sein geliebtes Cüpli Champagner trinken. Ich entdeckte Edwin Niederberger, Präsident des nationalen Gewerbeverbandes, und viele Wirtschaftsvertreter, die offensichtlich das Gespräch mit den ausländischen Ehrengästen suchten. Nur von Bartolini und Immergrün wusste ich, dass sie sich für Fussball interessierten. Die anderen Damen und Herren akzeptierten das Gruppenspiel wahrscheinlich eher als Zugabe an einem interessanten Abend mit vielen Kontaktmöglichkeiten.

In der VIP-Masse der Gästeloge leuchtete kurz ein Lichtblick auf. Die Schauspielerin Andrea Unger, eine blonde, etwas üppige Schönheit, der man ihre etwa fünfundvierzig Jahre kaum ansah, hatte mich auf der Tribüne gesehen und winkte mir hineinzukommen. Ich schüttelte den Kopf und liess ihr durch die Scheibe einen gehauchten Kuss zukommen. Sie lächelte und widmete sich wieder ihrem Nachbarn, dem Präsidenten von FC Newstars United, Hanspeter Wurstler, dessen Schwäche für weibliche Reize allgemein bekannt war.

Es war zwanzig nach sieben, und ich musste bald zurück in die Medienloge für das Dinner. Ich hatte gerade noch Zeit für einen kurzen Blick in die Logen der Grossbank United Bank of Zurich und deren Konkurrentin Swiss Bank International. Es wimmelte auch hier von Prominenz aus Wirtschaft, Politik und Sport. Überall Champagner und dieselben feinen Häppchen.

Ich hatte langsam, aber sicher genug von diesem Rummel und verzichtete auf Einblicke in die Logen des Pharmariesens Rochartis, der Schweizer Telecom und des für den Stadionbau verantwortlichen Grossbauunternehmens Gutjahr. Eigentlich seltsam, dass sich auch auf diesem Olymp der halb und ganz abgehobenen VIPs der übliche, hier besonders raffiniert präsentierte, gesellschaftliche Einheitsbrei abzeichnete, der den hohen Damen und Herren auf die Dauer wohl ebenso langweilig schmeckte, wie den Normalbürgern unten ihre fade Alltagssuppe.

Wie dem auch sei. Meine Gedanken kreisten jetzt eindeutig ums Essen, und ich beeilte mich, am Dinner in der Medienloge teilzunehmen. Marrani hatte mir an einem Sechsertisch den Platz neben sich freigehalten, und wir stiessen bald auf den Gastgeber, die Limmat-Aare Medien AG, an. Ein Stuhl an unserem Tisch war noch unbesetzt, und Marrani erklärte mir, ich würde bald eine Überraschung erleben. Der Lärmpegel schwoll an, und auch aus den Nachbarlogen sowie von draussen waren immer lautere Geräusche zu hören. Die Zuschauertribünen füllten sich offenbar, und kurz vor acht Uhr explodierte sogar eine kleine Rakete. Der Sicherheitsdienst mit den rigorosen Eingangskontrollen schien also doch nicht ganz unfehlbar zu sein. Vielleicht waren aber auch nur Champagnerflaschen geöffnet worden in der Nachbarloge.

An unserem Tisch hatte auch Dr. Meierhans mit seiner übereleganten Begleiterin Platz genommen. Lydia kämpfte offensichtlich mit der Wirkung mehrerer Gläser Champagner und Wein, denn sie war bemerkenswert still geworden und kramte dauernd in ihrer Tasche. Etwa zehn Minuten nach acht Uhr stand Meierhans auf, um, wie er sagte, frische Luft auf der Aussentribüne zu schöpfen. Lydia blieb sitzen und verschwand nach einiger Zeit in Richtung Toiletten.

Die Speisenfolge entsprach dem noblen Ambiente. Marinierter Lachs, eine exzellente Fleischbrühe, ein Sorbet, Lammkarree mit auserlesener Gemüsekulisse, Halbgefrorenes. Dazu ein weisser Aigle mit dem Eidechsenlabel und ein Merlot Selezione d'Ottobre. Zum Espresso das Beste aus der Tessiner Grappa-Produktion. Ich schmatzte und vergass die Umgebung, bis um Viertel nach acht auf der Grossleinwand die Übertragung der Spielvorschau von DRS begann.

Wie immer lieferte Dani Carissimo den Startbeitrag für diese Sonderausgabe des Sportpanoramas, und er informierte die Zuschauer über das bevorstehende Gruppenspiel im Rahmen der EM 2008. Natürlich mit vielen Sprüchen und der sicheren Leichtigkeit des langjährigen Profis. Die Schaltung kam aus dem TV-Studio des Stade de Suisse in der Mitte der VIP-Etage. Carissimo stellte die Mannschaften vor, vertiefte sich in das Thema Fairness im Sport und bemerkte, die Problematik des sauberen Fussballspielens betreffe nicht nur die Kämpfe auf dem Rasen, sondern auch die gewaltige Organisation hinter den Spielen. Er werde am Ende der Sendung über ein ominöses Geschäft mit der Fussball-EM berichten.

Der Ordnungsdienst hatte offenbar seine Aufgaben immer noch nicht ganz gemacht, denn in der Nähe detonierte erneut ein Feuerwerkskörper, dessen Knall aber in der sehr lauten Ansage des Stadionsprechers unterging.

Ich trank gerade mit Genuss den Espresso und nippte an meinem hervorragenden Grappa, als Meierhans an unseren Tisch zurückkehrte und einen neuen Gast vorstellte. Es war die Überraschung, auf die mich Marrani vorbereitet hatte: Benita Kobelt, Ex-Miss-Schweiz, der nach ihrer Wahl eine beachtliche Karriere als Entertainerin und Trendmodegirl gelungen war. Da die beschwipste Lydia noch nicht von der Toilette zurückgekehrt war, nahm die etwa 30-jährige Benita wie selbstverständlich neben Meierhans Platz und zog sofort den ganzen Tisch in ihren Bann.

Um etwa 20.25 Uhr hatte Dani Carissimo in der Matchvorschau seine Pflichtinformationen samt dem üblichem persönlichen Kommentar über die beiden Teams durchgegeben. Er kramte etwas allzu ostentativ in den vor ihm liegenden Unterlagen, wahrscheinlich um die Spannung vor der angekündigten sensationellen Enthüllung zu erhöhen, rückte sich in Position und sagte: «Alles ist bereit zum grossen Sportevent. Doch gestatten Sie mir, meine Damen und Herren, dass ich Ihre Vorfreude noch ganz kurz störe und von einer betrüblichen Sache berichte, die mir vor Kurzem zu Ohren kam. Meine Recherchen haben aber bestätigt, dass ...»

An dieser Stelle erstarrte Carissimo. Er blickte entsetzt ins Objektiv der Kamera und versuchte, sich auf die Seite zu werfen. Zu spät. Ein Schuss fiel, und es war deutlich zu erkennen, wie der bekannte Fernsehmann getroffen wurde. Das Fernsehbild wechselte für einige Sekunden auf schwarz. Dann erschien das Signet «Wir bitten Sie, die technische Störung zu entschuldigen».

Stille in der Medienloge. Alle waren geschockt und realisierten nur langsam, was geschehen war. Die Benita und Meierhans lösten sich rasch aus der Erstarrung und rannten zur Tribünentüre, verschwanden in Richtung TV-Loge. Ochsenbein winkte mir energisch zu, und ich folgte ihm auf den Korridor, wo wir zwar den kürzesten Weg zum stadioneigenen Fernsehstudio einschlugen, aber trotzdem zu spät kamen, denn vor der verschlossenen Logentüre stauten sich bereits Menschenmassen.

Ochsenbein und ich folgten einigen stämmigen Männern des Sicherheitsdienstes, die sich durch die Menge drängten und die Türe aufbrachen, und waren so unter den Ersten, die ins Studio gelangten. Der Chef der Wachtleute befahl, den Raum sofort wieder zu räumen; dies galt auch für die über den offenen Tribüneneingang vor uns ins Studio eingedrungenen Benita Kobelt und Meierhans, die der Weisung folgten und verschwanden. Nur Ochsenbein und ich durften als Medienvertreter bleiben. Der Sicherheitschef schrie uns aber an: «Niemand berührt etwas. Und Sie bleiben beim Eingang stehen.»

Zwei Männer lagen am Boden. Neben dem Sendepult Dani Carissimo, hinter der Kamera ein unbekannter TV-Mitarbeiter. Beide blutüberströmt. Ein Wachtmann trippelte vorsichtig zu den beiden Körpern und fühlte an den Halsschlagadern, ob noch Puls vorhanden war. Offenbar nicht, denn er schüttelte den Kopf.

Bald darauf barsche Stimmen an der Türe. Die Polizei erschien. Allen voran Kommissär von Gunten, den ich aus früheren Reportagen gut kannte. Er war als Gast von Telecom Schweiz zum Spiel eingeladen worden und daher so rasch zur Stelle.

Paul von Gunten, ein imposanter Mann um die sechzig, ordnete als Erstes ein lückenloses Absperren der ohnehin vom übrigen Stadion abgeschotteten Logenetage mit eigener Küche und Serviceräumen an. Es gab nur drei Aufzüge, die pausenlos von Sicherheitsleuten kontrolliert worden waren, und zwei immer verschlossene oder bewachte Fluchttreppen zum Untergeschoss. Auch über die Tribüne konnte keiner entkommen: den Fünfmetersprung über die Brüstung auf die untere Etage, die Champions Lounge, hätte niemand unverletzt überstanden.

Ich stellte durch die getönten, von aussen undurchsichtigen Scheiben des TV-Studios fest, dass das Spiel trotz des schrecklichen Vorfalls bereits angepfiffen worden war: «The show must go on.» Wahrscheinlich stand zu viel Geld auf dem Spiel, als dass man wegen zwei toten Leuten auf das Sportspektakel hätte verzichten dürfen. Auch die Verpflichtungen gegenüber Eurovision wurden eingehalten, denn ich sah den Kameramann auf der Tribüne der Logenetage in voller Aktion. Selbst die prominenten Gäste der VIP-Logen hatten sich offenbar vom Schrecken erholt und verfolgten draussen auf ihren bequemen Sitzen aufgeregt das Spiel, ständig durch viele Helfer versorgt mit Drinks und Snacks.

Der Kommissär duldete uns als stille Zuschauer. Wir hörten, wie der genaue Zeitpunkt der Morde festgelegt wurde: 20.26 Uhr, am Schluss der Spielvorschau von Carissimo. Als die Leute von der Spurensicherung eintrafen und die Leiche des Technikers und Kameramannes, Hans Wüthrich, umgedreht wurde, fand man eine Pistole, aus der zwei Schüsse abgefeuert worden waren.

Mord und Selbstmord? Der Arzt des Spurensicherungsteams überprüfte längere Zeit die Leiche von Wüthrich, rümpfte die Nase, schüttelte den Kopf und liess sich mit von Gunten in ein längeres Gespräch ein, von dem wir nichts mitbekamen. Der Kommissär wandte sich einem Polizeikorporal zu und befahl ihm: «Niemand verlässt diese Etage, bis ich die Sperre wieder aufhebe.»

Ochsenbein konnte sich wieder einmal nicht beherrschen. Mein Chef strich sich kurz über seinen immer lichter werdenden dunklen Haarkranz, schlich, wie er meinte unbemerkt, zur Wiedergabeapparatur von TV-Aufzeichnungen, die sich in der Nähe des Eingangs befand, und fingerte am Bedienungspult. Von Gunten bemerkte das natürlich sofort, und er reagierte prompt, indem er mit dem linken Zeigefinger auf uns wies, die linke Hand zur Faust ballte und sie wieder öffnete in Richtung Türe. Wir waren hinausgeschmissen.

Draussen brummte mein Vorgesetzter etwas Unflätiges, das ich leider nicht verstehen konnte. Dann zog er mich in die Medienloge, um mir unnötige Weisungen fürs weitere Vorgehen zu erteilen: «Wir haben einen absoluten Hit erlebt, den wir noch heute Abend verwerten müssen. Sie organisieren das, und in den Spätnachrichten will ich etwas sehen, das unsere Konkurrenz vor Neid erblassen lässt.» So weit, so gut, aber was jetzt kam, zeugte einmal mehr vom absoluten Mangel an Fingerspitzengefühl bei Ochsenbein: «Wir haben es mit einer Beziehungskiste zu tun. Mord und Selbstmord. Sie finden mir heraus, was zwischen den beiden los war. Um Ihnen auf die Sprünge zu helfen: Als Motive für einen Mord gibt es Rache, Liebe, Geld und Neid. Suchen Sie!»

«Jawohl, Chef», ich grinste ihn frech an und trat einige Schritte zurück. Man weiss nie, wozu frustrierte Vorgesetzte fähig sind.

In der VIP-Etage war von Gunten eifrig bemüht, die Gäste in den verschiedenen Logen einzuvernehmen. Es ging ihm darum herauszufinden, wer um 20.26 Uhr, also zur Zeit des Mordes an Carissimo, nicht anwesend war und warum. Auch ich wurde befragt, konnte aber nur Lydia, die Freundin von Meierhans, nennen, die zur Tatzeit auf der Toilette war. Von Gunten grunzte, liess mich stehen und widmete sich Wenger, den er von der Aussentribüne hatte holen lassen. Das Spiel stand kurz vor der Halbzeit, und Wenger war entsprechend sauer über die Störung beim Sportgenuss. Als ich mich den beiden näherte, zog von Gunten den Medienboss in eine entgegengesetzte Ecke. Er grinste, raunte mir aber gleichzeitig zu, morgen um 10 Uhr finde eine Pressekonferenz im Rathaus statt, in der ich alles Wichtige vernehmen würde.

Ich machte mich an meine Hausaufgaben, telefonierte mit dem diensthabenden Redaktor bei Bern-1, um die Spätsendung vorzubereiten. Ein Kameraeinsatz schien nicht mehr möglich zu sein, da einerseits die wenigen Techniker bei Bern-1 schon Feierabend machten und ich andererseits vom Kommissär kaum die Erlaubnis erhalten hätte, den Tatort zu filmen. So beschränkte ich mich auf ein Statement, das ich in etwa einer halben Stunde telefonisch übermitteln wollte. Beim Redigieren dieses Berichts löste ich mich natürlich von allen Vorgaben Ochsenbeins und suchte nach einer möglichst sensationellen Darstellung des Falles. Dabei fiel mir der Gesichtsausdruck des Arztes bei der Untersuchung der Leiche Wüthrichs ein, der die These Mord und Selbstmord unwahrscheinlich werden liess.

Ich gab meinem Bericht deshalb den Titel «Doppelmord im EM-Stadion» und schwelgte in Fantasien bezüglich der verhinderten Enthüllungen Carissimos. Meine Anspielungen blieben zwar immer so im Dunkeln, dass ich keine Verleumdungsklagen befürchten musste, aber der geneigte Zuschauer wurde doch derart mit Vermutungen in Richtung Betrug, Bestechung oder Bedrohung konfrontiert, dass wirklich sensible Leute um ihren Schlaf gebracht werden konnten.

Als ich meine Schandtat des Tages verübt, den Bericht also telefonisch durchgegeben hatte, musste ich mich seelisch stärken. Ich ging zur Bar und bestellte mir einen Whisky, den ich richtig geniessen konnte, denn die Loge hatte sich wieder geleert. Die zweite Halbzeit begann mit dem ersten Tor im Gruppenspiel. Im allgemeinen Gebrüll draussen ging mein leiser Schrei unter: Ich hatte im Abfalleimer neben der Bar ein Paar dünne Plastikhandschuhe entdeckt.

Es ging nun darum, meinen Fang ins Trockene zu bringen. Ich wusste, dass reiche und wichtige Leute nicht selten äusserst geizig sind und daher gerade in Nobelrestaurants immer kleine Säcke für Speisereste zur Verfügung stehen. Auch hier lagen in einem Fach der Mahagoni-Bar solche Plastikdinger.

Ich behändigte in einem unbeobachteten Augenblick eine Tüte mit dem Aufdruck «Für mein Hundchen», schob die beiden Handschuhe mit spitzen Fingern hinein und hoffte sehnlichst, beim Ausgang von einer Leibesvisitation verschont zu bleiben. Warum ich die wichtigen Beweisstücke der Polizei unterschlug, wusste ich selber nicht. Es war eine instinktive Handlung, ohne jeden Gedanken an allfällige Folgen.

Nach einigen weiteren Whiskys war das Spiel aus. Das Tor nach der Halbzeit war das Einzige geblieben, und so strömten die Zuschauer rechtzeitig für die Spätnachrichten von Bern-1 nach Hause. In der Loge wurde der Fernseher wieder eingeschaltet, und bald flimmerten die neuesten Meldungen des stadioneigenen Senders über den Bildschirm. Natürlich stand der Tod der beiden Fernsehleute im Mittelpunkt, und nach einem Überblick über die schreckliche Tat kam auch Kommissär von Gunten zum Zug. Er orientierte kurz über den Stand der Dinge und liess verlauten, die Ausgangssperre in der VIP-Etage sei nun aufgehoben. Es sei aber möglich, dass die Polizei bei einzelnen Personen Leibesvisitationen durchführen werde. Man habe zwar die Spuren gesichert und alle Gäste sowie das Servierpersonal einvernommen, aber wegen der vielen Leute am Tatort könnte Beweismaterial in falsche Hände gelangt sein.

Dann wechselte das Bild zum Sender Bern-1, der gerade die Spätnachrichten ausstrahlte. Auch hier war natürlich die blutige Tat im Stade de Suisse Hauptthema. Mein Bild wurde gross eingeblendet, und der Sprecher leitete meinen telefonischen Bericht mit den Worten ein: «Während die Polizei offenbar noch im Dunkeln tappt, hat unser Reporter, Marc Dubach, bereits eine heisse Spur entdeckt. Hören Sie, was er im Stade de Suisse selber erlebt hat.» Dann folgte mein Bericht mit den vielen Andeutungen, Vermutungen und Halbwahrheiten.

Ochsenbein war wieder in der Loge und verfolgte die Ausstrahlung zuerst mit Interesse, dann mit Besorgnis und schliesslich mit absolutem Entsetzen. Er wandte sich um und warf mir aus der entgegengesetzten Ecke der Loge vernichtende Blicke zu.

Mir blieb nur die Flucht. Dies, obschon sich die schöne Miss Kobelt an meinen Tisch gesetzt hatte. Sie sprach ebenso eifrig wie ich dem kostenlosen Trostspender Whisky zu und hielt ein Buch aus der Logenbibliothek in der Hand, vielleicht um nachzusehen, was Fussball überhaupt war. Auch Hanspeter Wurstler hatte sich zu uns gesellt. Er war schon nach der Halbzeit in der Medienloge erschienen mit der Begründung, der ganze Zirkus um die beiden Botschafter und deren Gefolge in der Gästeloge widere ihn an.

Ich verdrückte mich aus der VIP-Etage, verschwand von den Wachtleuten unbehelligt im Lift und wollte vor dem Ausgang unten gerade erleichtert aufatmen, als sich von hinten eine schwere Hand auf meine Schulter legte und mich fast zu Boden drückte.

Es war von Gunten, der sich von mir auf seine liebenswürdige Art verabschieden wollte: «So verschwinden jeweils meine Ganoven nach vollendeter Untat. Dubach, Sie haben sich wieder einmal selbst übertroffen.» Er lächelte mich grimmig an: «Ihre völlig aus der Luft gegriffene These vom Doppelmord sei einmal dahingestellt. Aber Ihre Andeutung von möglichen Enthüllungen Carissimos werden Ihnen noch Bauchweh machen.»

Er musterte mich mit seinem Polizistenblick von oben bis unten, und mir wurde richtiggehend übel, als ich an den Plastiksack mit den Handschuhen in meiner Jacke dachte. Von Gunten schien den ihm unterschlagenen Fund zwar irgendwie zu wittern, sah aber keine legale Begründung für eine Leibesvisitation, brummte nach einigen Minuten wütend auf und liess mich ziehen.

Ich schlief in dieser Nacht in meiner Junggesellenwohnung recht unruhig und träumte von einer riesigen VIP-Menge, die mich wütend in eine Ecke drängte und fast zerquetschte – bis die schöne Kobelt vor laufender Kamera einen Striptease inszenierte und ein dunkler, massiger Mann ziellos in die Menge schoss. Alles schrie, und ich erwachte.

2

Am nächsten Morgen verschlief ich mich. Wie ich das normalerweise jeden Samstag tue. Aber heute war ja von Guntens erste Medienorientierung angesagt, und mein Gewissen gegenüber Bern-1 war nicht so unbelastet wie sonst. So zwang ich mich auf den Weg in die Redaktion, voller böser Vorahnungen. Als ich im Studio von Bern-1 eintraf, nahm mich Josef Schläfli, der «dicke Joe», auf die Seite.

«Ich bewundere deine Fähigkeit, immer wieder in alle Fettnäpfchen zu treten, die überhaupt erreichbar sind.» Joe verzog sein Gesicht: «Ochsenbein ist heute völlig aus dem Häuschen. Er hat einige Anrufe erboster Prominenter erhalten, die sich von deinen Anspielungen betroffen fühlten. Und sogar Maxli wurde eingeschaltet. Von Meierhans.»

Ich rieb mir die Nase. «Du meinst, ich dürfe Ochsenbein derzeit nicht unter die Augen treten?»

«Besser nicht. Hast du nicht etwas ausser Haus zu erledigen?» Joe grinste, wie mir schien, fast schadenfroh, und sagte scheinheilig: «Meierhans ist auch im Segelclub Oberhofen, und Maxli segelt oft mit seinem Boot.»

Damit stand mir zusätzlicher Kummer bevor. Ich dankte Joe für seine Warnung und verzog mich in Richtung Altstadt. Für die Pressekonferenz der Polizei war es noch zu früh. So trank ich unterwegs ein oder zwei Seelentrösterlis, wie wir in

Bern Kaffee mit Schnaps nennen, und kam gegen zehn Uhr entsprechend angeheitert im Rathaus an, wo die Medienorientierung stattfand.

Meine Kollegen aus der Reporterzunft empfingen mich mit grossem Verständnis für meine unkomfortable Lage, natürlich auch mit einer gewissen Schadenfreude. Ich trug es mit Fassung und suchte mir einen Platz in den hintersten Reihen, wo ich einigermassen ungestört über die Runde zu kommen hoffte.

Polizeikommandant Guggisberg, Untersuchungsrichterin Schmocker und Kommissär von Gunten eröffneten um zehn Uhr die Orientierung. Guggisberg begrüsste die Medienleute mit ein paar urchigen Sprüchen und bat von Gunten, über den Stand der Dinge zu informieren. Der Kommissär räusperte sich und polterte los: «Da Sie als Journalisten ohnehin bereits alles wissen, ja meinen, alles besser zu wissen als die Untersuchungsorgane, kann ich mich kurz fassen.» Er sah grimmig in die Runde, wahrscheinlich um den übelsten Medientäter, also mich, zu entdecken, was ihm dank meiner geschützten Lage im Hintergrund des Saales nicht gelang.

«Wir haben es tatsächlich mit einem Doppelmord zu tun», fuhr von Gunten fort, «wie das einer von Ihnen gestern bereits vermutete. Der Täter versuchte zwar, den zweiten Mord als Selbstmord zu vertuschen. Das erste Opfer, Moderator Dani Carissimo, wurde unseren heutigen Erkenntnissen zufolge vom Techniker und Kameramann Hans Wüthrich erschossen, aber der richtete sich nicht selber, sondern wurde von einer Drittperson getötet – mit derselben Waffe. Und auf eine Distanz von etwa vierzig Zentimetern, was einen Selbstmord klar ausschliesst. So lange Arme hat niemand.»

Ein Raunen ging durch den Raum, und der Kommissär ergänzte: «Der Täter drückte dem toten Wüthrich die Waffe in die Hand, um ihn als Selbstmörder hinzustellen. Über das Tatmotiv kann derzeit nichts gesagt werden. Die Vermutung liegt nahe, dass der Mörder von Wüthrich einen unbequemen

Mitwisser zum Schweigen brachte. Mehr kann ich Ihnen heute nicht sagen.»

Der Berichterstatter eines Berner Lokalradios wollte wissen, welche sensationelle Information Carissimo am Schluss seiner Sendung bekannt geben wollte: «Fanden sich irgendwelche Unterlagen im TV-Studio über diesen Knüller?»

«Nein», sagte von Gunten, «wir kennen weder den Inhalt noch die Herkunft dieser Informationen, die aber durchaus ein Tatmotiv darstellen könnten.»

Die Journalisten versuchten noch über eine Viertelstunde, aus dem Kommissär irgendeine verwertbare Neuigkeit herauszuquetschen. Vergeblich. Auch die Untersuchungsrichterin wusste zuerst nichts Wichtiges zu berichten, aber in ihrer Antwort auf eine Frage des Reporters vom Gratisblatt «Bern aktuell» verriet sie dann doch etwas über das weitere Vorgehen: «Wir werden uns vor allem diejenigen Personen in der VIP-Etage vornehmen, die um 20 Uhr 26, also zur Tatzeit, nicht in den Logen waren und kein Alibi aufweisen. Die Anwesenden können wir vom Tatverdacht ausschliessen.»

Von Gunten hatte vergeblich versucht, Frau Schmocker an der Preisgabe dieser Information zu hindern. Und auch die Untersuchungsrichterin wurde sich offenbar bewusst, dass sie zu viel gesagt hatte, denn sie verabschiedete sich plötzlich mit einer eher lahmen Begründung und eilte aus dem Raum.

Meine Kollegen versuchten jetzt natürlich nachzustossen. Der Kommissär zeigte sich störrisch wie ein alter Esel, aber er gab schliesslich zu, dass der Täter notgedrungen aus dem Kreis der VIP-Gäste stammen musste, da alle Serviceleute ein Alibi hatten und ein Eindringen Dritter in die gut bewachte Logenetage ausgeschlossen werden konnte.

Der Redaktor der Berner Tageszeitung stand auf, um seinem Votum mehr Gewicht zu verleihen, und forderte von Gunten auf, uns die Liste der VIP-Gäste zu verlesen, die für die Tatzeit kein Alibi vorweisen konnten. Der Kommissär verzog sein Gesicht zu einer spöttischen Grimasse, wandte sich ostentativ an den Polizeikommandanten und bat ihn, die Medienorientierung nun zu beenden.

Das geschah, und die Journalistenmeute verliess unter lautem Protest den Saal.

*

Die Medienkonferenz hatte etwa eine Stunde gedauert. Im Studio lauerte zweifellos Ochsenbein auf mich, und die Verarbeitung der wenigen neuen Fakten für die Abendinformation konnte ich auf den Nachmittag verschieben. Und die Mittagsnachrichten hatte Maxli schon vor einem Jahr aus dem Programm gekippt. Aus Kostengründen. So bummelte ich mehr oder weniger ziellos durch die Altstadt und landete schliesslich in einer Kneipe beim Bärengraben. Die vorsommerlich warmen Temperaturen liessen sich im Schatten der Kastanienbäume am besten ertragen, und ein kühles Bier drängte sich geradezu auf.

Ich war nicht der Einzige, der hier Erholung suchte, und in der Nähe erkannte ich Peter Sonderegger, einen Studienkollegen aus unbeschwerter Jugendzeit. Er winkte mich an seinen Tisch, und wir ergaben uns schönen Erinnerungen.

Bis Sonderegger auf das Tagesthema zu sprechen kam: «Ich las in der Zeitung, dass es gestern im Stade de Suisse zwei Tote gab. Was weisst du darüber?»

Ich gab ihm einen kurzen Überblick über den Vorfall und erwähnte dabei auch die Sensationsmeldung von Carissimo, die nie gesendet wurde: «Offenbar hat ihn jemand über einen Skandal im Zusammenhang mit der Fussball-EM orientiert. Man weiss nicht, wer und was es war.»

«Seltsam. Ein Schulkamerad von mir erzählte mir neulich von einem Betriebsausflug. Ihr Buchhalter habe zu viel Wein getrunken und sei am Abend regelrecht ausgerastet. Er warf mit Anklagen gegen alles und jedes nur so um sich. Dabei kam auch die EM dran. Es ging, so weit ich mich erinnern kann, um TV-Übertragungsrechte. Details weiss ich nicht mehr. Am Tag darauf stritt der Buchhalter natürlich alles ab.»

Interessant. Interessant. Ich liess mir nichts anmerken, entlockte aber Sonderegger den Namen seines Schulkollegen, der die Geschichte mit dem redseligen Buchhalter erzählt hatte, dessen Hinweis auf die TV-Übertragungsrechte wahrscheinlich die Firma von Meierhans betraf. Der prominente Porschefahrer und Harley-Besitzer befand sich zwar aufgrund seines Alibis nicht unter den primär Verdächtigen. Trotzdem wollte ich der Sache nachgehen. Schon um mich für seinen hinterhältigen Vorstoss bei Maxli zu rächen.

Erst gegen ein Uhr löste ich mich widerwillig aus dem gemütlichen Ambiente der Bärengraben-Beiz, trottete unwillig in Richtung Münsterplattform und sank mit dem Mattenlift oder, wie die Berner sagen, dem Senkeltram, ins Mattenquartier hinab. Der Liftmann hiess neuerdings Ferdinand, ein junger Bursche mit sehr viel Haaren, aber umso kargerem Wortschatz, und ich erinnerte mich manchmal mit Wehmut an Kari, seinen Vorgänger, der mir seinerzeit den schweren Gang in die Unterstadt und zu Ochsenbein immer wieder mit seinen kernigen Sprüchen versüsst hatte.

Ich seufzte. Tempi passati. Heute hätte ich Karis Urhumor besonders geschätzt, denn mir stand einiges Unheil im Studio von Bern-1 bevor.

Mein Chef stufte normalerweise Samstag und Sonntag als heilige Feiertage ein, erschien also übers Wochenende nie im Studio. Wochentags gönnte er sich regelmässig eine verlängerte Mittagspause bis drei Uhr, und zudem strafte er unser Kantinenmenü mit der absoluten Verachtung des verwöhnten Gourmets. Heute war alles anders. Ochsenbein sass am hintersten Tisch der Studio-Cafeteria, biss mit Todesverachtung an einem Sandwich herum und äugte unablässig zur Türe. Als ich eintrat, schmiss er das angenagte Schinkenbrot angewidert auf den Tisch, erhob sich so rasch, dass sein Stuhl kippte, und raste auf mich zu. Er stoppte knapp vor mir und sagte leise: «Kommen Sie in mein Büro, Dubach.»

Die reduzierte Wochenendbelegschaft von Bern-1 hatte die nur für sie herrliche Szene mit grösstem Interesse zur Kenntnis genommen. Der «dicke Joe» rief mir aus einer sicheren Ecke zu: «Die Wetten stehen acht zu eins gegen dich.» Bevor ich im Korridor des Reaktionstrakts verschwand, hörte ich von ihm noch die wenig ermutigenden Worte: «Wir wünschen dir einen raschen K. o.»

Ochsenbein liess mich in seinem Büro stehen. Auf den beiden Gästestühlen lagen Stapel schwerer Dossiers, wahrscheinlich vom Chef mit Absicht dort deponiert, um mir jede Sitzgelegenheit zu nehmen.

«Ihre gestrige Sendung wird bei der Schulung künftiger Bern-1-Mitarbeiter wertvolle Dienste leisten. Als abschreckendes Beispiel eines skrupellosen Journalismus.» Der untersetzte Mann mit dem sich stark lichtenden schwarz gefärbten Haarkranz um den massigen Kopf rutschte auf dem Chefsessel hin und her. Er fixierte mit seinen stechenden dunklen Augen einen imaginären Punkt hinter mir und zählte eine Reihe von Persönlichkeiten auf, die sich bei ihm und dem Verleger über meinen Bericht beschwert hätten. «Alles Leute, von denen die Zukunft unseres Senders abhängt.»

Ich versuchte ihm zu erklären, meine Vermutung, es habe sich um einen Doppelmord gehandelt, sei auf der heutigen Pressekonferenz der Polizei bestätigt worden, Anspielungen auf mögliche Skandalthemen im Zusammenhang mit der Fussball-EM kämen beim Publikum derzeit besonders gut an, und unsere Einschaltquote würde heute Abend sicher steigen.

Er hörte mir natürlich nicht zu. Gerade als er anhob zu einer Fortsetzung seiner Gardinenpredigt, regte sich in mir endlich wieder einmal der alte Kampfgeist, und ich machte mich daran, den Chef wie in guten alten Zeiten zurechtzuweisen: «Herr Ochsenbein», ich gebrauchte diese förmliche Anrede nur in äusserst kritischen Momenten, «Sie haben mich nicht richtig verstanden. Ihr Vorwurf, ich sei unprofessionell vorgegangen, ist absolut falsch. Sie selber denken dauernd unprofessionell. Nur Max Huber und die paar wenigen noch verbliebenen Investoren zählen für Sie, nicht aber die Zuschauerinnen und Zuschauer, die ein modernes und spannendes Fernsehen von uns erwarten. Von uns Journalisten!» Ochsenbein versuchte mich zu unterbrechen, was ich mir mit einer energischen Handbewegung verbat. «Ich frage mich oft, ob Sie überhaupt je einmal als Journalist dachten und handelten. Wahrscheinlich nicht, denn sonst wäre unser Sender erfolgreicher.»

So, das hatte gesessen. Über das käsige Gesicht meines Chefs breiteten sich rötliche Flecken aus, und er holte tief Atem. Bevor er sich sammeln und seine Standpauke beenden konnte, fuhr ich rasch fort: «Ich habe eine heisse Spur im Carissimo-Fall und denke nicht daran, diese einmalige Gelegenheit für einen Superscoop zu verpassen.» Ich bewegte mich zur Türe, nunmehr fluchtbereit, und es gelang mir beizufügen: «Sehen Sie sich meine nächsten Beiträge an.» Dann explodierte Ochsenbein, brüllte wie ein Stier und begann offenbar, sein Büro zu demolieren. Ich hörte das Ganze nur noch von fern, denn ich war längst an meinem Arbeitsplatz am Ende des Redaktionskorridors und hatte die Türe geschlossen.

Mutig. Ich musste mich für meine Reaktion auf die Chefattacke selber loben. Auf der anderen Seite war mir doch recht mulmig zumute. Nicht so sehr wegen des Zusammenstosses mit Ochsenbein, sondern weil ich mich mit meinem Hinweis auf eine heisse Spur unnötig in Zugzwang versetzt hatte.

Jetzt galt es zu handeln. Der grundsätzlich faule Marc musste endlich wieder einmal dem forschen Recherchejournalisten Dubach weichen, ein psychischer Vorgang, der mir zunehmend Mühe bereitete – nicht so sehr wegen meiner zunehmenden Leibesfülle, eher aufgrund der sich in meinem Denken fast unmerklich ausbreitenden Apathie, wahrscheinlich eine Reaktion auf viele Enttäuschungen. Vor allem auf den Verlust meiner ganz grossen Liebe vor nunmehr fast zehn Jahren. Aber das ist eine andere Geschichte.

Ich versammelte das am Wochenende besonders kleine Produktionsteam von Bern-1 im Besprechungszimmer und organisierte meinen Beitrag an die Abendnachrichten. Darin kamen vor allem die Ergebnisse der Pressekonferenz zur Sprache, aber ich liess auch den Hinweis fallen, es zeichne sich eine heisse Spur ab. Die Absicht Carissimos, einen Skandal im Zusammenhang mit der EM aufzudecken, sei das Hauptmotiv für die beiden Morde gewesen, und ich, Marc Dubach, würde schon bald über seine angekündigten sensationellen Enthüllungen berichten.

Als der Beitrag stand, verzog ich mich durch die Hintertüre des Studios. Ich benütze diesen Ausgang nur in Stresszeiten. Wenn ich den unangenehmen Blicken und unnötigen Voten Ochsenbeins aus seinem stets offenen Büro im vorderen Korridorteil entgehen will.

3

Zu Hause zelebrierte ich meinen Nachmittagstee mit English Cake, hörte andächtig eine CD meines Lieblingspianisten Michel Petrucciani und überlegte mir das weitere Vorgehen. Meine mediale Hochstapelei zwang mich, möglichst rasch der bisher einzigen Spur im Fall Carissimo nachzugehen. Dem betrunkenen Buchhalter aus der Schilderung Sondereggers. Der Vorfall hatte sich am Betriebsausflug des Fünfsternehotels Alpine Ressort in Interlaken ereignet. Sondereggers Schulfreund leitete diese Nobelherberge.

Damit war das Ziel meines Wochenendausflugs vorgegeben. Am Sonntagmorgen behändigte ich das einzige Fahrzeug von Bern-1 ohne Firmenaufdruck, ärgerte mich wie immer, wenn ich die Strecke von Spiez nach Interlaken fuhr, über die fehlenden Überholmöglichkeiten und war um etwa zehn Uhr auf dem Bödeli, wie Interlakner die Ebene zwischen dem Thuner- und Brienzersee bezeichnen.

Im Hotel Alpine Ressort herrschte Hochbetrieb. Ich musste längere Zeit an der Rezeption anstehen, bis mich der Concierge freundlich begrüsste und sich nach meinen Wünschen erkundigte.

«Ich heisse Dubach und bin ein Schulkamerad Ihres Buchhalters. Oder sagt man bei Ihnen Kassier?» Ich gab mich etwas vertrottelt, um ein Nachfragen des eleganten Herrn hinter dem Tresen zu verhindern. «Ich bin nicht oft in Interlaken und habe gedacht, ich könnte ihn kurz treffen. Wissen Sie, wie ich ihn erreichen kann?»

«Wir nennen Herrn Kurt Egger in der Tat Kassier. Er ist Junggeselle und lebt in Bönigen.» Der Concierge lächelte mir zu und ergänzte, bevor er sich dem neben mir stehenden, ungeduldig wartenden Gast widmete: «Heute ist Sonntag. Um diese Zeit ist er sicher im Ochsen. Beim Frühschoppen.»

Ich dankte dem Vielbeschäftigten herzlich und beeilte mich, nach Bönigen zu kommen, bevor Egger sein Rugenbräu-Bier ausgetrunken hatte.

Bönigen ist eine herrliche kleine Oase am Brienzersee. Man fühlt sich dort sofort in eine andere Welt versetzt, weit weg vom Trubel und auch den Sorgen dieser Welt. Der altehrwürdige *Ochsen* an der Seepromenade ist besonders heimelig. Dort treffen sich auf der Sonnenterrasse reizende Gäste aus England mit bodenständigen Einheimischen, dort diskutieren die Böniger am Stammtisch stundenlang über Gott und die Welt, in ihrem anheimelnden Oberländer Dialekt, der Zuhörer aus dem Unterland die Voten nur phasenweise verstehen lässt.

Auch an diesem Sonntag war die Stammrunde gut besetzt. Ich setzte mich an einen benachbarten Tisch mit englischen Touristen und fragte die freundliche Serviererin, ob sie einen Herrn Egger kenne. Sie wies mit dem Zeigefinger auf einen kleinen Mann um die fünfzig mit weissen Haaren und einem markanten, etwas mürrisch wirkenden Gesicht, der sich am Stammtisch gerade über die Regierung des Kantons Bern lustig machte. Er sprach als Einziger am Tisch nicht Oberländer Dialekt, schien aber von seinen Bierkollegen akzeptiert zu sein und fühlte sich offenbar bereits als Böniger.

«Die sprechen ständig vom Sparen und vom Steuersenken.» Der Mann klopfte mit der Faust auf den Eichentisch. «Und wir merken nichts davon. Nur die Reichen werden laufend entlastet und profitieren zudem von reinen Prestigesachen wie der blöden Fussball-EM, für die man trotz Sparübungen Millionen aufwendet.» Er hustete und brummte ungehalten: «Das nützt niemandem etwas, ausser den Reichen eben.»

Die Debatte ging weiter. Über eine Stunde, bis sich die Männer endlich auf den Heimweg machten. Egger war einer der Letzten, der aufstand. Als er sich erhob und etwas unsicher dem Ausgang zuschritt, machte ich eine ungeschickte Bewegung, die mein Bierglas kippen liess. Das nicht mehr sehr kühle Nass bespritzte auch die Hosen von Egger, und ich entschuldigte mich wortreich. Die Serviererin leistete uns Gesellschaft und reinigte mit einem Küchentuch emsig das Beinkleid des Junggesellen, sah ihn dabei verliebt an und hörte mit ihrem Schrubben erst auf, als er sie fast unwirsch zurückstiess: «Das reicht. Ich werde die Hose draussen trocknen lassen.»

Auf der Terrasse setzte er sich an einen sonnigen Platz. Ich war ihm gefolgt und beugte mich zu ihm hinab. «Gestatten Sie mir, dass ich mein Ungeschick wiedergutmache und Ihnen einen Drink offeriere.» Er war sofort einverstanden mit dieser unerwarteten Verlängerung des Frühschoppens und zeigte mit der Hand auf einen freien Stuhl.

Ich stellte mich als Ausflügler vor, und wir begannen zu plaudern.

«Ich habe drinnen gehört, wie Sie sich über die Fussball-EM lustig machten. Auch ich bin kein Freund von solchen Riesenveranstaltungen.» Ich verzog das Gesicht. «Das ist doch nicht mehr Sport, sondern nur ein Riesengeschäft für wenige.»

Damit war das Eis gebrochen. Egger sagte zwar kein Wort zum Thema TV-Übertragungsrechte, wurde aber zunehmend gesprächig.

Als sich das Dampfschiff Lötschberg der Ländte von Bönigen näherte, meinte ich: «Heute ist ein besonders schöner Tag. Ich bin hierhergefahren, um etwas Seeluft zu schnappen. Falls Sie gerade nichts Besseres vorhaben, würde es mich freu-

en, Sie zu einer kleinen Rundfahrt auf dem See einzuladen.»
Ich grinste: «Immer noch als Abgeltung meiner Untat an Ihren Hosen.»

Egger überlegte kurz und nickte dann ohne grosse Begeisterung.

Als wir das Schiff mit einer grösseren Zahl von Seebegeisterten betraten, sah ich mich um und erschrak. Hinter uns drängte sich ein gross gewachsener Mann mit kantigem Gesicht und absolut unpassender Kleidung für diesen Ausflug über die Verbindungsbrücke. Ich kannte ihn. Wir hatten vor etwa zehn Jahren einen ernsthaften Zusammenstoss erlebt und waren uns seither spinnefeind geblieben.

Er hiess Peter Christen und war der Stellvertreter von Kommissär von Gunten.

Ein Fahnder also. In meinem Kopf schrillten alle erdenklichen Alarmglocken. Wie kam die Polizei auf Egger? War er vielleicht sogar der Informant von Carissimo? Wurde auch Meierhans, der ein Alibi für die Tatzeit hatte, mit der Affäre in Verbindung gebracht?

Christen merkte, dass ich ihn entdeckt hatte, hob die Hand zu einem halbherzigen Gruss und verzog sich irgendwohin. Egger blieb die kleine Episode verborgen.

Während der Schiffsreise von fast zwei Stunden blieb mein Begleiter eher wortkarg. Die Bilanz meiner Recherchen beim Kassier vom Alpine Ressort fiel dementsprechend wenig erfreulich aus. Nur zwei Informationen standen im Zusammenhang mit dem Mord im Stade de Suisse. Einmal seine ehemalige Anstellung in der Firma von Meierhans, und zum Zweiten seine offen bezeugte Bewunderung für TV-Moderatoren, die, wie er sagte, «halt alles so elegant präsentieren können». Dies bezog sich nur auf DRS-Sendungen. Das Regionalfernsehen interessierte ihn nicht.

Meine gezielte Frage, ob er vom Mord an Carissimo gehört habe, blieb unbeantwortet.

An der Ecke zur Iseltwaldstrasse verabschiedete sich mein Begleiter mit einem kurzen Händedruck und marschierte in Richtung Dorf. Ich sah, wie er vor der Abzweigung zur Autobahn die Strasse überquerte.

In diesem Augenblick beschleunigte in meiner Nähe ein roter Sportwagen auf Volltouren und raste auf Egger zu, der wie angenagelt mitten auf dem Fussgängerstreifen stehen blieb. Mein Informant wäre zweifellos überfahren worden, wenn ihn nicht ein hünenhafter Mann in letzter Sekunde zur Seite gezogen hätte. Der Retter war Christen. Er fiel zusammen mit Egger zu Boden und schlitterte einige Meter auf der Strasse dahin.

Das Ganze war so schnell geschehen, dass ich nichts vom Tatauto mitbekam. Auch Christen dürfte keine Zeit gehabt haben, sich die Nummer oder andere Einzelheiten des Wagens zu merken.

Der Polizist stand mühsam auf und half Egger auf die Beine. Dann telefonierte er lange mit seinem Handy. Als ich mich den beiden nähern wollte, winkte mir Christen abwehrend zu. Offenbar wollte er aus irgendeinem Grunde unser Inkognito als Sonntagsausflügler gegenüber Egger wahren.

Ich setzte mich ins Auto und kehrte nach Bern zurück, wo ich in meinem Beitrag an die Abendnachrichten auch von einem Buchhalter berichtete, der viel über die von Carissimo angekündigte skandalöse Affäre wisse. Vielleicht zu viel, wie ich genüsslich antönte. Natürlich nannte ich weder die Firma von Meierhans noch den Namen Egger.

Am Abend genoss ich bei mir zu Hause gerade eine CD mit der herrlichen Jazzmusik von Barbara Dennerlein, als das Telefon schrillte und ein lautstarker Kommissär von Gunten die verdiente Erholungsphase jäh unterbrach: «Sie haben uns mit Ihrem Ausflug nach Bönigen wieder einmal fast alles verdorben. Und Egger in Lebensgefahr gebracht.» Nach einer Pause: «Wir müssen uns morgen früh treffen. Ich erwarte Sie um acht Uhr im Polizeikommando.»

*

Am Montagmorgen machte ich mich zeitig auf zur Besprechung mit von Gunten. Es hatte in der Nacht geregnet, sodass die Strassen noch nass und dunkel waren, und am Aarelauf kämpften kleine Dunstschleier vergeblich gegen die vielen Sonnenstrahlen. Es würde ein heisser und schweisstreibender Tag werden.

Wie recht ich hatte mit meiner Prognose, stellte sich in der Polizeikaserne am Waisenhausplatz rasch heraus. Ich wurde tüchtig in die Mangel genommen, abwechselnd von Christen und von Gunten. Bis die beiden annahmen, sie hätten alles aus mir herausgeholt, was ich wusste. Dann schickte von Gunten seinen Stellvertreter hinaus und hiess mich auf dem von unzähligen Delinquentenhintern blank gescheuerten Stuhl vor seinem Pult absitzen. Er zeigte sich umgänglich und bot mir sogar ein Glas Wasser an.

Diese unerhörte Liebenswürdigkeit machte mich noch vorsichtiger. Der Mann wollte etwas von mir, und ich wappnete mich innerlich auf eine zähe Auseinandersetzung.

«Dubach, Sie sind auf etwas gestossen, das mir etwas Sorgen bereitet, Ihnen aber grösste Probleme bringen wird.» Von Gunten richtete sich auf und richtete seinen härtesten Polizeiblick auf mich, einen Blick, der seinen Kunden in der Regel jeden Mumm nahm. «Ich schlage Ihnen ein Geschäft vor. Ich sage Ihnen, was wir über den Mann in Bönigen wissen, und überlasse Ihnen kurz die Liste der Leute, die letzten Freitag um 20.26 Uhr nicht in ihrer Loge waren. Als Gegenleistung erwarten wir von Ihnen einen laufenden Bericht über Ihre Ermittlungen. Machen Sie sich an Egger heran und finden Sie alles heraus, was er von Unregelmässigkeiten bei der Verteilung der TV-Übertragungsrechte weiss. Wir können im Augenblick in dieser Hinsicht nichts tun. Meierhans hat leider ein allzu gutes Alibi für die Tatzeit.»

Ein durchaus vorteilhafter Deal für mich. Ich wollte schon

zusagen, als mich von Gunten anschrie: «Das ist noch nicht alles. Sie Halunke haben eines der wichtigsten Beweisstücke an sich genommen. Ein Barkellner sah, wie Sie die Plastikhandschuhe des Mörders aus dem Abfallkübel zogen, in einen Hundesack steckten und mitnahmen.» Der Kommissär brüllte so stark, dass ich fürchtete, er würde einen Schlaganfall bekommen. «Ich könnte Sie für diese Beweisunterschlagung in einem Mordfall für längere Zeit aus dem Verkehr ziehen. Und Ihre wenig erfreuliche Karriere als Reporter vorzeitig beenden.»

Er überlegte einige Zeit, vielleicht um sich weitere Schmeicheleien für mich auszudenken, und schloss das Thema Bestrafung von Dubach mit der Feststellung: «Aber ich würde Ihnen damit nur einen Dienst erweisen. Denn bei Bern-1 leiden Sie wahrscheinlich mehr als in einem Gefängnis.» Er lachte humorlos. Wenn er gewusst hätte, wie richtig er mit dieser Annahme lag, wäre ihm der Verzicht auf eine Strafanzeige gegen mich noch leichter gefallen.

Der Kommissär orientierte mich über eine Swisscom-Zusammenstellung der Handy-Telefongespräche von Carissimo im letzten Monat. Egger kam auf dieser Liste mehrmals vor. Nachforschungen der Polizei ergaben, dass der Böniger einst in der Firma von Meierhans angestellt war und so als möglicher Informant des TV-Moderators infrage kam. Er wurde in der Folge dauernd überwacht. Von Gunten wies darauf hin, Egger stelle für den Mörder ein klares Sicherheitsrisiko dar. Der gestrige Beinahe-Unfall mit dem Sportauto könnte durchaus ein erster Versuch zur Beseitigung des Mitwissers gewesen sein.

Von Gunten legte nun noch die Liste der zur Tatzeit nicht in den Logen Anwesenden auf das Pult und verliess kurz den Raum. Ich stürzte mich auf das Papier und notierte mir die Namen der zwölf Personen, von denen acht als Verdächtige wegfielen, da sie den Grund ihrer Abwesenheit mit Zeugenaussagen belegen konnten, also für die Tat nicht infrage kamen. Kein Alibi hatten Hanspeter Wurstler, der Präsident des FC Newstars United, Andrea Unger, die Schauspielerin am Stadttheater, Nationalrat Johannes «Housi» Dummermuth und der Bauunternehmer Walter Gutjahr.

Als der Kommissär zurückkam, sass ich wieder brav auf dem Stuhl. Von Gunten war in Begleitung eines uniformierten Polizisten, der mich nach Hause fuhr und dort den Sack mit den Plastikhandschuhen in Empfang nahm.

4

Als ich gegen Mittag im Studio eintraf, herrschte verdächtige Ruhe. Der «dicke Joe» war natürlich an seinem Arbeitsplatz, also an einem Tisch in der Kantine, und wedelte mit der Hand in meine Richtung.

«Sensationell. Wenn du wüsstest, was du verpasst.» Vor etwa einer halben Stunde sei die Kobelt, ehemalige Miss Schweiz, aufgetaucht. Ochsenbein habe sie sofort behändigt und in sein Büro komplimentiert. Man höre dort seit längerem überhaupt nichts mehr. Das sei verdächtig, denn die ganze Belegschaft stehe im Gang und spitze die Ohren.

«Sie hat zuerst nach dir gefragt. Kennst du sie?» Joe musterte mich prüfend. «Eigentlich bist du nicht, oder sollte ich sagen: nicht mehr, der Typ der schönen Benita. Also musst du sonst etwas haben oder können, was dich bei ihr interessant macht.»

Frechheit des kleinen Mannes. Ich streckte mich, erreichte fast die frühere imposante Grösse und eilte zum Büro von Ochsenbein, wo ich kurz klopfte und, ohne ein Herein abzuwarten, hineinplatzte.

Mein Chef sass mit der Kobelt am kleinen Besprechungstisch. Er hatte eine seiner Champagnerflaschen geöffnet, die er seit Jahren für besondere Gelegenheiten in seinem Kühlschrank aufbewahrte. Der Vorrat war meines Wissens in letzter Zeit sehr konstant geblieben, was durchaus dem stark abnehmenden Trend seiner gesellschaftlichen Höhenflüge entsprach.

«Was wollen Sie, Dubach?», schnauzte Ochsenbein in meine Richtung. Er erhob sich halb von seinem Sitz und wollte mich hinauswerfen, als sich die Kobelt einschaltete.

«Ah, da sind Sie ja, Herr Dubach.» Die hochgewachsene Blonde sah mich so bewundernd an, dass ich mich mit weichen Knien auf den noch freien Stuhl am Tisch setzte. Natürlich ohne Einladung des Chefs, der sich denn auch höchst ungehalten räusperte und erst nach einem bittenden Blick der Kobelt auf eine Massregelung des respektlosen Untergebenen verzichtete.

«Wir erlebten zusammen das Drama im Stade de Suisse, müssen Sie wissen, Herr Ochsenbein.» Die Kobelt beugte sich zu Ochsenbein hinüber, der diese körperliche Annäherung einer ehemaligen Miss Schweiz so genoss, dass er übersah, wie ich mir ein Glas Champagner einschenkte. Erst als die schöne Benita nur mir zutrank, ihn also bei dieser fröhlichen Zeremonie total überging, erwachte sein niedriger Chefinstinkt wieder.

«Dubach bearbeitet zwar den Mordfall weiter, aber er kommt nicht so recht voran.» Ochsenbein grinste schadenfroh. «Recherchieren ist halt eine harte, mühselige Sache, und unser ehemaliger Starreporter ist leider nicht mehr der Jüngste.»

So, das reichte. Mein gekränktes Ego meldete sich und befahl mir, den ungehörigen Chef gebührend in die Schranken zu weisen.

«Ich stehe kurz vor dem Durchbruch. Herr Ochsenbein wollte mich zwar zurückbinden, weil er Angst vor den Reaktionen betroffener Prominenter hat.» Ich wiegte den Kopf hin und her: «Ich verstehe das zum Teil sogar. Jemand, der wie er nie Journalist war, kennt dieses Jagdfieber des Reporters nicht.»

Die Kobelt war fasziniert. Sie las mir die Worte richtiggehend von den Lippen ab, und Ochsenbein fühlte sich völlig abgeschrieben. Er stand auf und gab uns zu verstehen, die Audienz bei ihm sei zu Ende. Benita hauchte ein Dankeschön, hielt meinem Chef ihre zarte Hand hin, und wir verzogen uns. An der Türe konnte ich mir nicht verkneifen, Ochsenbein für die unfreiwillige Gastfreundschaft zu danken, wobei ich darauf hinwies, sein Champagner sei nicht mehr sehr perlig gewesen: «Er ist wohl ebenfalls schon in die Jahre gekommen.»

In meinem Büro wollte die Kobelt genau wissen, was ich derzeit im Fall Carissimo vorhatte. Ich orientierte sie über den Stand der Dinge, wobei ich vom Deal mit von Gunten nur die Namensliste der zur Tatzeit Abwesenden erwähnte, die ich kurz habe einsehen können. Benita wollte natürlich mehr wissen, aber ich vertröstete sie auf später.

Da es angesichts des schmalen Etats von Bern-1 in meiner Arbeitsklause keinen Besucherstuhl gab, musste sie sich zu mir auf den breiten Stuhl ohne Armlehnen setzen. Ich konnte so ihre aufregenden Rundungen an meiner Seite spüren, und ein seit längerer Zeit vermisstes Gefühl von Wärme und Wohligkeit durchströmte mich. Ich widerstand mit Mühe dem dringenden Wunsch, die Arme um die aufregende Benita zu legen.

Zum Glück. Denn nach ein paar Minuten klopfte es an der Türe. Es war Joe, der mir einige äusserst dumme Fragen wegen der Abendsendung stellte und dabei meine Besucherin von allen Seiten beäugte. An der offenen Türe sah ich einige weitere Kolleginnen und Kollegen, die sich die Szene betrachteten und unnötige Bemerkungen machten. So Hanna Lauterburg, unsere langjährige Cutterin, die besorgt feststellte, mein Büro brauche dringend ein Sofa. Es sei meinen Besuchern und vor allem den Besucherinnen einfach nicht zuzumuten, mit mir den Stuhl zu teilen. Alles grinste. Ich stand gereizt auf, um einerseits Joe hinauszuwerfen und andererseits die Türe zu schliessen.

Meine Stimmung war auf den Nullpunkt gesunken.

Ich fragte Benita, ob sie mir Gesellschaft bei einem kleinen Imbiss im Restaurant Schwellenmätteli leisten wolle. Sie nickte, und wir machten uns auf den Weg. Ich nahm den Zettel mit den notierten Namen aus der Liste von Guntens mit, um meiner Begleiterin die nächsten Schritte meiner Recherchen zu erläutern.

Im Schwellenmätteli, einem über der Aare gebauten Spezialitätenrestaurant mit herrlichem Blick auf Mattequartier und Münster, erhielten wir dank meiner guten Beziehungen zum Oberkellner Alfredo einen Tisch direkt am Geländer. Wir lauschten erst einmal dem tosenden Rauschen des Flusses, entspannten uns und dachten nicht mehr an Widrigkeiten wie Ochsenbein oder neidische Kollegen.

Alfredo nahm selber unsere Bestellung entgegen. Eglifilets und Weisswein aus Twann. Benita bot mir bald das Du an, und ich wurde mit einem heissen Kuss der Schönen verwöhnt.

Nach dem Essen wollte meine Begleiterin endlich wissen, wie es weiterging mit meinen Nachforschungen, und ich erläuterte ihr meine Notizen. Ich nannte auch die vier Personen, die für die Tatzeit, 20 Uhr 26, kein Alibi aufweisen konnten und wies darauf hin, dass wegen der streng bewachten Zugänge zur VIP-Etage eine Mitwirkung von Drittpersonen ausgeschlossen werden konnte. Benita bewies ein erstaunliches Namensgedächtnis und wiederholte die Namen der vier Alibilosen fehlerfrei. Sie sah mich fragend an. «Bringst du alle diese Leute mit dem Mord in Verbindung? Wie weit hast du schon recherchiert?»

Ich rührte gedankenversunken in meinem Espresso und überlegte, was ich ihr sagen sollte. Mein gestriges Erlebnis mit Egger hätte sie sicher erschreckt, und ich unterliess es daher, sie über den Kontakt mit dem Ex-Buchhalter von Meierhans zu informieren. Die vier Alibilosen seien mir erst seit diesem Morgen bekannt, und mit entsprechenden Recherchen würde ich nach meiner Rückkehr ins Studio beginnen.

Ich versuchte, ihre Enttäuschung über fehlende Neuigkeiten in Grenzen zu halten: «Leider kann ich dir jetzt noch nichts Konkretes sagen. Aber wenn du willst, können wir uns ja regelmässig sehen, und ich werde dich auf dem Laufenden halten.»

Sie strahlte und tätschelte meine Hand auf dem Tisch. «Du bist ein Schatz. Wenn du wüsstest, wie sehr ich mich für deinen herrlichen Beruf interessiere. Ich versuchte mich in meinem Miss-Schweiz-Jahr auch journalistisch zu betätigen, was mir gründlich misslang.» Jetzt war es an mir, ihre Hand tröstend zu streicheln. Bevor dieses Tätscheln zur dummen Gewohnheit wurde, stand sie auf und setzte sich auf den Stuhl neben mir, um, wie sie sagte, der Sonne zu entgehen. Mir wurde immer wärmer ums Herz, und bald turtelten wir wie zwei verliebte Täubchen.

*

Im Studio zurück, blieb ich zwar von weiteren Hänseleien meiner lieben Kolleginnen und Kollegen verschont, aber das Ausbleiben einer geharnischten Reaktion Ochsenbeins auf meine Flegeleien machte mir echt Sorgen. Entweder braute sich etwas besonders Dunkles gegen mich zusammen, oder jemand hatte verhindert, dass ich allzu tief in der Tinte sass. Beides war mir unheimlich.

Also versuchte ich, das Ganze zu vergessen, und machte mich daran, meinen Beitrag an die Abendnachrichten zu produzieren.

Ich stellte den unbekannten Informanten von Carissimo in den Mittelpunkt, wiederholte meine Andeutungen möglicher Skandalthemen vom Samstag und wies mit Genuss auf harsche Reaktionen potenziell Betroffener beim Sender hin. Des Weiteren sei mir zu Ohren gekommen, dass schliesslich nur vier Personen kein Alibi für die Tatzeit aufweisen konnten. Ich hütete mich natürlich, Namen zu nennen, erhöhte aber die

Spannung durch die lässige Bemerkung: «Es könnte durchaus sein, dass sich die Nachforschungen der Polizei nicht allein auf diese paar Leute konzentrieren.» Und ganz zum Schluss informierte ich über einen Anschlag auf den in der gestrigen Sendung erwähnten ehemaligen Buchhalter einer wichtigen EM-Institution. Ich schloss den Beitrag mit den Worten: «Die Polizei wartet darauf, dass der oder die Täter gravierende Fehler machen – wie beispielsweise ein weiterer Anschlag auf Mitwisser oder sogar auf einen Rechercheur. Bern-1 wird weiter am Ball bleiben.»

Nach der Sendung bummelte ich über die Nydegg in die Oberstadt und beschloss, den Tag mit einem Besuch der EM-2008-Fanmeile auf dem Kornhausplatz abzuschliessen. An der Cüpli-Bar entdeckte ich Roberto Tettanti. Der TV-Mann hatte mit mir seinerzeit verschiedene Medienausbildungskurse absolviert und arbeitete seit Längerem als Berichterstatter des Tessiner Fernsehens im Bundeshaus. Er war ein Freund von Carissimo gewesen und konnte mir möglicherweise etwas aus dem Umfeld des verstorbenen Moderators erzählen.

Roberto begrüsste mich aufs Herzlichste. «Du hast ja wieder einmal den richtigen Riecher gehabt. Das EM-Gruppenspiel vom letzten Freitag hat dir offenbar einen richtigen Scoop geschenkt. Das mit Dani tut mir sehr leid. Er war ein famoser Kumpel und hat es nicht verdient, auf diese Weise sterben zu müssen.»

Wir stiessen auf Carissimo an, und Tettanti meinte: «Dani war eigentlich ein Unternehmertyp, ähnlich wie Meierhans, den du sicher auch kennst. Die beiden spannten einmal sogar zusammen, als Meierhans noch seine TV-Produktionsfirma hatte und Dani eine eigene Sendestation gründen wollte. Er brauchte dazu natürlich Geld, und Meierhans besorgte ihm die nötigen finanziellen Verbindungen – vor allem nach

Italien, wie sich später herausstellte.» Er rümpfte die Nase. «Nicht ganz erstklassige Geldquellen.»

«Als der Sender von Carissimo keine Lizenz erhielt, versiegten natürlich diese Quellen. Dani stand vor dem Nichts und war heilfroh, bei DRS unterzukommen. Das war der Anfang seiner fabelhaften Karriere als Sportmoderator.» Roberto ergänzte: «Meierhans ging es bedeutend besser. Seine Firma machte zwar Konkurs, aber er stand schon bald wieder da als grosser Unternehmer – und wichtiger Mann, denn die TV-Übertragungsrechte der Fussball-EM 2008, die er auf wundersame Weise übertragen erhielt, hoben ihn rasch auf die obere Machtstufe im Sportzirkus.»

Wir unterhielten uns angeregt über das Thema Sport und Geld, als Tettanti noch etwas einfiel zum Thema Carissimo: «Meierhans duldete keine Überlebenden aus seiner Zeit als TV-Produzent. Nur einen Buchhalter nahm er mit in seine neue Firma. Wahrscheinlich wusste dieser Mann zu viel.» Er dachte nach und fügte bei: «Aber auch der musste vor zwei Jahren über die Klinge springen. Wieso er sich das gefallen liess, wusste niemand so recht. Man redete viel damals, und ein Gerücht sprach von Einschüchterungen, durch Hintermänner von Meierhans.»

«Wie dem auch sei, der ehemalige Buchhalter von Meierhans verschwand von der Bühne.» Und nach einer Pause: «Ich glaube, er hiess Etter.»

Ich wusste es besser, hütete mich aber davor, meinem Kollegen von meinem Erlebnis in Bönigen zu erzählen. Schon bald verabschiedete sich Roberto, und auch ich machte, dass ich nach Hause kam. Morgen wartete viel Arbeit auf mich.

*

Am Dienstag war ich zeitig im Studio. Ochsenbein liess sich immer noch nicht blicken, und mein mulmiges Gefühl im Bauch verstärkte sich. Bevor sich ein Gewitter über meinem

Kopf entladen konnte, entfloh ich ins Berner Oberland. Ich wollte Kurt Egger einen Besuch abstatten. Vom Concierge des Hotels Alpine Ressort hatte ich erfahren, dass der Buchhalter mit einigen kleinen Prellungen und einer leichten Hirnerschütterung zu Hause war.

In Bönigen fragte ich mich durch zu Egger, der mich ohne besondere Wiedersehensfreude empfing. Aber die kleine Harasse mit Rugenbräu-Bier, die ich mir im Dorfladen besorgt hatte, schien doch willkommen zu sein: «Vielen Dank. Es geht mir schon besser.»

«Wenn ich den Raser erwische, drehe ich ihm den Hals um», schimpfte der kleine Buchhalter, «man kann nicht einmal mehr in unserem kleinen Dorf über die Strasse gehen, ohne in Lebensgefahr zu geraten.»

Ich musste ihn auf die Möglichkeit eines gezielten Anschlags hinweisen und so aus der Reserve locken. «Ich fand es seltsam, dass der Fahrer im Sportwagen erst beschleunigte, als er Sie die Strasse überqueren sah.»

«Ist das wahr?» Er blickte mich erstaunt an. «Aber mein Retter, der Herr Christen aus Bern, sagte doch, das Auto sei bereits mit überhöhtem Tempo auf die Dorfstrasse eingebogen.»

«Auch die Fahrerflucht war eigentlich unnötig, da Sie ja mehr oder weniger unverletzt blieben. Der Sportwagenfahrer hätte höchstens mit einer kleinen Geldbusse rechnen müssen.» Ich doppelte nach: «Aber beim Temperament der Italiener ist alles möglich.»

«Italiener?» Egger war endlich erwacht und zeigte ein besorgtes Gesicht. «Niemand hat die Nummer des Autos erkennen können. Wie kommen Sie auf Italiener?»

Ich musste improvisieren und faselte etwas von einem Schild, das grösser gewesen sei als die in der Schweiz üblichen und auch keine Wappen aufgewiesen habe: «Sicher ein EU-Nummernschild. Und ausserdem fiel mir ein auf der Rückscheibe angebrachter Fankleber von Juventus Turin auf.» So, diese Lügen reichten wohl aus, um beim Ex-Buchhalter von Meierhans die von mir gewünschten Gedankenassoziationen herbeizuführen.

Egger erbleichte denn auch prompt und wurde noch wortkarger als sonst. Er murmelte etwas von Kopfschmerzen und komplimentierte mich bald aus seiner Wohnung. Bei der Verabschiedung murmelte er: «Ich hatte vor vielen Jahren einen Zusammenstoss mit Leuten, die mit der italienischen Finanzunterwelt in Verbindung standen. Das ist aber Schnee von gestern. Es sei denn ...» Er überlegte einen Augenblick, ob er mir mehr sagen sollte, entschied sich dagegen und wünschte mir eine gute Heimkehr.

Das war's. Ich sah zwar meine Annahme bestätigt, der Buchhalter sei tief in die üblen Machenschaften seines früheren Arbeitgebers verwickelt gewesen, aber neue Erkenntnisse hatte das Gespräch nicht ergeben.

Ich erinnerte mich an meine Verpflichtungen gegenüber von Gunten und unterrichtete den Kommissär telefonisch von meinem Besuch in Bönigen. Er dankte mir: «Das ist nicht viel Neues.» Und er wechselte das Thema: «An den Handschuhen, die Sie im Abfalleimer der Bar fanden, sind DNA-Spuren festgestellt worden. Wir müssen uns jetzt noch Vergleichsproben von den Verdächtigen beschaffen.»

Schliesslich versetzte mir von Gunten noch den moralischen Tiefschlag des Tages. «Ich gebe Ihnen einen persönlichen Rat. Überlegen Sie es sich gut, wie und mit wem Sie Ihren erotischen Nachholbedarf ausleben.»

Er wartete nicht, bis ich mich erholt hatte. Ich hörte noch sein unfrohes Lachen, und die Verbindung war unterbrochen.

Auf der Rückfahrt nach Bern ging mir immer wieder die Sache mit dem erotischen Nachholbedarf durch den Kopf. Was hatte der Kommissär damit gemeint? Wusste er schon von meinem kurzen, bisher äusserst harmlosen Flirt mit der Kobelt? Woher? Fragen über Fragen und keine Antworten.

Im Studio empfing mich erneut kein böser Vorgesetzter,

und auch die Belegschaft sass friedlich in der Cafeteria. Ich schlich mit eingezogenem Kopf durch den Redaktionskorridor und erwartete jederzeit Blitz und Donner eines längst fälligen Chefgewitters. Im Büro klingelte das Telefon, und ich fiel aus allen Wolken, als ich Ochsenbeins freundliche Stimme hörte: «Herr Dubach, könnten Sie in mein Büro kommen. Bitte.»

Das war nicht gut. Das war gar nicht gut. Weder die Anrede «Herr» noch das «Bitte» entsprachen auch nur im Entferntesten dem üblen Grundcharakter meines Chefs. Er war entweder psychisch erkrankt oder willens, mir den Todesstoss auf höfliche Art zu versetzen.

Wie immer platzte Joe, ohne anzuklopfen, in mein Büro. Er musterte mich mit Kennerblick und erkannte sofort, dass sich etwas Interessantes tat: «Hast du schon den ersten Liebeskater?»

Ich ging nicht auf seine Blödelei ein und fragte: «Was ist mit Ochsenbein los? Hat ihn jemand behandelt oder zurechtgestaucht?»

«Der Chef hat gerade Hanna angebrüllt, weil sein Name im gestrigen Vorspann der Abendsendung zu stark flimmerte und kaum lesbar war. Also scheint er gesund zu sein.» Joe überlegte. «Vielleicht wirkt sich der heutige Besuch von Maxli aus. Der war fast eine Stunde bei Ochsenbein. Wieso willst du das wissen?»

«Nur so. Danke, Joe, ich muss jetzt antraben im Chefbüro. Drücke mir den Daumen.» Ich grinste meinem Kollegen zu.

Diesmal klopfte ich bei Ochsenbein an.

Er sass an seinem Pult und ordnete wie üblich seine überflüssigen Akten, um sich den Anschein eines viel beschäftigten Vorgesetzten zu geben. Dann sah er auf und bat mich Platz zu nehmen.

«Herr Dubach. Seit dem betrüblichen Vorfall im Stade de Suisse hat sich viel ereignet. Der Fall wirft grössere Wellen, als ich zuerst dachte.» Er hob sein schwabbliges Kinn und blickte überheblich in eine nicht existierende Runde. Gab sich als Feldherr vor der Schlacht – etwa so aussichtsreich wie Napoleon in Waterloo. «Und wir stehen mittendrin. Bern-1 ist geradezu prädestiniert als Lead-Sender. Lasst uns die Chance nutzen!»

Solchen Stumpfsinn hatte er schon oft verkündet. Bisher durfte ich sein Verhalten also als verhältnismässig normal beurteilen.

Was wollte er von mir?

«Unser Verleger war heute bei mir und hat sich nach unseren Fortschritten bei der Aufdeckung der Hintergründe im Fall Carissimo erkundigt. Ich informierte ihn über Ihre Recherchen, und er zeigte sich zufrieden.» Der Chef sank etwas zusammen, und auf seinem Gesicht verbreitete sich Verunsicherung. «Er verlangte, dass Sie am Ball bleiben und wir Sie mit allen Mitteln unterstützen.»

«Herr Huber hat sich gestern mit Herrn Meierhans überworfen.» Ochsenbein wischte sich einige Schweissperlen von der Oberlippe ab. «Meierhans beschwerte sich abends im Clubhaus Oberhofen erneut über Ihre Berichte. Aber andere Mitglieder des Segelclubs, darunter einige sehr prominente Leute aus Bern, nahmen Sie in Schutz. Sie warfen dem offenbar nicht sehr beliebten Meierhans unzulässige, subjektive Kritik vor. Er geriet in Rage und bezeichnete Herrn Huber als Anführer eines Haufens räudiger TV-Chaoten.»

Ich verkniff mir jedes Lächeln. Nun war mir einiges klar geworden. Maxli wollte Meierhans diese Beleidigung mit allen Mitteln zurückzahlen, und ich war gewillt, meine Rolle als Vollstrecker seiner Rache voll zu geniessen.

Zuerst galt es aber, Ochsenbein mit dem Erfolg meiner Recherchen zu beeindrucken, damit ich freie Hand hatte bei der Planung des weiteren Vorgehens. Ich erzählte ihm auszugsweise, was ich von Roberto Tettanti und heute von Kurt Egger erfahren hatte, und er zeigte sich durchaus beeindruckt: «Bohren Sie weiter, Dubach.» Irgendwie brachte ihn diese

Aufforderung auf andere Gedanken. «Was will die Benita Kobelt eigentlich von uns?»

Von Ochsenbein schon gar nichts, und was die Schöne sonst noch vorhatte, ging ihn einen Dreck an. Ich beherrschte mich und sagte: «Sie zeigte sich sehr beeindruckt von Bern-1. Ich hoffe, Sie bei meinen weiteren Recherchen als Türöffnerin einsetzen zu können. Wenn Sie verstehen, was ich meine.» Natürlich verstand er nicht.

Ich verabschiedete mich vom Chef mit dem Gefühl, einen ganz kleinen persönlichen Sieg errungen zu haben. Das tut gut, besonders einem Medienmann, der langsam, aber sicher in die Jahre kommt und immer weniger Erfolgserlebnisse verbuchen darf.

5

«Wo sind die Plastikhandschuhe des Mörders?» Diese Frage stand im Mittelpunkt meines Beitrags an die Abendnachrichten. Von Gunten hatte mir grünes Licht für dieses kleines Spiel mit den Nerven des Täters gegeben. Einleitend wies ich darauf hin, dass die Polizei nur die Fingerabdrücke von Wüthrich an der Tatwaffe fand, der oder die Täter beim zweiten Mord also Handschuhe getragen haben mussten. Zufällig habe der Kellner in der Medienloge gegen halb zehn Uhr ein Paar Plastikhandschuhe im Abfalleimer der Bar entdeckt; als er bei Betriebsschluss, kurz nach Mitternacht, den Kübel leeren wollte, seien sie verschwunden gewesen. Für die Polizei stellten die Handschuhe ein wichtiges Beweismittel dar, könnte doch deren Benutzer aufgrund der DNA-Analyse ohne Weiteres ermittelt werden. Informationen über den Verbleib der Plastikdinger würden wir gerne entgegennehmen und an die Polizei weiterleiten.

Nach einem kleinen Rundgang durch Altstadtkneipen kehrte ich gegen halb elf Uhr gut gelaunt nach Hause zurück. Ich wollte mir gerade einen Gutenachttee brauen, als das Telefon schrillte. Es war Benita, die sich nach meinem Befinden erkundigte, aber vor allem wissen wollte, wie ich an die Informationen über die Plastikhandschuhe gekommen sei.

«Das ist ein Meisterwerk der Reportage», schwärmte sie, «vielleicht bringt das den Durchbruch im Mordfall.»

Ich erzählte ihr natürlich nichts über meinen Diebstahl vom Freitag, sagte nur, ich hätte von der Geschichte über viele Umwege erfahren und von Gunten habe mir schliesslich erlaubt, die Sache zu publizieren. Die Kobelt schlug einen gemeinsamen Schlummertrunk morgen, Mittwoch, vor. Sie habe so viele Fragen und möchte mich im Übrigen gerne wiedersehen. Wir vereinbarten, uns gegen neun Uhr in einer Altstadtbar zu treffen.

Ich schlief trotzdem gut, erwachte um halb acht Uhr, also für meine Verhältnisse recht früh, genoss anschliessend meinen Morgenkaffee mit Gipfeli im Garten des Restaurants Obstberg und kam gegen neun Uhr ins Studio.

Heute wollte ich mich dem ersten Alibilosen widmen. Nationalrat Johannes Dummermuth. Der Weinbauer besass ein wunderschönes Weingut bei Twann am Bielersee, wurde von seinen Freunden «Housi» genannt, war bekannt für seine kernigen Sprüche und den eher lockeren Lebenswandel. Obschon gerade Sommersession des eidgenössischen Parlaments war, befand sich Dummermuth an diesem Morgen in seinem Geschäft am Bielersee. Ich erhielt von seiner Sekretärin einen Termin am späteren Vormittag.

Twann war genau der Ort, der sich an diesem herrlichen Vorsommertag für einen Ausflug aufdrängte. Ich verzichtete angesichts meines neuen Status als privilegierter Reporter von Bern-1 auf die sonst übliche Abmeldung beim Chef, schnappte mir den neutralen Firmenwagen und fuhr gemütlich in Richtung Bielersee. Unterwegs hörte ich die Nachrichten von DRS und vernahm, dass das nächste EM-Gruppenspiel im Berner Stade de Suisse von Freitag, 27. Juni, bereits ausverkauft sei. Ich beschloss, mir bei Maxli erneut die Eintrittskarte für die Medien-Loge zu beschaffen, um nochmals in der VIP-Etage schnuppern zu können.

In Twann meldete ich mich beim Degustationsstand des Weinbauern und fragte nach Dummermuth. Er sei gerade in einer Besprechung mit einem Kunden, möchte mich aber um elf Uhr in der Gartenlaube des Restaurants *Traube* treffen. Ich dankte und bummelte zufrieden durch den reizenden Ort, sass am See und sah lange dem Wellenspiel mit den kleinen tanzenden Sonnensternen zu. Ab und zu tauchte ein Gesicht in den wirbelnden Lichtern auf, das mir gleichzeitig vertraut und fremd war. Ich glaubte, den neckischen Blick meiner Liebsten zu erkennen, ihre glänzenden schwarzen Haare berühren zu können, und wollte mich gerade ihrem herrlichen Mund zum Kuss nähern, als ich jäh erwachte. Ich wäre beinahe von der schattigen Sitzbank an der Schiffsanlegestelle gefallen.

Es war Zeit für mein Rendez-vous mit Housi. Der massige Mann mit dem stets etwas geröteten Gesicht und äusserst vifen Augen erwartete mich schon im Restaurant Traube. Er winkte mich an seinen Tisch und schenkte mir sofort ein Glas Weisswein ein. «Versuchen Sie unseren Twanner. Er ist heuer besonders spritzig.»

Wir plauderten über politische Aktualitäten, so auch über die hitzige Debatte im Nationalrat zum Traktandum neue Nationalhymne und andere weltbewegende Themen. Nach einiger Zeit gelang es mir, das Gespräch auf den Doppelmord vom letzten Freitag zu bringen. Housis Gesicht wurde noch röter als sonst, und er wetterte: «Nur weil ich an einer längeren Sitzung auf der Toilette war, bin ich für diesen von Gunten ein Tatverdächtiger. Was erlaubt sich eigentlich dieser Kerl?»

«Hat Sie denn niemand gesehen im Korridor?»

«Nein. Ich wollte gar niemanden sehen, denn es pressierte. Auf dem Hinweg zur Toilette wegen meiner Verdauung und auf dem Rückweg wegen des gerade sehr spannenden Spieles.» Dummermuth musterte mich mit dem Blick des erfahrenen Weinhändlers für einen potenziellen Grosskunden. «Wir könnten uns etwas eingehender über die Angelegenheit unterhalten, wenn Sie sich heute Nachmittag für den Ausflug meiner Fraktion freimachen könnten.»

Housi war Vertreter der mittelständischen Volkspartei der Schweiz MPS, und der Fraktionsausflug ging nach Spiez am Thunersee. An solchen Anlässen erfährt ein Journalist meist mehr als an offiziellen Informationsveranstaltungen, und deshalb sagte ich gerne zu.

«Also um drei Uhr vor dem Bundeshaus.» Dummermuth leerte sein Glas mit einem Zug, rief nach der Serviererin, zahlte und eilte davon.

Ich beschloss, diesen schönen Tag voll auszukosten, spazierte erneut durch Twann und traf erst gegen ein Uhr wieder im Studio ein. Dort produzierte ich meinen täglichen Beitrag an die Abendsendungen. Natürlich ging es erneut um die Plastikhandschuhe, und ich piesackte den Täter diesmal mit dem Hinweis, der Fundort der später verschwundenen Beweismittel, also die Bar in der Medien-Loge, lege den Schluss nahe, dass nur jemand aus diesem Raum für die Tat infrage komme. Es sei sehr seltsam, dass alle Logengäste für die Tatzeit ein hieb- und stichfestes Alibi hätten. Das rufe nach weiteren Recherchen. Bern-1 bleibe am Ball.

Ich rieb mir in Gedanken die Hände und machte mich auf den Weg zum Bundesplatz, wo bereits viele Cars für die verschiedenen Fraktionsausflüge standen. Nach einigem Herumirren entdeckte ich die MPS-Leute und wurde von Dummermuth mit markigen Sprüchen empfangen.

Endlich durfte ich einsteigen, und ich setzte mich neben einen anderen Ehrengast. Es war Alberto Marrani, der Chef der neuen Zentralstelle für die Bekämpfung der Geldwäscherei, den ich letzten Freitag kennenlernte. Er freute sich über das Wiedersehen und raunte mir zu, als gerade kein Parlamentarier in der Nähe war, es sei eigentlich nur wegen des feinen Spiezer Weissweines mitgekommen.

Kurz vor der Abfahrt stieg Bundesrat Manuel Schmitter, der MPS-Vertreter in der obersten Landesbehörde, in den Car und turnte den Mittelgang entlang nach hinten, wo der Fraktionschef sass. Dabei holte sich mindestens ein Dutzend Volks- und Ständevertreter eine Stirnbeule, als sie zu hastig aufstanden, um dem hohen Magistraten ihre Reverenz zu erweisen, und dabei mit dem Kopf ans Ablagebrett stiessen.

Der Rest der Reise verlief ohne Unfall. In Spiez hielt der Car vor dem Schloss an, wo eine Blasmusik aufspielte und Schulkinder Blumensträusschen überreichten. Es war ein sommerlich warmer Tag, und alles strömte in den schattigen Schlosspark zum Aperitif.

Marrani und ich wurden von hübschen Trachtenmädchen mit spritzigem Spiezer Weisswein versehen, und wir setzten uns in der Nähe von Dummermuth an einen Holztisch. Housi war nun in Gesellschaft einer vornehmen Dame, die er uns als seine Frau Eveline vorstellte. Marrani musste mein Erstaunen bemerkt haben, denn er flüsterte mir zu: «Das hätten Sie Housi auch nicht zugetraut, nicht wahr? Aber er wollte offenbar auch mit der Ehe hoch angeben und heiratete die Tochter eines nicht sehr begüterten Berner Patriziers, die das Adelsprädikat «von» vor ihrem Namen sicher nur aufgab, um von den Millionen des Weinbauern zu profitieren.»

Es folgten mehr oder weniger launige Ansprachen des Fraktionschefs und des Gemeinderatvertreters von Spiez, und auch Bundesrat Schmitter fühlte sich bemüssigt, einige passende Worte an die Parlamentarier zu richten. Marrani und ich trösteten uns mit dem feinen Weissen, dem in der Runde mit Begeisterung zugesprochen wurde. Bald schwoll der Lärmpegel so stark an, dass Schmitter sein Votum abrupt kürzte und mit sichtlicher Erleichterung selber zum Glas griff.

Vom weiteren Anlass blieb nicht viel in meinem Gedächtnis haften. Ich weiss nur noch, dass Housis Eveline mehrmals die Runde bei den jüngeren Parlamentariern machte und dabei nicht mit ihren Reizen geizte. Selbst ich kam in den Genuss eines charmanten Augenaufschlags der Schönen, was Marrani zur Bemerkung veranlasste: «Die Lady hat schon oft ein Faible für jüngere Herren bewiesen. Aber auch Housi ist kein Verächter des schwachen Geschlechts. Beide sind glücklich dabei. Was will man mehr?» Und zu mir gewandt, fügte er bei: «Besonders Medienvertreter scheinen bei Eveline immer wieder Erfolg zu haben. Man hat lange darüber spekuliert, ob Carissimo unter diesen Glücklichen war.»

Damit ergab sich, wenigstens rein theoretisch, ein Tatmotiv für Housi. Wobei ich nicht so recht glaubte, dass sich der lebenslustige Weinbauer wegen eines Seitensprungs seiner holden Gattin derart in Schwierigkeiten bringen würde. Zudem ergab sich kein direkter Zusammenhang mit der Carissimo-Ankündigung eines EM-Skandals. Dummermuth mochte privat einiges auf dem Kerbholz haben, aber er genoss als Geschäftsmann einen tadellosen Ruf.

Um halb acht waren wir wieder in Bern, und ich bemühte mich, rasch nach Hause zu kommen und mit kräftigem Kaltduschen den Alkoholpegel auf ein vernünftiges Mass zu senken. Was mir nur zum Teil gelang. Mein Blick war immer noch etwas benebelt, als ich um neun Uhr in der Altstadtbar Belle Epoque eintraf.

Benita sass schon am einzigen Tisch vor der Theke und empfing mich mit ihrem lieblichen Lächeln. Als ich mich neben die langbeinige Hübsche setzte, schnupperte sie in meine Richtung. «Was verdeckst du mit deinem rassigen Rasierwasser? Täuscht mich meine feine Nase, oder sind es einige Gläschen Weisswein?»

Ich erzählte ihr vom Ausflug nach Spiez, und wir amüsierten uns über die lustigen Episoden der Parlamentarier-Schulreise. Sie kannte einige Teilnehmer aus ihrer Zeit als Miss Schweiz. Ihr realistischer Bericht über die menschlichen Schwächen der prominenten Herren war nahezu sendewürdig. Wir kugelten uns vor Lachen.

Ehe wir uns versahen, war es Mitternacht. Wir verliessen das Lokal und schlenderten in Richtung Bärengraben. Ohne ein Wort zu verlieren, wie selbstverständlich, stieg Benita mit mir in den nächsten Bus, und wir fuhren zusammen in die Schosshalde. In meiner Junggesellenbude stellte ich ihr meine Lieblingspianisten vor. Auf ihren Wunsch versuchten wir einige Tanzschritte, bis sie strauchelte und in meinen Armen landete.

*

Am Morgen hielt sich das Gerangel um die Badezimmerbenützung in Grenzen. Ich verzichtete darauf, mich als Frühstückskünstler zu präsentieren, und lud Benita zum Morgenessen in die Obstberg-Beiz ein. Wir bedienten uns am Buffet mit Heisshunger und löschten den unerhörten Durst mit viel Fruchtsäften und Mineralwasser.

Gegen neun Uhr gab es die übliche Abschiedszeremonie. Benita machte es gnädig und forderte keinen konkreten Wiedersehenstermin. Sie würde mir in den nächsten Tagen telefonieren. Sie drückte mich kurz an sich, verpasste mir einen feurigen Kuss und verschwand in Richtung Bushaltestelle.

Auf dem Weg ins Studio liess ich mir die Nacht durch den Kopf gehen. Es war herrlich gewesen, sanft und gleichzeitig fordernd – mal leicht wie Schmetterlingsliebe in der Luft, mal bodennah und kräftig wie Bauernlust im Heustock.

Ich schüttelte mich innerlich und dachte unwillkürlich an von Guntens blöden Spruch. Erotischer Nachholbedarf. Und wennschon.

Etwas gereizt traf ich im Studio ein. In der Cafeteria war niemand, nicht einmal Joe. Auf meinem Pult lag ein Zettel. Ich solle möglichst rasch Kommissär von Gunten anrufen.

Widerwillig griff ich zum Telefon, wurde sofort mit von Gunten verbunden. «Dubach, in Bönigen tut sich was. Kommen Sie mit uns. Ich hole Sie in zehn Minuten ab.»

Die schöne Zeit, als ich mit Herr Dubach angesprochen worden war, schien vorbei zu sein. Auch bei Ochsenbein war ich vorgestern am Schluss wieder nur der Dubach gewesen.

Ich knirschte mit den Zähnen, versuchte, meine Stimmung künstlich zu heben, indem ich an Benita dachte. Es nützte nichts. Ich hatte nun einmal einen Kater, war auf mich und die übrige Welt zornig. Im Gang begegnete mir Joe, der mich nur kurz ansah und wortlos in einem Büro verschwand.

Draussen wartete bereits ein Polizeiwagen auf mich. Von Gunten winkte ungeduldig, und ich bemühte mich redlich, so langsam als möglich ins Auto zu steigen. Natürlich hatte das eine ärgerliche Reaktion des Kommissärs zur Folge. «Sie scheinen nur nachts gut in Form zu sein. Ein wenig Gymnastik täte Ihnen gut. Ich meine richtige Gymnastik.»

Dummkopf. Ich verzog keine Miene und blieb während der ganzen Fahrt stumm wie ein Fisch.

In Bönigen angekommen, liess von Gunten den Polizeiwagen in einen Hinterhof fahren, um kein Aufsehen zu erregen. Er begrüsste dort mehrere Polizeibeamte der örtlichen Dienststelle in Zivilkleidern und schritt sofort zur Lageorientierung. «Wie Sie bereits hörten, hat uns Interpol über ein Team von zwei bis drei professionellen Killern aus Mailand informiert, die heute Morgen die Grenze von Chiasso passierten. Ein Spitzel meldete der Mailänder Polizei schon gestern, ein Mordauftrag sei erteilt worden. Wir wissen nicht genau, wer der Auftraggeber ist. Aber es ist anzunehmen, dass es sich um eine norditalienische Organisation handelt. Auch das Opfer wurde nicht namentlich genannt. Es gibt nur den Hinweis des Spitzels, es gehe um einen Informanten.» Der Kommissär ergänzte: «Nach dem Anschlag vom Sonntag müssen wir annehmen, dass Kurt Egger in Bönigen das Opfer ist. Er war vor Jahren in dubiose Geschäfte mit italienischen Finanzhaien verwickelt, und es gibt Anhaltspunkte, dass er sein Wissen um kriminelle Machenschaften einer Schweizer Unternehmung vor Kurzem publik machen wollte, was zum Doppelmord im Stade de Suisse führte.»

Von Gunten wies auf mich. «Ich habe den Reporter Dubach von Bern-1 mitgenommen, weil er Egger bereits kennt.

Er wird vorausgehen und versuchen, den Bedrohten auf unser Einschreiten vorzubereiten und ihn vor allem zu beruhigen. Beim Auftauchen eines Fahnders würde Egger wahrscheinlich ausrasten und die Killer alarmieren.»

Mehrere Polizisten wurden angewiesen, Bönigen nach Autos aus Italien abzusuchen. Fahnder in Zivil sahen sich in Hotels und Restaurants um. Einige Polizeibeamte, ebenfalls in Zivilkleidern, wurden zum Wohnhaus von Egger befohlen. Als unsichtbarer Schutzring um den Bedrohten.

Ich versuchte mehrmals, mit meinem Handy das Studio zu erreichen und eine Aufnahmeequipe nach Bönigen zu holen. Vergeblich. Von Gunten winkte jedes Mal energisch ab, wenn ich telefonieren wollte. Und schliesslich befahl er mir sogar, ihm das Handy zu übergeben. «Ich habe keine Zeit, Ihnen weiter auf die Finger zu sehen, Dubach. Aufnahmen kommen nicht infrage.»

Nachdem alle Polizisten ihren Posten eingenommen hatten, schickte mich der Kommissär auf die Erkundungstour bei Kurt Egger. Ein Himmelfahrtskommando, schoss es mir durch den Kopf, aber schliesslich siegte meine Journalistenneugierde über die Angst.

Der Buchhalter wohnte etwas oberhalb des Dorfkerns in einem kleinen Chalet. Ich klopfte an seine Wohnungstüre, und es vergingen mehrere Minuten, bis sich drinnen etwas regte.

«Wer ist da?», fragte eine dünne Stimme.

Als ich mich zu erkennen gab und etwas von einer wichtigen Mitteilung stotterte, öffnete Egger die Türe und bat mich, rasch einzutreten. Er hatte alle Fensterläden geschlossen, und im Wohnungsinnern herrschte eine stickige Atmosphäre. Es roch nach Essen, Zigaretten, Schweiss und Angst.

«Was wollen Sie schon wieder?» Der kleine Buchhalter blickte mit Misstrauen und zunehmender Abneigung zu mir auf.

Ich musste die Lage bereinigen, indem ich ihm reinen Wein

einschenkte. So informierte ich ihn über meine wahre Identität und gab ihm einen kurzen Überblick über die bedrohlichen Entwicklungen und die von Kommissär von Gunten getroffenen Abwehrmassnahmen.

Egger nahm diese Enthüllungen mit einer gewissen Fassung zur Kenntnis. Er machte auf dem mit Essensresten übersäten Tisch Platz für zwei kleine Gläser, die er mit dem hierzulande üblichen Kartoffelschnaps füllte.

Wir stiessen an, und er sagte: «Es musste einmal so kommen. Ich hoffte natürlich immer, mit der Zeit würde Gras über die leidige Sache wachsen.» Er atmete tief durch. «Mein Wissen bleibt für diese Leute gefährlich. Auch nach Jahren.»

Und nach einer längeren Pause: «Wäre nur nicht mein völlig unnötiger Anfall von Mut gewesen. Als ich meinen Kameraden aus dem Militärdienst, Dani Carissimo, über den Skandal orientierte. Die Fussball-EM weckte in mir viele Erinnerungen aus schlimmen Zeiten, und in einer schwachen Stunde beschloss ich auszupacken.»

«In der naiven Hoffnung, meine Information würde vertraulich bleiben und mein Name nirgends genannt.» Sein Blick war verzweifelt geworden. «Meine Rolle bei den üblen Machenschaften war immer nur die eines Mitwissers. Weil ich schwieg, konnte ich die Stelle behalten.»

Egger erzählte mir von dubiosen Geldgebern aus Mailand, die Meierhans nach dem Konkurs seines TV-Produktionsunternehmens einen glanzvollen Neustart ermöglichten. «Meierhans gibt sich zwar heute als Alleinbesitzer der Firma mit den TV-Übertragungsrechten aus, aber die ehemaligen Financiers sind immer noch beteiligt.» Diese unklaren Finanzierungsgrundlagen seien aber nicht das eigentliche Problem. «Skandalös ist, was bei der Vergabe der TV-Übertragungsrechte für die Fussball-EM 2008 geschehen ist. Vor zwei Jahren, kurz bevor mir gekündigt wurde.» Was bei der Vergabe der TV-Rechte so skandalös gewesen war, wollte er mir nicht sagen.

Er sei nach dem Ausscheiden aus Meierhans' Firma fast ein Jahr in Baden gewesen. Als Buchhalter bei einer Lokalbank. Dort habe er sich auch für Fussball interessiert und im Auftrag seines Abteilungschefs die Finanzen des FC Newstars United betreut. «Nur wenige Monate, denn auch hier passierten seltsame Sachen.» Wiederum reagierte er nicht auf mein Nachstossen, was er damit meine.

Der Mitwisser zu vieler düsterer Geheimnisse sah jetzt müde und erschöpft aus. Draussen rührte sich nichts, und so beschloss ich, ihn allein zu lassen und den Kommissär über mein Gespräch zu informieren. Ich riet Egger, niemanden hereinzulassen und auch Telefonanrufe nicht zu beachten.

Ich fand von Gunten im Ochsen vor einem Bier. Er zeigte auf den Stuhl neben sich und sagte mit leiser Stimme: «Bisher nichts Neues. Nur auf dem Parkplatz hinter dem Kiosk steht ein Auto aus Italien. Nicht aus Mailand, sondern aus Turin. Es ist leer. Kein Gepäck.»

Der Kommissär nahm meinen Bericht über das Gespräch mit dem Buchhalter zur Kenntnis. Ohne eine Miene zu verziehen. Er dachte eine Weile nach und meinte: «Damit ist Wurstler eigentlich jetzt unser Hauptverdächtiger. Hat er doch kein Alibi. Mir gefällt das gar nicht. Je unübersichtlicher der Fall wird, desto grösser ist die Gefahr, dass wir etwas Wichtiges übersehen.»

In diesem Augenblick piepste sein Handy. Er lauschte gespannt, stand auf und hiess mich mitkommen. Während wir hinauseilten, raunte er mir zu: «Zwei Männer schlendern die Strasse zu Egger hinauf. Sie tragen Rucksäcke in der Hand und schauen sich ständig um.»

Von Gunten befahl per Handy seinen Männern beim Wohnhaus des Buchhalters, sich sofort in Deckung zu begeben und die Waffen zu ziehen. «Die beiden Männer auf der Strasse sind als äusserst gefährlich einzustufen. Gebt ihnen keine Gelegenheit zum Schuss.» Die im Dorf verteilten übrigen Polizeibeamten erhielten den Auftrag, mit drei Autos die

Sackgasse abzusperren. Der Kommissär gab den Gebrauch der Maschinenpistolen frei und ordnete an, den Wagen aus Italien auf dem Parkplatz mit einer Abfahrtsperre zu versehen.

Wir erreichten rasch die Strassenabzweigung, die durch Polizeiwagen bereits abgeriegelt war. Von Gunten befahl mir, bei der Absperrung zu bleiben, während er sich eine kugelsichere Weste anzog und dann mit einem halben Dutzend Beamten die Strasse hinaufrannte. Vor dem Wohnhaus Eggers machte die Sackgasse eine Linkskurve, sodass ich nicht sehen konnte, was sich oben tat.

Meine Aufregung stieg ins Unermessliche, als mehrere Schüsse zu vernehmen waren. Gleich darauf erfolgte eine kleine Explosion. Dann war alles still. Bis das Telefon in einem Polizeiauto schrillte. Ein Beamter sagte mehrmals «Jawohl» oder «Zu Befehl» und rief seinen Kollegen anschliessend zu: «Sperre aufgehoben. Zivilisten weiterhin fernhalten.» Die Polizisten richteten sich hinter den offenen Wagentüren auf und sicherten die Maschinenpistolen.

Ich konnte mich nicht mehr beherrschen und eilte die Strasse hinauf, ohne auf die Rufe der Beamten zu achten. Zwei Krankenwagen und ein Polizeiauto rasten mit Blaulicht und Sirenengeheul vorbei. Als ich beim Wohnhaus von Egger ankam, erwartete mich ein Bild wie aus einem kitschigen Gangsterfilm.

Auf der Strasse lagen zwei Körper, abgedeckt mit Tüchern. Daneben Verletzte, die durch den Notarzt versorgt wurden. Sanitätsleute eilten hin und her, und aus dem Wohnhaus stiegen Rauchschwaden. Mehrere Polizeibeamte waren mit Kreide und Messband unterwegs, markierten Fundstellen und fotografierten jeden Winkel.

Von Gunten war nirgends zu sehen. Erst als ein Löschwagen der örtlichen Feuerwehr eintraf, trat er aus dem Haus und beriet sich mit dem Verantwortlichen.

Er entdeckte mich und winkte mich zu sich. «Schlecht,

Dubach. Schlecht. Das waren wirklich Professionelle. Die ergeben sich nie.» Der Kommissär zeigte auf die beiden Toten. «Sie schossen wie wild um sich, sodass wir das Feuer gezielt erwidern mussten. Als wir den einen erwischten, hatte der andere noch Zeit, eine Handgranate zu werfen. Diese durchschlug ein Fenster und explodierte im Innern der Wohnung von Egger. Kurz darauf konnten wir auch den zweiten Killer erledigen.»

«Leider sind zwei meiner Männer verletzt worden. Zwar nicht schwer, aber sie mussten doch ins Spital transportiert werden.» Die Anspannung bei von Gunten wich einer sichtbaren Erschöpfung. Man sah ihm jetzt an, dass er in wenigen Jahren pensioniert wurde. «Und Kurt Egger ist tot. Die Handgranate erwischte ihn voll, als er nachsehen wollte, was mit der Scheibe geschehen war.»

Egger tat mir leid. Ich hatte noch vor einer Stunde mit ihm gesprochen, und das Bild dieses vereinsamten, auch verzweifelten Mannes würde mich noch lange verfolgen. Er musste seinen Versuch der Vergangenheitsbewältigung mit dem Tode bezahlen.

Bevor der Tross der polizeilichen Spurensicherung samt Leichenbeschauer aus Bern eintraf, wollte ich mich verdrücken. Der Kommissär entliess mich mit der Bemerkung: «Das war ein aufregender Morgen. Helfen Sie mit, Dubach, dass es keine weiteren Toten gibt. Das ist nur möglich, wenn wir den Mörder von Carissimo rasch finden.» Und rief mir nach: «Ich sehe Sie morgen. An der Medienorientierung um zehn Uhr im Rathaus.»

Ich fuhr mit dem nächsten Zug nach Bern zurück. Das Studio hatte ich telefonisch alarmiert, sodass mich meine Produktionsequipe bereits erwartete. Wir bemühten uns in den nächsten Stunden nach Kräften, einen richtigen Superscoop zu landen. Alle zogen am gleichen Strick, und sogar Ochsenbein half mit, indem er sich nicht unnötig in die Produktion einmischte.

Die Abendsendung hatte es in sich. Wir zelebrierten das tragische Geschehen in Bönigen richtiggehend, rollten den Doppelmord im Stade de Suisse wieder auf und brachten ihn in Verbindung mit denkbaren düsteren Vorgängen hinter den Kulissen der Fussball-EM, spekulierten über mögliche Drahtzieher und liessen dabei viele Fragezeichen im medialen Luftraum stehen.

Unser Chef war zufrieden mit sich. Als Maxli ihn nach den Abendnachrichten anrief und ihm gratulierte, hörten wir im Gang, wie Ochsenbein in seiner grundanständigen, bescheidenen Art darauf hinwies, er habe mit dieser Sendung nur seine Pflicht gegenüber Bern-1 erfüllt. Immerhin lud er meine Produktionsequipe zu einem Glas Champagner ein. Es kam natürlich keine richtige Stimmung auf, nicht nur wegen der fehlenden Perlen im Wein, und die Runde löste sich bald auf.

Ich musste Abstand zu den schrecklichen Erlebnissen des Tages gewinnen und bummelte nachdenklich durch die Stadt. Schliesslich zog es mich zu einem Schlummertrunk in den Klötzlikeller, wo zwar keine vollbusige und blonde ledige Wirtin das Zepter führte, wie dies die Satzungen des altehrwürdigen Weinlokals vorsehen sollen, sondern eine ganz normale nette Brünette mit hervorragenden Kochqualitäten. In der Ecke des Kellerraumes erkannte ich zwei Kollegen vom Konkurrenzsender Bären-TV, die laut aufbrüllten und mich sofort an ihren Tisch zogen.

Die folgenden Fachsimpeleien drehten sich naturgemäss um die Gewalttat in Bönigen. Der Beitrag von Bern-1 war von den meisten anderen Privatsendern und auszugsweise auch von der DRS-Tagesschau übernommen worden. Ein echter Superscoop also, der beim Bären-TV einige Aufregung verursachte. Da die regionalen Medien erst am nächsten Morgen von der Polizei informiert wurden, ergab sich ein gewisser Erklärungsbedarf wegen der vorzeitigen Veröffentlichung der Fakten bei Bern-1. Ich plauderte über sensationelle Ergebnisse meiner Recherchen und bezeichnete es als absoluten Zufall, dass ich im richtigen Augenblick in Bönigen gewesen war. Ob sie mir glaubten, weiss ich nicht. Es war mir auch egal.

Als ich die steile Treppe des Kellerlokals zur Gerechtigkeitsgasse hinaufkletterte, spürte ich einige Regentropfen auf meiner Stirne. Ein Gewitter zog auf, und ich beeilte mich, nach Hause zu kommen.

Im Briefkasten fand ich ein gelbes Kuvert. Es enthielt ein kurzes Schreiben von Benita, die mir zur Sendung gratulierte und anbot, einen Kontakt zur Berner Schauspielerin Andrea Unger herzustellen, die ja auch auf meiner Liste gewesen sei. Sie würde mir morgen früh ins Studio telefonieren. Der Brief schloss mit ein paar Zeilen intimer Zärtlichkeiten.

6

Als ich am Freitagmorgen ins Studio spazierte, gingen mir viele Gedanken durch den Kopf. Vor einer Woche hatte alles begonnen. Mit dem Doppelmord im Stade de Suisse. Und seither überschlugen sich die Ereignisse richtiggehend.

Ich versuchte eine Auslegeordnung der dringendsten Pendenzen vorzunehmen. Da war einmal der Informant Egger, dessen Wissen sowohl Meierhans als auch Wurstler bedroht hatte. Meierhans wies zwar ein Alibi auf, aber er konnte eine Drittperson mit der Tat im Stade de Suisse beauftragt haben. Und bei Wurstler sah ich im Augenblick noch keinen Zusammenhang mit der Skandalankündigung Carissimos. Blieben die Schauspielerin Unger und der Bauunternehmer Gutjahr, wenn man einmal von Housi Dummermuth absieht, der meines Erachtens aber eher für eine verbotene Liebesaffäre als für einen Mord infrage kam.

Motive für den Doppelmord im Fussballstadion gab es zur Genüge. Da war einmal die angekündigte Aufklärung eines Skandals durch Carissimo, die von den Betroffenen verhindert werden musste. In der Reporterausbildung hatten wir einmal gehört, dass die Gründe für eine Gewalttat neben Geld vor allem Liebe, Hass und Machthunger sind. Liebe spielte wohl auch in meinem Fall bei den meisten Verdächtigen eine grosse Rolle, war aber als Mordmotiv eher unwahrscheinlich geworden durch den Einsatz des italienischen Killerkommandos. Und Hass war überall vorhanden, aber auch er taugte nicht als Auslösefaktor der ganzen Affäre.

Im Studio waren Anrufe vom Kommissär sowie von Benita für mich notiert worden. Ich erreichte von Gunten sofort, und er bat mich, noch am selben Tag im Polizeikommando am Waisenhausplatz vorbeizukommen und meinen Bericht über das Gespräch mit Egger protokollieren zu lassen. Seinen beiden angeschossenen Beamten gehe es besser, und sie seien aus dem Spital entlassen worden. Was die beiden Profikiller aus Norditalien betraf, so konnte zwar ihre Identität festgestellt werden, aber bei ihrer Zuordnung zu einem italienischen Verbrechersyndikat haperte es.

Benita war auch zu Hause. Sie flötete wie eine Nachtigall und wollte mich unbedingt an diesem Freitag noch treffen. Es sei ihr übrigens gelungen, Andrea Unger zu einer Bootsfahrt auf dem Neuenburgersee einzuladen. Am Samstagabend. Man treffe sich um 19 Uhr im Hafen von Portalban zu einer tollen Party – auf dem grossen Motorboot von Meierhans. Sie würde heute zudem versuchen, Hanspeter Wurstler zu erreichen, den sie von früher her gut kenne. Vielleicht komme er auch zur Party.

Ich schluckte einige Male leer und nahm zwei Dinge zur Kenntnis. Einmal die Tatsache, dass der Jetset-Unternehmer Meierhans neben seinem Sportwagen und dem Segelboot auf dem Thunersee noch eine Motorjacht besass, und zum Zweiten, dass die Kobelt einen vorzüglichen Draht zu ihm haben musste, um diese Sommerparty so rasch einzufädeln.

Die schöne Blonde merkte sofort meine Verstimmung. Sie hauchte mir einige Kosenamen durchs Telefon zu, die ich so noch nie gehört hatte. Ich freute mich entsprechend, und wir machten ab, dass sie mir am Abend etwas Kleines kochen würde, bei mir zu Hause.

Im Gang traf ich den dicken Joe, der mich sofort in die Cafeteria zog. «Das war ein Hammer gestern. Davon können wir noch eine Weile zehren.» Er blickte mich forschend an. «Hast du eine Fortsetzung der Geschichte? Alle sind gespannt, wie es weitergeht.»

Ich orientierte ihn über die neuesten Entwicklungen und bat ihn, für Samstagabend eine kleine Kameraequipe bereitzustellen. Es handle sich um eine Party, an der einige der Hauptverdächtigen teilnehmen würden. Vielleicht ergebe sich ein neuer Scoop. Auf jeden Fall ein guter Beitrag für unsere Klatsch- und Tratschsendung ‹Promis unter sich›.

Joe war entzückt von dieser Idee, und er versprach, selber mitzukommen und mich vor den Gefahren der High Society zu beschützen. «Mir kann nicht mehr viel passieren. Aber du scheinst ja wieder an der Liebesbörse zu spekulieren. Auf eine Hausse deiner paar verbliebenen Aktien.»

Bevor ich den frechen Kerl gebührend massregeln konnte, hatte er sich bereits davongemacht.

Hanna Lauterburg, unsere Cutterin und das technische Gewissen von Bern-1, ergriff am Nebentisch ihre Kaffeetasse und setzte sich zu mir. Sie war ebenso lange wie ich beim Sender und hatte die Hoffnung nie ganz aufgegeben, eines Tages doch noch den Marc Dubach an Land ziehen zu können. Ich bemühte mich seit Jahren redlich, sie nicht allzu sehr zu enttäuschen, denn sie war eine wirklich tolle Kollegin, wenn auch nicht gerade mein Typ.

«Ich bin froh, dass du wieder erwacht bist als Journalist. Seit Jahren habe ich dich nicht mehr so in Aktion gesehen wie jetzt.» Hanna beugte sich zu mir herüber und sagte leise, damit die Kollegen am Nachbartisch es nicht hören konnten: «Erholst du dich langsam? Oder denkst du immer noch an Olivia?»

Ich wusste nicht, was ich ihr sagen sollte. Da ich mir selber nicht im Klaren war, ob ich meine grosse Niederlage vor etwa sieben Jahren je würde bewältigen können. Am besten beschäftigte ich mich gar nicht mit diesem Thema, und ich erwiderte Hanna: «Ich habe alles verdrängt. Lassen wir es dabei.»

Und dachte nur ganz kurz an das Traumgesicht, das mir vor wenigen Tagen aus dem Bielersee zugelächelt hatte.

Meine treue Verehrerin wollte mich nicht so ungeschoren davonkommen lassen. «Ich nehme an, dass dein neu entdecktes Faible für die ehemalige Miss Schweiz zu diesem Verdrängungsprozess gehört. Hoffentlich gibt's keine neuen Blessuren.» Sagte es und verschwand im Korridor.

Brummend machte ich mich auf den Weg in die Oberstadt. Von Gunten war nicht da, als ich das Gespräch mit Kurt Egger zu Protokoll gab, aber er hatte mir eine Nachricht hinterlassen. Ich solle ihn am kommenden Mittwochnachmittag bei einer Tatortbesichtigung im Stade de Suisse begleiten. Es gehe in erster Linie um eine Rekonstruktion des Tathergangs, der nach wie vor grosse Fragen aufwerfe.

Immer noch gereizt machte ich mich auf den Weg zurück ins Studio, auf einem kleinen Umweg über den Bärengraben, wo ich mir im Garten der Brasserie zwei Bier zu Gemüte führte. Oder waren es mehr? Auf jeden Fall traf ich leicht angeheitert bei Bern-1 ein, gelangte von Ochsenbein unbelästigt in mein Büro, setzte mich auf den breiten Stuhl ohne Armlehnen und legte die Beine auf die Pultplatte.

Das war die Position, in der ich am besten nachdenken konnte. Was drängte sich als Nächstes auf? Von den vier Hauptverdächtigen würde ich am Samstag wahrscheinlich zwei sehen. Einen konnte ich abhaken: den Housi. Damit blieb noch Gutjahr. Wie kam ich zu Informationen über den Baulöwen?

Vielleicht über einen Kollegen aus dem Grundkurs 1992 des Medienausbildungszentrums bei Luzern, Peter Pfäffli, einige Zeit Pressesprecher und heute Geschäftsführer der Berner Stadiongenossenschaft. Das Bauunternehmen Gutjahr war vor einigen Jahren massgebend am Bau des Stade de Suisse beteiligt gewesen.

Ich telefonierte mit Pfäffli und bat ihn um einen Termin am

nächsten Mittwoch – vor der Tatortbesichtigung. Mein Kollege fragte natürlich nach dem Grund meines Besuches. Als ich das fehlende Alibi Gutjahrs beim Mord an Carissimo erwähnte, lachte er nur: «Walter könnte keiner Fliege etwas zuleide tun. Ich habe nie einen sanfteren Menschen aus der Baubranche als ihn getroffen.» Er fügte bei: «Natürlich hat er Neider. Und es gab Gerüchte nach der Vergabe der Stadion-Bauetappen, wonach seine Firma den Zuschlag aufgrund einer unzulässigen Informationsbeschaffung bezüglich Konkurrenzofferten erhalten haben soll. Das stimmt nicht. Ich werde dir alles am nächsten Mittwoch erzählen.»

*

Blieb die Frage, was bei Meierhans alles an den Tag kommen würde, wenn er kein Alibi hätte. In diesem Kontext fiel mir fast automatisch Benita ein, die bei ihm ein und aus ging, als wäre sie seine Geschäftspartnerin. Sie war am letzten Freitag an seiner Seite zum Tatort geeilt, mit ihm rechtzeitig wieder in die Medienloge zurückgekehrt und hatte dort wie selbstverständlich den Platz der unpässlichen Lydia eingenommen. Und wie sie jetzt diese Party auf der Motorjacht organisierte. Als ob das Luxusimperium von Meierhans ihr gehörte. Seltsam.

Maxli hatte uns in einer schwachen Stunde den Zugang zum Medienarchiv von Ringier finanziert. Hier konnten wir übers Internet die Veröffentlichungen der letzten Jahre zu allen möglichen Themen und Personen abrufen, und natürlich gab es auch eine ganze Reihe von Zeitungsausschnitten und Fotos zu Benita Kobelt. Ich liess mir einige besonders interessante Artikel ausdrucken.

So, so, meine Benita hatte mit fast allen männlichen Alibilosen des 13. Juni einmal Kontakt gehabt, sei es als Freundin oder als Mitwirkende bei Werbe- und PR-Kampagnen. Nur Walter Gutjahr ging offenbar leer aus.

Die ehemalige Miss Schweiz war längere Zeit mit Meierhans befreundet gewesen, und zwar noch vor dessen Scheidung. Als er sich von seiner Frau trennte und seiner heutigen ständigen Begleiterin Lydia zuwandte, organisierte der Playboy eine grandiose Abschiedsparty für Benita, die bei allen Blättern der Regenbogenpresse grosse Beachtung fand. Als Abschiedsgeschenke erhielt sie einen roten Sportwagen und einen beachtlichen Bankscheck.

Nicht weniger interessant waren Ausschnitte über Kontakte der Kobelt zu Hanspeter Wurstler. Die langbeinige Schöne figurierte während einiger Zeit als Aushängeschild, als Playgirl des FC Newstars United. Sie warb zusammen mit Präsident Wurstler bei Unternehmen und Institutionen um finanzielle Unterstützung des Fussballclubs, und es gelang dem agilen Paar offenbar, einige recht finanzkräftige Sponsoren zu gewinnen. Als dem FC Newstars United der Sprung in die oberste Fussballliga gelang, trennte sich Benita von Wurstler.

Und schliesslich kam auch Nationalrat Johannes «Housi» Dummermuth bei der Kobelt zu Ehren. Er traf die Ex-Miss-Schweiz an einer Orientierungsveranstaltung für ausländische Reiseagenturen. Als Vorstandsmitglied von Tourismus Schweiz verhalf er Benita später zu vielen Auftritten an PR- und Werbeanlässen dieser Organisation. Housi war natürlich bei diesen Events, die meistens in Nobelhotels stattfanden, auch immer dabei.

Ich nahm die Beine von der Pultplatte und telefonierte von Gunten, dankte ihm für die Einladung zur Tatortbesichtigung und orientierte ihn über die bevorstehende Bootsparty. Er grunzte mehrmals und meinte dann: «Gut, dass eine Kameraequipe mitfährt. So werden sich die Hyänen etwas zurückhalten. Hoffe ich wenigstens. Ich werde auf alle Fälle meinem Kollegen in Freiburg, Marcel Corminboeuf, sagen, was da morgen Abend auf dem Neuenburgersee abgeht. Vielleicht wirft er ein Auge auf euch.»

Gegen fünf Uhr produzierte ich meinen Beitrag an die

Abendnachrichten, der für einmal recht kurz ausfiel. Man soll die Zuschauerinnen und Zuschauer nicht zu sehr verwöhnen. Ich sagte lediglich, Bern-1 würde sehr bald wieder mit einer Sensation im Fall Carissimo aufwarten.

Ich schlich über den Hinterausgang aus dem Studio und spazierte über den Bärengraben in die Schosshalde. Da ich nicht wusste, mit welchem Menü Benita mich verwöhnen wollte, verzichtete ich unterwegs auf Einkäufe. Falls meine Gastgeberin auch nichts mitbrachte, konnte ich mich immer noch ins Restaurant Obstberg einladen lassen.

Zu Hause ging ich mit dem Staubsauger durch die Wohnung und bezog für alle Fälle mein Bett neu. Man weiss ja nie.

Kurz nach sieben Uhr klingelte es. Benita stand draussen mit zwei riesigen Frischhaltebeuteln in der Hand. Sie habe bei Globus eingekauft und werde mir ein tolles kaltes Buffet präsentieren. Wo sie ihr Auto unterstellen könne.

Das sah nach einem verlängerten Abend aus. Ich freute mich entsprechend und half ihr, den roten Sportwagen, wahrscheinlich das Abschiedsgeschenk von Meierhans, in einer ruhigen Nebenstrasse zu parkieren.

In der Wohnung küsste sie mich innig, sah sich um und behändigte die nötigen Utensilien fürs Nachtessen. Bald tafelten wir am grossen Esstisch, der mit leckeren Esswaren nur so übersät war. Ich hatte meinen besten Wein aus dem Keller geholt, und bald lachten wir so übermütig wie ganz junge Leute, erzählten uns Witze und kleine Geschichten, die im Verlaufe des Abends immer intimer wurden.

Die Nacht war einfach herrlich. Es blieben keine Wünsche offen, und am Morgen hatte ich den Eindruck, der mir vom Kommissär verordnete erotische Nachholbedarf sei auf null abgeschrieben worden.

Wir schliefen aus, und gegen Mittag fuhr Benita in ihre Wohnung im Brückfeld, um, wie sie sagte, Vorbereitungen für die Bootsparty zu treffen. Ich behändigte das neutrale Firmenauto von Bern-1 – ohne besondere Gewissensbisse, da der

Ausflug ans Südufer des Neuenburgersees ja mit einem Produktionsauftrag verbunden war. Gegen drei Uhr holte ich meine Begleiterin an der Engestrasse ab. Sie zeigte mir kurz ihre reizende Dreizimmerwohnung mit herrlichem Ausblick auf die Alpen, schmuste zwar mit mir, aber hielt mich so auf Distanz, dass wir nach vier Uhr aufbrechen konnten.

Ich verliess vor Murten die Autobahn, fuhr um den Murtensee, und Benita begeisterte sich so sehr für die Riviera Fribourgeoise, dass ich in Praz einen kurzen Halt einschaltete. Im Seerestaurant gab ich mich als Kenner aus und präsentierte mehr oder weniger gekonnt den Weisswein des Hauses, einen prickelnden Vully. Gerade als ich meiner schönen Begleiterin tief in die grünblauen Augen sah, hörte ich ein fröhliches Hallo, das offenbar mir galt. Ich wollte mich unwirsch nach dem Störenfried umsehen, als mir jemand auf die Schultern klopfte und ins rechte Ohr kicherte: «Marc, lass dich nicht stören beim Turteln. Wir nehmen am Nebentisch Platz.»

Es war Joe Schläfli mit unserem Kameramann. Damit konnte ich das Tête-à-Tête als beendet betrachten, und wir bestellten neuen Wein, der an diesem heissen Vorsommertag so rasch in den durstigen Kehlen verschwand, dass ich ein Machtwort sprechen musste: «So, Joe, ab jetzt gilt für dich und den Kameramann Alkoholverbot. Sonst wird nichts aus unserer Reportage für ‹Promis unter sich›. Und in dieser Gegend gibt es immer wieder Polizeikontrollen. Du weisst, was das heisst.» Der dicke Joe war vor einigen Jahren auf einer Dienstfahrt recht beschwipst in eine Kontrolle geraten und hatte seinen Führerausweis für Monate abgeben müssen. Ochsenbein übernahm zwar damals die Busse von mehreren Hundert Franken, liess aber Joe bei der nächsten allgemeinen Lohnerhöhung leer ausgehen.

Wir brachen nach sechs Uhr auf und erreichten eine halbe Stunde später Portalban am Südufer des Neuenburgersees. Das ehemalige Fischerdorf hat sich in den letzten Jahrzehnten zu einer recht stattlichen Feriensiedlung entwickelt, aber irgendwie seinen ehemaligen Charme bewahrt. Man fühlt sich am herrlichen Sandstrand beim Campingplatz vom Alltag abgehoben, versetzt in eine idyllische Atmosphäre von Freiheit und Sorglosigkeit. Zu diesem Ambiente gehören die regelmässigen Freudenschreie der Bocciaspieler ebenso wie die dumpfen Hornklänge der zahlreichen Kursschiffe.

Bekannt ist Portalban auch für seinen grossen Hafen. Hunderte von Segel- und Motorbooten wiegen sich in der schwachen Dünung des Sees, und am vordersten Kai sind einige grosse Brummer zu besichtigen, die eigentlich eher ins Mittelmeer als in die Jurafuss-Seen gehören. Einer davon gehörte Meierhans, der uns herzlich begrüsste. Mit einigem Erstaunen nahm er von der Kameraequipe Kenntnis. Benita packte ihn am Arm, schob ihn etwas zur Seite und sprach energisch auf ihn ein.

«Einverstanden», sagte er schliesslich, «aber ich möchte die Aufnahmen vor der Ausstrahlung, wenn möglich, sehen. Damit nichts allzu Privates dabei ist.»

Wir betraten die zweistöckige Jacht «Darling II» und harrten der Dinge, die da kamen.

Joe richtete sich mit Kameramann Hans Steiner unter einer Sonnenstore beim Landungssteg ein, um das Eintreffen der Hauptdarsteller unserer Partyshow möglichst unbemerkt festhalten zu können. Benita und Meierhans waren im vorderen Teil der Jacht verschwunden. Wahrscheinlich verstauten sie die vom Cateringservice gelieferten Getränke und Esswaren in der feudalen Kombüse.

Ich machte es mir im Halbschatten des Saloneingangs auf einem Clubsessel bequem. Es war fast sieben Uhr dreissig, und die Gäste des Jetset-Spektakels mussten jeden Augenblick eintreffen.

7

Zuerst traf Andrea Unger ein. Sie war in Begleitung eines älteren Herrn, der ihren Partybag bis zum Landungssteg trug und sich dann mit einem schüchternen Kuss auf die Wange der Schauspielerin verabschiedete. Andrea ergriff das leichte Reisegepäck und schritt in königlicher Haltung über den schmalen Steg aufs Schiff, wo sie von Meierhans mit galantem Handkuss begrüsst wurde. Sie trug einen breiten Sonnenhut mit dunklem Rand, ein dazu passendes luftiges Strandensemble, eine lange Perlenkette, mehrere Armringe und leichte Schuhe. Alles natürlich assortiert in den Farben Weiss und Dunkelblau. Ihr besonders leichtes Sommerparfum blieb an allem haften, was sie berührte. Aber auch Unberührbare, wie der Kameramann Steiner, rochen noch tagelang nach ihrer frischen Meerbrise.

Als zweiter Gast näherte sich Lydia, die ständige Begleiterin von Meierhans. Sie wollte sich offenbar die Gelegenheit, Gastgeberin zu spielen an dieser noblen Party, nicht entgehen lassen und präsentierte sich dementsprechend. Sie war von Kopf bis Fuss in Orange gekleidet. Selbst ihre Finger- und Zehennägel glänzten in dieser Modefarbe, und es hätte mich nicht erstaunt, wenn sie auch die Haare gefärbt hätte. Hier war es beim bisherigen Hellblond geblieben. Aber beim

Make-up des Gesichts sah ich Spuren von Orange, was gar nicht zu ihrem Typ passte. Meierhans musste das auch bemerkt haben, denn er gab ihr nur einen kurzen Wangenkuss und distanzierte sich in der Folge von seiner Gefährtin, die sich in der Folge überall einmischte, um ihrer Gastgeberinnenrolle gerecht zu werden. Benita passte das natürlich gar nicht, und als Lydia sich völlig unnötig am Vorspeisenbuffet zu schaffen machte, liess die Ex-Miss-Schweiz eine offenbar sehr giftige Bemerkung fallen. Die Dame in Orange erbleichte so sehr, dass sie sich sofort aufs Sonnendeck begab und dort ihr Make-up richtete. Und dabei vermutlich auch ihr letztes Lifting kontrollierte.

Der nächste Partyteilnehmer traf rechtzeitig ein, um von Lydia als Gastgeberin mit neu bemaltem Gesicht begrüsst zu werden. Es war Hanspeter Wurstler. Die beiden schienen sich recht gut zu kennen, denn der Präsident des FC Newstars United erhielt einen intensiven Wangenkuss, der einige Farbspuren, vor allem in Orange, bei ihm hinterliess. Wurstler drehte sich diskret um und beseitigte die Abdrücke mit einem Taschentuch, bevor er sich dem Bootsherrn und den übrigen Partygästen stellte.

Der ehemalige Vorgesetzte von Kurt Egger hatte sich recht schick herausgeputzt. Er trug einen cremefarbenen Anzug, dazu ein blaues Polohemd und elegante weisse Jachtschuhe aus Segeltuch. Alles Markenartikel mit noblen Labels, die an möglichst ins Auge fallenden unauffälligen Stellen platziert waren. Wurstler benutzte ein herbes männliches Parfum, das in seiner Wirkung dem diskreten Duft von Andrea in nichts nachstand.

Der Bootsherr hiess die Gäste nun in launigen Worten willkommen, wobei er darauf achtete, nicht neben Lydia zu stehen. Die drängte sich zwar mit List und Tücke zu ihm durch, aber als sie ihn erreichte, war die Begrüssung zu Ende. Meierhans bat Benita, das halbe Dutzend erwartungsvoller Seefahrer mit einem Aperitif zu versehen. Er kletterte über die

Aussenleiter ins Steuerhaus, und bald brummten die beiden starken Motoren.

Benita half Joe beim Klarmachen des Bootes, und Meierhans lavierte die Jacht geschickt aus dem engen Hafen ins offene Wasser. Er fuhr sehr vorsichtig, und die Motoren heulten erst auf, als genügend Abstand zum Ufer erreicht war. Der Kapitän winkte uns von oben zu und deutete auf ein Polizeiboot, das in der Nähe kreuzte. Vielleicht war es Corminboeuf, der uns im Auftrage von Guntens im Auge behielt.

Ich machte die Runde und unterstützte Benita bei der Aperitifverteilung, Sie fragte mich, ob sie ihren Geschlechtsgenossinnen folgen und sich mit einem eleganteren Outfit versehen sollte. Auf mein Kopfschütteln grinste sie und streckte die Zunge raus in Richtung Andrea und Lydia.

So, Marc, an die Arbeit. Ich pirschte mich an die Unger heran und reichte ihr die Nüsslischale, als sie ihr Champagnerglas absetzte. «Dürfte ich mit Ihnen ein kurzes Gespräch führen, das wir im nächsten ‹Promis unter sich› ausstrahlen möchten?» Ich strahlte sie an. «Sie sind für unser Publikum nach wie vor die Starschauspielerin von Bern, und heute sehen Sie besonders hinreissend aus.»

Sie nickte geschmeichelt und brachte sich auf der weissen Lederbank des Salons gekonnt in Position. Ich winkte meiner Equipe und setzte mich zu Füssen der Diva auf einen Hocker. Andrea sah gnädig, ja gütig lächelnd, zu mir hinunter und wartete auf meine Fragen.

«Als wir uns das letzte Mal trafen, waren Sie in der Gästeloge des Stade de Suisse, beim EM-Gruppenspiel. Haben Sie etwas von der Tragödie im TV-Raum mitbekommen?»

«Eigentlich lange nichts. Erst als mich der Kommissär einvernahm, wurde mir bewusst, dass nebenan zwei Menschen starben.» Sie blickte bekümmert in die Kamera von Steiner. «Im Trubel und Lärm des Sportanlasses ging das schreckliche Ereignis fast unter.»

Ich musste ihre Show unterbrechen und fragte sie: «Wo

waren Sie zum Zeitpunkt des Schusses auf Dani Carissimo? Das war um 20 Uhr 26, als die Fernsehsendung unterbrochen wurde.»

Die Unger dachte nach – recht lange. Dann zeigte sie das hochmütige Gesicht einer arrivierten Künstlerin. «Ich war auf der Tribüne draussen. Musste etwas frische Luft schnappen.» Und meinte schnippisch: «Das interessiert doch die Zuschauerinnen und Zuschauer Ihrer Prominentensendung nicht. Haben Sie kein anderes Gesprächsthema als den bedauerlichen Vorfall im Stade de Suisse?»

«Der Doppelmord steht halt immer noch im Mittelpunkt des Medieninteresses.» Ich gab mich zutraulich. «Ich nehme nicht an, dass Sie alleine auf der Tribüne waren. Sicher mit einem Ihrer Bewunderer.»

«Das ist Privatsache. Geht niemand etwas an.» Sie hatte sich gefangen, spielte die bedrängte Berühmtheit. «Schon die Polizei wollte unbedingt einen Namen.» Und erhob theatralisch die Stimme: «Ich schweige weiter. Selbst wenn ich deswegen als potenzielle Kriminelle unter Verdacht stehe.»

Ich applaudierte ihr und wechselte das Thema. Wir sprachen noch etwa zehn Minuten über Banalitäten, und Andrea beruhigte sich zusehends. Zum Schluss dankte ich ihr für das interessante Interview und wiederholte mein Kompliment für ihr blendendes Aussehen. Wir schieden in absoluter Freundschaft.

Kameramann Steiner wollte mir etwas sagen und deutete auf eine Salonecke, wo wir uns setzten. «Marc, ich habe nach dem Vorfall im Stadion eine Bilderserie meines Kollegen Michael Fankhauser für den Versand an verschiedene Agenturen bearbeitet. Er schoss unzählige Fotos auf der Tribüne der VIP-Etage, um Promis als engagierte Sportzuschauer zu zeigen.» Er schmunzelte. «Zum Beispiel einen bürgerlichen Berner Spitzenpolitiker mit wütendem Gesicht und erhobener rechter Faust, wie Lenin oder Marx. Oder einen hohen und entsprechend seriösen Bankenvertreter, der dem Schiedsrichter unten den Vogel zeigt.»

«Ich erinnere mich an einen Schnappschuss Fankhausers, der unsere Unger mit einem Mann zeigt. Beim Küssen. Am äussersten Tribünenende.» Steiner dachte kurz nach. «Ich habe diesen Mann vor Kurzem in den Berner Nachrichten gesehen. Es war, glaub ich, ein Bericht vom Fraktionsausflug der MPS nach Spiez. Er ist Nationalrat. Mit Vornamen Housi.» Und fügte bei: «Du weisst ja, dass jede Aufnahme mit Datum und Zeit versehen wird. Den Zeitpunkt der Aufnahme von Andrea und Housi weiss ich nicht mehr. Aber Michael hat die Fotoserie zwischen 20 Uhr 15 und 21 Uhr 30 geschossen. Das Bild der beiden Verliebten entstand ganz am Anfang dieser Serie.»

Damit waren sowohl Dummermuth als auch die Unger aus dem Schneider. Ich bat Hans Steiner, mir möglichst rasch eine Kopie der Aufnahme von seinem Kollegen Fankhauser zu beschaffen.

Es ging gegen halb neun Uhr. Der heisse Vorsommertag hatte Temperaturen bis 29 Grad gebracht, und auch jetzt war es noch schwülwarm. Unser Kapitän drosselte die Motoren vor der Badebucht zwischen Portalban und Cudrefin und fragte: «Hat jemand Lust auf ein erfrischendes Bad im See?»

Die meisten Gäste hatten das Badekleid oder die Badehosen zu Hause vergessen. Lydia sagte erschrocken: «Ich kann nicht schwimmen.» Nur Joe und Steiner zeigten Interesse an einem Sprung ins Wasser, aber Meierhans winkte ab. «In diesem Fall fahren wir weiter. Laut Meteo sind heute Abend Gewitter möglich, und wir sollten also bald mit dem Essen anfangen.»

Der Kapitän wendete die Jacht und fuhr auf den See hinaus, wo er einen Treibanker auswarf und den automatischen Piloten einschaltete.

Im Salon waren die beiden Tische fürs Nachtessen hergerichtet worden, und aus der Kombüse drang ein Duft von gut gewürztem Braten in unsere Nasen.

Das Essen war vorzüglich. Nach einem reichen Vorspeisenbuffet gab es Kalbsbraten mit Gratin dauphinois, anschliessend eine exzellente Auswahl von Halbgefrorenem. Dazu viel Wein, und zum Kaffee standen die gebrannten Wasser aus der Bar zur freien Verfügung.

Gegen zehn Uhr waren alle mehr oder weniger angeheitert. Mit Ausnahme von Joe und Hans, die sich tapfer an meine Weisung hielten und nur Mineralwasser getrunken hatten.

Am meisten erlag Lydia den alkoholischen Versuchungen. Vielleicht um ihren Frust abzureagieren. Sie hatte den ganzen Abend versucht, die Haus- oder besser Bootsherrin zu spielen, aber niemand nahm sie in dieser Rolle ernst. Nach und nach verlor sich der Glanz der Lady in Orange, und sie zog sich immer mehr an die Bartheke zurück. Schliesslich war sie taumelnd im vorderen Bootsteil mit den Schlafkajüten verschwunden.

Inzwischen hatten erste Wellen eines Gewittersturms, der sich von Yverdon-les-Bains rasch näherte, das Boot erreicht. Es begann leicht zu schaukeln. Damen kreischten, Männer lachten überlaut, und die Party näherte sich ihrem Höhepunkt. Benita sorgte für rassige Tanzmusik, und bald übten sich die Gäste in Cha-Cha-Cha und anderen rhythmischen Gymnastikübungen.

Ich bin kein guter Tänzer und war daher froh für die Pendenz Wurstler. Der Präsident des FC Newstars United zeigte sich geneigt für ein kurzes Statement, wie er sagte. Da es im Salon zu laut war, verzogen wir uns aufs Hinterdeck, wo sich meine Produktionsequipe in einer windgeschützten Ecke einrichtete.

Mein Gesprächspartner berichtete zuerst über seine Verdienste um den Fussballclub, äusserte sich über die Aussichten in der nächsten Saison sowie über geplante Transfers und kam zum Schluss auf die finanziellen Anforderungen in der obersten Spielliga zu sprechen: «Ausserhalb der Grossstädte wird es immer schwieriger, genügend Sponsoren zu finden.»

Ich stiess nach und provozierte: «Beim FC Newstars United hat man aber den Eindruck, es gebe keine Finanzprobleme. Zumindest solange Sie Präsident sind.»

Wurstler wehrte ab. «Wir kämpfen um jeden Franken. Natürlich habe ich meine Beziehungen. Unter anderem über die Bank, in der ich tätig bin. Aber auch bei uns ist die Zukunft ungewiss.» Er wollte noch etwas beifügen, liess es dann aber sein.

Viel mehr war aus dem ehemaligen Vorgesetzten von Kurt Egger nicht herauszuholen. Ich verzichtete darauf, ihn auf den Tod seines Ex-Buchhalters anzusprechen, dankte ihm für das Statement und ging zurück in den Salon, wo gerade italienische Schlager an der Reihe waren und die Runde ‹Marina, Marina, Marina› sang.

Plötzlich öffnete sich die Türe zu den Schlafkajüten, und Lydia erschien. Sie sah schrecklich aus mit ihren zerzausten Haaren und dem verschmierten orangefarbenen Make-up. Der Kleidung hatte sie sich halb entledigt.

«Hallo, Freunde», stotterte sie, «ich, ich ... will auch tanzen. Italienisch ist's besonders schön.» Sie wandte sich zum Bootsherrn, der mit versteinerter Miene an der Bar stand. «Gell, das weisst du am besten. Du bist ja ständig im Tessin. Oder in Italien.» Und fast weinerlich: «Ich durfte nie mitgehen. Das sei nichts für mich, sagtest du. Nicht mal nach Ascona. In meine Prinzenvilla.»

Jetzt griff Meierhans ein. Er nahm seine Freundin am Arm und führte sie nach draussen. Benita folgte den beiden und schloss die Türe, wahrscheinlich um den Gästen eine peinliche Auseinandersetzung zu ersparen.

Nach ein paar Minuten erschien unser Kapitän wieder. «Ich bitte vielmals um Entschuldigung. Lydia hat seit Längerem einige Probleme mit dem Alkohol. In letzter Zeit ging es besser. Aber heute Abend gab es leider einen Rückfall.» Er versuchte zu lächeln. «Vielleicht erholt sie sich an der frischen Luft. Benita kümmert sich um sie.» Und: «Wir fahren zurück nach Portalban. Ein Gewitter nähert sich, und ich möchte noch vor den ersten Sturmböen im Hafen sein.»

Meierhans ging hinauf ins Ruderhaus, schaltete den automatischen Piloten aus, und bald hörten wir, wie die Motoren aufbrummten. Das Boot wendete, und wir näherten uns rasch dem Ufer.

Kurz vor der Hafeneinfahrt schüttelten heftige Wellen die Jacht.

Vom Heck her kam ein gellender Aufschrei. Dann rief jemand: «Lydia, Lydia!»

Alle erstarrten. Minuten verstrichen. Joe und ich reagierten als Erste und rannten aufs hintere Deck, das durch einige Lampen hell beleuchtet war. Bei der eingeklappten Landungsbrücke stand Benita. Sie schrie uns zu: «Lydia ist ins Wasser gefallen und sofort versunken.»

Der Kapitän stoppte das Boot mit heulenden Motoren, fuhr etwa hundert Meter zurück zum Unfallort und warf den Grundanker. Die Jacht schaukelte nur noch wenig, und Joe suchte das Wasser mit einem grossen Handscheinwerfer ab. Nirgends ein Zeichen von Lydia.

Meierhans gab übers Handy einen Notruf ab und meinte: «Es hat keinen Sinn, wenn einer von uns versucht, nach der Verschwundenen zu tauchen. Dazu ist es schon zu dunkel. Warten wir das Rettungsteam ab.»

Nach erstaunlich kurzer Zeit war das Blaulicht eines Patrouillenbootes der Seepolizei zu sehen, das sich uns rasch näherte.

Am westlichen Horizont verblichen gerade die letzten Farben des Sonnenuntergangs, als zwei Beamte die Suche nach Lydia aufnahmen. Das Polizeiboot verfügte über komplette Tauchausrüstungen und starke Unterwasserlampen.

Eine Viertelstunde nach der anderen verging.

Endlich. Ein Taucher rief seinen Kollegen im Patrouillenboot etwas zu und verschwand mit einer langen Leine wieder im dunklen Wasser. Schon einige Minuten später tauchten die beiden Beamten auf. Sie übergaben ihren Kollegen im Boot den Anfang der Leine, und bald wurde ein lebloser Körper aufs Boot gehievt und sofort unter Deck gebracht.

Das Patrouillenboot nahm Fahrt auf und stoppte längsseits unserer Jacht. Meierhans liess eine Jakobsleiter über die Reling fallen, und der Kommandant des Rettungsteams kletterte mit einem Polizeibeamten aufs Deck. Es war Marcel Corminboeuf, der Freiburger Kollege von Guntens. Er teilte uns mit, dass Lydia nur noch als Leiche geborgen werden konnte – aus etwa zwölf Metern Tiefe.

Das Verhör dauerte über eine Stunde, und als die beiden Polizisten ins Patrouillenboot zurückkletterten, verhielt sich der Neuenburgersee so ruhig wie ein Weiher, und die Sterne glitzerten. Vom Gewitter war nur ein Wetterleuchten über den Jurahöhen geblieben.

Der Unfall ereignete sich nach den Aussagen von Benita, als es der betrunkenen Freundin Meierhans' übel wurde und sie sich über die Heckreling beugte. In diesem Augenblick erfasste eine grosse Welle die Jacht. Lydia verlor das Gleichgewicht und fiel über Bord.

Joe und Hans hatten die ganze Bergungsaktion natürlich aufgenommen. Nur beim Verhör waren sie nicht zugelassen gewesen. Corminboeuf stellte sich mir dafür zu einem kurzen Unfallbericht vor die Kamera.

Alle standen unter Schock. Nach der Rückkehr der Jacht in den Hafen von Portalban verabschiedete man sich leise und rasch. Ich machte mit Joe und Hans auf Sonntagmorgen einen Termin ab zur Verwertung der Aufnahmen, fuhr Benita an die Engestrasse und verzog mich in meine Junggesellenwohnung in der Schosshalde.

Nach einigen Whiskys beruhigte ich mich, führte eine Auslegeordnung der Eindrücke und Erinnerungen des Abends durch, versuchte daraus Schlussfolgerungen zu ziehen und nächste Schritte zu planen. Was mir natürlich nicht gelang. Ich verschob wie so oft alles auf den nächsten Tag, legte mich mit entsprechend schlechtem Gewissen schlafen, träumte von Ungeheuern in der Tiefe des Neuenburgersees und gesichtslosen Wesen an Bord der «Darling II». Wer mir mehr Angst einflösste, wusste ich am Morgen nicht mehr.

*

Am Sonntagmorgen verpflegte ich mich wie immer im Restaurant Obstberg und überlegte mir, was ich in Bern-1 über die gestrige Tragödie bringen sollte. In den Sonntagsblättern stand nichts über den Unfall von Lydia, sodass mir der Primeur erhalten blieb.

Um elf Uhr traf ich im Studio ein, wo Joe und Hans schon warteten. Wir setzten uns in die noch verwaiste Cafeteria und diskutierten lebhaft über Möglichkeiten zur Präsentation unserer Reportage in der Abendsendung. Wir einigten uns auf eine knallharte Darstellung der Fakten, natürlich im Rahmen eines Stimmungsberichts über die doch recht dekadente Bootsparty. Und als Schlusscoup sahen wir Andeutungen auf Zusammenhänge des Unfalls mit dem Doppelmord im Stade de Suisse vor. Joe hatte Hanna Lauterburg erreichen können, die sich trotz des Sonntags bereit erklärte, am Nachmittag vorbeizukommen und einen attraktiven Beitrag zu produzieren.

Alles verlief nach Wunsch, und am Abend flimmerte eine tolle Story mit Sex and Crime über die Bildschirme unserer Region. Erneut übernahmen mehrere Privatsender und auch das Fernsehen DRS Teile unserer Reportage.

Ich wies in meinem Schlusskommentar darauf hin, dass die Akteure der unglücklichen Bootsparty bereits den Mord an Dani Carissimo und Hans Wüthrich vom 13. Juni im Stade de Suisse miterlebt hatten. Da wir in der einleitenden Reportage über das Unglück im Neuenburgersee die wichtigsten Partyteilnehmer persönlich vorstellten, konnte ich bei meinem Hinweis auf Namen verzichten.

Recht zufrieden zuckelte ich nach der Sendung über einige gastronomische Umwege nach Hause. Unterwegs fiel mir die Szene ein, als die betrunkene Lydia unseren Marina-Song unterbrach und sich über Meierhans beschwerte, der sie nie nach Italien und ins Tessin mitgenommen habe. Hier hatte die Lady mit dem demontierten Orange-Outfit im Zusammenhang mit den Tessiner Aktivitäten Meierhans' etwas erwähnt, das mir jetzt wieder einfiel: eine Prinzenvilla in Ascona. Ich nahm mir vor, dieser Andeutung nachzugehen.

Eine der Stationen meines sonntäglichen Pintenkehrs war natürlich die Bellevue-Bar. In diesem Lokal treffen sich jeden Abend die Honoratioren der Stadt, um über Politik, Wirtschaft, Sport und andere Banalitäten zu plaudern. Zaungäste sind willkommen, und ich sah regelmässig nach, ob sich in der Bar irgendein Informant im Zustand erhöhter Redseligkeit befand.

Ein glücklicher Zufall wollte es, dass mein Kollege aus der MAZ-Ausbildungszeit, Roberto Tettanti, auf die gleiche Idee gekommen war, und wir setzten uns natürlich sofort zusammen, um über den Unfall Lydias zu tratschen. Dabei erwähnte ich ihren Vorwurf an Meierhans, sie sei mit ihm nie mehr in der Prinzenvilla von Ascona gewesen.

Roberto dachte eine Weile nach und sagte dann: «Es gibt in Ascona eine Villa del Principe. Sie gehört einem bekannten Makler, der sich sowohl mit Immobilien als auch mit Unternehmensbeteiligungen befasst. Man hört wenig von ihm, aber sein Ruf ist etwas zwielichtig.» Und: «Er heisst, glaub ich, Enrico D'Agostino. Aber ganz sicher bin ich nicht. Ich hatte nie etwas mit ihm zu tun.»

Nach einem weiteren Bier fiel ihm noch etwas ein. «Am besten fragst du Peter Imfeld. Du erinnerst dich sicher an ihn. Er ist seit Langem Redaktor bei der Tessiner Zeitung, die ein recht gutes Archiv führt.» Roberto schlug vor: «Telefoniere ihm doch. Er weiss zweifellos viel über D'Agostino.»

Tettanti griff nach seinem Handy und wählte. Nach kurzem Warten ertönte eine italienisch sprechende Stimme. Roberto lächelte glücklich und wechselte sofort in den Tessiner Dialekt. Sprach in rasendem Tempo.

Ich verstand kein Wort und wartete geduldig auf eine Gesprächspause. Endlich war es so weit, und Tettanti übergab mir sein Handy mit den Worten: «Peter spricht immer noch sehr gut Berndeutsch. Du musst dich also nicht plagen mit Italienisch.»

Der ins Tessin ausgewanderte Berner wollte am Telefon nicht so recht Auskunft über den Makler in Ascona geben. Er fragte mich, ob ich ihn in nächster Zeit in Locarno treffen könnte. Wir würden dann zusammen im Zeitungsarchiv stöbern und zweifellos fündig werden. D'Agostino sei ein sehr bekannter Mann im Tessin, und man habe schon viel über ihn geschrieben.

Ich ergriff die einzigartige Gelegenheit, auf Kosten Ochsenbeins ins Tessin zu fahren, und fragte Imfeld, ob ich ihn morgen Mittag sehen könnte. Er sagte sofort zu und beschrieb mir sogar den Weg vom Bahnhof Locarno zur Redaktion der Tessiner Zeitung an der Via Luini.

Damit ergaben sich für mich herrliche Aussichten auf einen blauen Montag, und ich zeigte mich Roberto für seine Hilfe erkenntlich, indem ich die ganze Zeche bezahlte. Ich nahm mir natürlich vor, Ochsenbein mit den Kosten dieser kollegialen Geste zu belasten.

8

Am nächsten Morgen telefonierte ich so früh ins Studio, dass Ochsenbein mit Sicherheit noch nicht in seinem Büro war. Joe dagegen sass schon an seinem Arbeitsplatz, also in der Cafeteria, und ich wies ihn an, den Chef über meinen Ausflug nach Locarno zu orientieren. «Es gibt da eine heisse Spur nach Ascona. Sie betrifft unter Umständen Meierhans. Wahrscheinlich werde ich morgen früh zurück sein.»

Mir fiel eine Pendenz für Dienstag ein. «Joe, kommst du morgen mit zur Beerdigung von Kurt Egger in Bönigen? In der Todesanzeige stand, die Abdankung finde um 14 Uhr 30 in der Kirche statt.»

Joe sagte zu. «Es nimmt mich auch wunder, wer alles an der Trauerfeier teilnehmen wird.» Bevor ich aufhängen konnte, sagte er noch rasch: «Und mach möglichst viel Spesen im Tessin. Ich liebe es, wenn Ochsenbein so richtig schäumt vor Wut.»

Damit war alles gesagt, und ich machte mich auf die Reise ins Tessin.

Natürlich wählte ich die Route übers Centovalli, diesem herrlichen Tal zwischen Domodossola und der Maggiaebene. Ich kam um halb zwölf Uhr in Locarno an. Gegen Mittag hatte ich mich zur Via Luini durchgefragt und stand vor dem Verlagshaus der Tessiner Zeitung. Imfeld erwartete mich bereits am Eingang und führte mich in die Archivräume im Dachgeschoss. Es roch nach Papier, Leim und Staub. Die Hightech aus der Kommunikationsrevolution schien noch nicht bis hierher vorgedrungen zu sein, aber mein Kollege griff lässig in ein Bündel abgelegter Ausschnitte und platzierte mit den Handbewegungen eines professionellen Pokerspielers die uns interessierenden Artikel auf den Holztisch. Mein Megacomputer bei Bern-1 hätte dazu mindestens die doppelte Zeit gebraucht.

«D'Agostino lebt zurückgezogen in seiner Villa am Monte-Verità-Hügel von Ascona. Er selber tritt nie ins Rampenlicht der Öffentlichkeit. Immer dann, wenn sich die Gerüchte über seine Verbindungen zur italienischen Unterwelt verdichten, lässt er seine Adlaten in seinem Namen mit Geld um sich werfen. Sponsert so Sportanlässe, unterstützt junge Tessiner Parteien oder noch nicht arrivierte einheimische Künstler. Die Medien loben dann den Wohltäter und Mäzen im Hintergrund über Massen, und niemand spricht mehr von der dunklen Herkunft seiner Millionen.» Peter lachte. «So ist es halt in unserem Kanton. Die vorbehaltlose Begeisterung für erfolgreiche, dynamische Menschen hält hier länger an als in der nüchternen, immer skeptischen Deutschschweiz, und die südliche Toleranz für menschliche Schwächen hilft beim Verdrängen von Misstrauen und verhindert oft ein rechtzeitiges Verdachtschöpfen.»

Diese positive Lebensphilosophie der Tessiner gefiel mir so sehr, dass ich beinahe applaudiert hätte. Aber Imfeld kam nun zum Kern der Sache. «Kenner der Finanzszene bezeichnen D'Agostino oder seine Organisation als Drehscheibe für sehr grosse Beträge. Er hat ausgezeichnete Beziehungen zu allen grossen Finanzplätzen Europas, und auch in der Schweiz soll es einige Banken geben, die eng mit ihm zusammenarbeiten. So eng, dass es keinen Platz für Indiskretionen über die von D'Agostino initiierten Geldströme gibt.»

Peter griff erneut in einen vor sich hin modernden Zeitungsstapel und zauberte eine weitere Palette von Artikeln auf den Tisch. «Der Finanzmann ist auch einer der grössten Immobilienmakler unseres Kantons.» Er senkte seine Stimme. «Kein Grossbauprojekt und kein neuer Erschliessungsplan ohne Beauftragte von D'Agostino. Die Investoren kommen einfach nicht um ihn herum. Und auch die zuständigen Behörden laufen ins Leere, wenn sie ihn übergehen.»

Auf meine Frage, ob es denn nie ernsthafte Versuche gegeben habe, die Hintergründe der Machtballung bei D'Agostino zu durchleuchten, schüttelte Imfeld den Kopf. «Natürlich haben einige meist noch sehr junge Journalisten im Umfeld des Financiers recherchiert, fast immer ohne Erfolg. Und in den paar wenigen Fällen, wo offenbar etwas Fleisch am Knochen gefunden wurde, verliefen die weiteren Abklärungen sehr rasch im Sande. D'Agostino verfügt anscheinend über ein ausgeklügeltes Instrumentarium von Abwehrmassnahmen gegen unliebsame Schnüffler.»

«Dabei soll er auch vor gewalttätigen Methoden nicht zurückschrecken.» Der Redaktor der Tessiner Zeitung verzog das Gesicht. «Man konnte ihm nie etwas nachweisen. Vielleicht, weil er seine Muskelmänner für besondere Aufgaben aus Italien kommen lässt. Und er unterhält auch keine Beziehungen zur Tessiner Unterwelt, die ihn in irgendeiner Weise belasten könnten.»

Ein mysteriöser Saubermann also. Ich wollte die besonders reine Luft in der Umgebung D'Agostinos am Nachmittag schnuppern und sagte dies Imfeld. Er blickte mich nachdenklich an und sagte: «Ich kann mich heute für ein paar Stunden freimachen. Wie du weisst, kommt die Tessiner Zeitung seit Anfang 2006 nicht mehr dreimal, sondern nur noch einmal pro Woche heraus. Das ist natürlich schade, aber gibt mir doch ab und zu Zeit für eine Spezialrecherche.»

Ich war so dankbar für den orts- und sachkundigen Führer, dass ich ihn spontan zum Mittagessen in einem vorzüglichen Restaurant bei der Piazza Grande einlud. Dabei spielte nicht nur meine Vorliebe für Osso bucco cremolato mit Risotto con funghi mit, sondern ich dachte auch an Joes Bitte, eine Ochsenbeins Kreislauf anregende Spesenrechnung nach Hause zu bringen.

*

Nach dem feinen Mittagsmahl dislozierten wir per Bus nach Ascona. Imfeld wollte sein Auto nicht benutzen für den Ausflug ins ehemalige Fischer- und Künstlerdorf. Weil es dort keine Parkplätze gebe und er sich dem Dunstkreis D'Agostinos möglichst anonym nähern wolle.

Die Villa des Financiers war von der Piazza G. Motta aus gut zu sehen. Sie lag etwas oberhalb des Ortes in einer Parklandschaft, die mir als Nordschweizer fast mediterran anmutete. Erreichen konnte man das Anwesen über eine steile Fussgängertreppe oder einen Seitenweg der Monte-Verità-Strasse.

Bei der Treppe zeigte sich ein gewisser Konditionsunterschied zwischen Peter Imfeld und mir. Während er den Höhenunterschied mit der Leichtigkeit eines trainierten Mountainbikers hinter sich brachte, blieb ich oben keuchend stehen. Erst nach einer Weile konnte ich mich wieder für die nähere Umgebung interessieren.

Wir standen am Ende einer Sackgasse, einem Wendeplatz. Rechts verlief die Nebenstrasse fast ebenwegs zum Monte Verità, während links ein schmiedeeisernes, hohes Tor das Anwesen D'Agostinos vom Rest der Welt abtrennte. An der Nebenstrasse reihte sich eine Herrschaftsvilla an die andere. In etwa zwanzig Metern Entfernung sah ich das Schild einer Albergo der gehobenen Klasse mit einer kleinen Gartenwirtschaft, die uns natürlich magisch anzog.

Wir setzten uns im Schatten von zwei Edelkastanienbäumen und bestellten beim freundlichen Kellner zwei erfrischende Getränke. Als die angestrebte Erfrischung einfach nicht eintreten wollte und eine dritte Bestellung nötig wurde, lächelte uns der Cameriere zu und sagte in gebrochenem Deutsch: «Heiss heute. Meteo sagt Gewitter voraus.» Und nachdem er uns etwas eingehender gemustert hatte: «Sind die Herren am Spaziergang? Oder machen Besuch?»

Natürlich gaben wir uns als harmlose Passanten aus, die sich verlaufen hatten. «Wir sind fasziniert von dieser herrlichen Gegend. All diese noblen Villen inmitten von Gärten und kleinen Wäldern. Das ist ein richtiges Paradies.» Ich zeigte auf das Anwesen D'Agostinos. «Das muss ein schwerreicher Besitzer sein. So ein grosser Park. Leider sieht man von hier die Villa nicht.»

Der Kellner nickte andächtig. «Villa del Principe gehört wichtigem Mann. Wir hier im Albergo La Palma oft haben Gäste, die Geschäfte mit Herrn von Villa machen. Ich ihn noch nie gesehen.» Auf meine Frage, wieso die Geschäftspartner des Mächtigen im Hotel und nicht in der grossen Villa übernachten würden, sagte er: «Herr D'Agostino nur wenige Personen zu sich einladen. Geschäftsfreunde müssen auswärts schlafen und essen.»

Bevor der Redefluss des Kellners versiegte, wollte ich noch wissen: «Was für Geschäftspartner von D'Agostino steigen denn in Ihrem Hotel ab? Sind das auch vornehme Leute?»

«Oh ja. Sehr vornehme. Manchmal auch seltsame.» Der hochgewachsene Mann mit dem weissen Hemd und der schwarzen Fliege neigte sich zu mir: «Tagsüber warten oft Bedienstete von Geschäftspartner hier. Bis Herren zurück von Besprechung.» Er sah sich vorsichtig um und ergänzte: «Ich mich oft fürchten. Finstere Menschen.»

Der freundliche Cameriere zog sich nach diesem Eingeständnis von Ängstlichkeit in die kühle Empfangshalle des kleinen Hotels zurück.

So, das war schon etwas.

Mein Tessiner Kollege zeigte auf seine Armbanduhr. «Ich muss gelegentlich wieder nach Locarno zurück. Willst du noch bleiben und weiter schnuppern?» Er lachte: «Unser Kellner hat schon recht interessante Dinge erzählt. Vielleicht weiss er noch mehr.»

Ich verabschiedete mich von Peter Imfeld und bezahlte natürlich die ganze Zeche von nunmehr fünf Erfrischungsversuchen. Dies natürlich nicht zuletzt im Interesse einer weiteren Kreislaufanregung Ochsenbeins. Als sich der Kellner für das hohe Trinkgeld bedankte, sagte ich spontan: «Ich möchte hier in diesem reizenden Hotel übernachten. Haben Sie noch ein Zimmer frei?» Und ergänzte: «Ich wollte an sich heute wieder zurückkehren und habe daher kein Gepäck. Gibt es an der Rezeption einige Notutensilien zu kaufen für Gäste wie mich? Zahnbürste und Kamm zum Beispiel.»

Er musterte mich eingehend. Dann lächelte er wieder. «Sie können Zimmer vier haben mit Aussicht auf See.» Jetzt grinste er: «Und natürlich auf Villa del Principe. Oft Gäste von Herrn D'Agostino ohne Koffer hier. Wir haben auch Zahnbürste.»

Damit war alles klar. Ich rief Bern-1 an, meldete mich bei Joe bis Dienstagmittag ab und orientierte ihn kurz über die Ergebnisse meiner Recherchen im Tessin. «Hier scheint die Spinne zu sitzen, die auch Fäden zu unseren Problemkindern im Fall Carissimo zieht.» Wir machten ab, uns am Dienstag um 13 Uhr im Studio zur gemeinsamen Fahrt nach Bönigen zu treffen, und ich fragte zum Schluss mit etwas unsicherer Stimme: «Gibt es Neuigkeiten von Ochsenbein? Hat er nach mir gefragt?»

Joe beruhigte mich. «Ochsenbein musste heute mit Maxli nach Zürich. Wieso, weiss ich nicht. Hoffentlich verscherbeln die uns nicht an die Zürcher Mediendiktatoren.» Und mit einem gemeinen Kichern: «Schlaf gut und sei deiner Miss Schweiz treu.»

Ich verabschiedete mich von Joe in Form einer absolut unfeinen Aufforderung und bezog das Zimmer mit umwerfender Aussicht auf den Lago Maggiore und die Villa del Principe. Es ging gegen fünf Uhr. Genügend Zeit also für einen kleinen Bummel rund um das Anwesen von D'Agostino.

Weit kam ich nicht. Es gab keinen Fussweg rund um die Villa. Und ein Eindringen aufs Anwesen wurde durch den hohen Metallzaun verwehrt. Zudem sah ich mehrere Wächter, die mit Hunden durch die Parklandschaft vor der Villa streiften.

Damit war mein unfreiwilliger Bewegungsdrang durch widrige äussere Umstände zurückgebunden worden, und ich setzte mich erleichtert wieder ins Gartenrestaurant, verspürte aufs Neue ein dringendes Erfrischungsbedürfnis und rief nach dem Kellner, wurde sofort bedient und versank ins Grübeln.

Mein verlängerter Aufenthalt im Tessin würde mir wohl kaum etwas Handfestes im Mordfall Carissimo bringen. Dazu hatte sich der Drahtzieher in der Villa del Principe zu sehr abgeschottet. Ich war also einmal mehr auf den Zufall angewiesen, auf die Unterstützung der gnädigen Mediengötter.

Kaum hatte ich das gedacht, als sich etwas tat bei der Villa D'Agostinos. Zwei Wächter öffneten das grosse Tor und platzierten sich mit den Hunden beidseits der Einfahrt. Sie erwarteten offenbar hohen Besuch für ihren Herrn.

Ein paar Minuten später fuhr eine grosse schwarze Limousine mit getönten Scheiben an mir vorbei, hielt vor dem Villeneingang und verschwand dann im Park. Ich konnte kurz das Kennzeichen des Wagens sehen. Es war ein italienisches Schild mit der Abkürzung TO. Die Zahlen entgingen mir.

Der freundliche Cameriere meines Hotels kam in den Garten und fragte mich: «Wünschen Signore essen im Hotel? Ich reservieren Ihnen ein Tisch auf Terrasse.»

«Gerne.» Ich gab ihm erneut ein schönes Trinkgeld und fragte: «Sagen Sie mir, wer war das, der soeben bei D'Agostino eintraf? Im grossen schwarzen Auto.»

«Ich nicht habe gesehen Auto. Aber wahrscheinlich war es Il Conte. So wir nennen den geheimnisvollen Besucher. Wir nicht wissen Namen. Er kommt alle zwei, drei Wochen für einige Tage.» Der Kellner dachte nach und ergänzte: «Dann keine anderen Geschäftspartner. Wenn Il Conte kommt, wir nie haben Gäste von D'Agostino.»

Das war recht aufschlussreich.

Auf meine Frage, ob er wisse, was alleinstehende männliche Gäste am Abend unternehmen würden, verzog der Cameriere das Gesicht. «Das sehr unterschiedlich. Zwei regelmässige Gäste von La Palma rühmten die Bar Il Pirato. Dort viel los. Sie kennen Ascona?»

«Nicht sehr gut.»

«Die meisten Bars und Discotheken im Bermuda-Dreieck von Ascona. Dort, wo Via Borgo in Piazza Motta mündet. Sie selber schauen.» Damit war seine Dienstleistungskapazität im Bereich Junggesellenunterhaltung erschöpft. Er wünschte mir einen schönen Abend und verschwand im Restaurant.

Ich dinierte vorzüglich. Gegen neun Uhr stieg ich ins Dorf hinunter und flanierte wie ein ganz normaler Gast über die Piazza Motta, trank meinen Espresso in einem der vielen Strassencafés, sah hübschen Mädchen nach und amüsierte mich über das exotische Treiben auf der Promenade.

Dann machte ich mich auf zur Vergnügungsmeile des Ortes. Oder, wie Habitués sagen, zum Bermuda-Dreieck von Ascona. Ich fragte mich durch zur Bar Il Pirato und stand schliesslich vor einer sehr schummrigen Kneipe am äussersten Ende des Quais.

Das Lokal schien bereits voll besetzt zu sein. Nur an der lang gezogenen Bar entdeckte ich einen leeren Stuhl. Ich hasse diese Martergeräte, die man entweder nur pro forma mit einer rasch einschlafenden Pobacke belegen oder, nach mühseliger Klettertour, als Hochsitz mit freier Sicht in den Barmaidbusen benutzen kann.

Diesmal rentierte sich die Klettertour. Ich wurde aufs Herzlichste von einem liebenswürdigen weiblichen Wesen mit runden Kulleraugen und wallender schwarzer Haarpracht willkommen geheissen. Die Holde hinter dem Tresen fand immer wieder Zeit, mit den Gästen zu plaudern, und ich fand sie im Verlaufe des weiteren Abends, nach mehreren Whiskys, immer sympathischer. Bis sich das Lokal nach und nach leerte und ich die reizende Barmaid, sie hiess Nina, nur noch mit einigen wenigen anderen Angeheiterten teilen musste.

Es war Montag. So blieben schliesslich nur zwei hartgesottene Einheimische und ich übrig, als Nina um ein Uhr die Sperrstunde verkündete. Sie kassierte ein, löschte die Lichter und spedierte uns ins Freie.

Draussen wollte ich mich von Nina verabschieden, als sie, ohne ein Wort zu sagen, sich bei mir einhakte, mich schelmisch von der Seite her ansah und ins nächste noch offene Lokal bugsierte.

«Komm, gehen wir zu einen Schlummertrunk ins Dixieland. Ich gehe nie so früh ins Bett. Normalerweise wird es vier oder fünf Uhr, bis ich heimkomme. Gestern hatte ich zudem frei.» Sie zog mich auf eine rote Plüschbank im hinteren Teil der Nachtbar und meinte: «Du warst den ganzen Abend sehr zuvorkommend. Ich teile meine männlichen Kunden in fünf Kategorien ein: die Blöden, die Frechen, die Netten, die Langweiligen und die Interessanten.»

«Der überwiegende Teil meiner Kunden ist entweder blöd, frech, langweilig oder einfach nur nett. Recht wenige sind wirklich interessant. Und auf die interessanten Netten muss man lange warten.» Sie lächelte mich an und fragte: «Wo wohnst du?»

Als ich ihr sagte, ich sei im Hotel La Palma, sah ich sie erschrecken. Sie überlegte sich wohl, ob ich ein Geschäftspartner von D'Agostino sei. Das würde mich allenfalls die Qualifikation des interessanten Netten kosten. Ich erklärte daher schnell, ich sei ganz zufällig in der Gegend.

Sie war eine gescheite Frau und durchschaute mich wahrscheinlich sofort. Trotzdem blieb sie freundlich und lehnte sich sogar an mich. «Eine schöne Gegend ist das oben auf der Collina. Es gibt dort viele vornehme, stille Leute.»

Wir kamen ins Plaudern, und die Zeit verging wie im Flug. Vielleicht machten sich bei mir die Müdigkeit und der Alkohol bemerkbar, denn ich fand Nina immer attraktiver. Sie bemerkte dies natürlich, machte aber keine Anstalten, mich auf Distanz zu halten. Im Gegenteil. Sie drängte sich an mich und legte ihre Hand auf mein Bein. Mit dem Fingernagel kratzte sie leicht über den Stoff der Hose.

Sehr bald verliessen wir die Bar. Sie hakte sich erneut bei mir ein und führte mich wie selbstverständlich zu ihrer Wohnung in einem alten Haus beim Campanile. Die folgenden Stunden sind mir nur noch schwach in Erinnerung. Es war wie ein Wirbelwind, der uns durch eine erotische Traumwelt fegte. Die elementaren Kräfte liessen uns erst wieder los, als der Glockenturm fünf Uhr schlug, die ersten Vögel laut zwitscherten und dumpfe Schläge in der nahen Bäckerei zu vernehmen waren.

Der Duft frisch gebackenen Brots brachte uns rasch auf den Boden der Realität zurück. Ich ging nach unten und beschaffte mir einige Semmeln, während Nina Kaffee zubereitete und den Frühstückstisch deckte.

Beim Morgenessen plagte mich das Gewissen. Ich klärte Nina über die wahren Gründe meines Aufenthalts in Ascona auf, gab mich also als Reporter zu erkennen, der im Umfeld von D'Agostino recherchierte.

Sie lächelte mich an. «Ich habe so etwas vermutet.»

Ich vermittelte ihr einen Überblick über meine bisherigen Erlebnisse im Mordfall Carissimo und fragte sie: «Im Hotel La Palma gab mir der Kellner den Tipp, deine Bar zu besuchen. Frühere Gäste hätten sie empfohlen. Kannst du dich an sie erinnern?»

«Es gab immer wieder Barbesucher, die im Hotel La Palma übernachteten. Zwei bis drei kamen des Öfteren. Sie waren offenbar regelmässige Besucher von D'Agostino. Einer war sehr zudringlich, und ich musste ihn regelmässig zurückweisen. Einmal ging er zu weit, und ich liess ihn von Giorgio, unserem Küchenburschen, hinauswerfen. Er kam am nächsten Tag vorbei und entschuldigte sich.» Sie dachte nach. «Er gab mir seine Visitenkarte. Sein Name war recht lang. Mit Hans drin.»

«Wahrscheinlich Meierhans.» Ich frohlockte. «Einer, der beim Mord im Stade de Suisse dabei war. Leider mit einem unumstösslichen Alibi.»

«Der andere, an den ich mich erinnere, war zwar etwas zurückhaltender im Benehmen. Aber auch er versuchte es immer wieder.» Sie schmunzelte und ergänzte: «Er war nie gleichzeitig mit Meierhans in Ascona. Wahrscheinlich nicht aus derselben Branche. Wie er hiess, weiss ich nicht. Er hat sich nie vorgestellt.»

Beim dritten Milchkaffee fiel ihr doch noch was ein. «Er muss ein Fussballfanatiker sein. Nach einigen Drinks brüstete er sich immer mit seinem Fussballclub.»

Bingo. Offenbar war es meinem Gesicht anzusehen, dass diese Information für mich sehr wichtig war. Nina zeigte Verständnis für die plötzliche Aufbruchsstimmung bei mir. «Jetzt musst du wieder an die Arbeit, nicht wahr?» Und mit leiser Stimme: «Darf ich mich auf ein Wiedersehen freuen?»

Ich versprach ihr hoch und heilig, bald wieder nach Ascona zu kommen. Ganz geheuer war mir dabei nicht. Ich hatte in meinem Leben schon allzu viele derartige Versprechen abgegeben und keines gehalten.

Mit einem langen Kuss verabschiedete ich mich von Nina, eilte den Hügel hinauf zum Hotel La Palma, wo der Kellner auf der Terrasse gerade das Frühstücksbuffet für die Gäste vorbereitete. Als er mich erkannte, musterte er mich eingehend und grinste dann recht unverhohlen. «Guter Tipp von mir gestern. Sie lieber Gast. Zimmer nicht benutzt. Wenig Unkosten für Hotel.»

Ich bezahlte natürlich das Zimmer trotzdem und liess mir vom hilfsbereiten Cameriere noch einen Espresso im Garten servieren. Es war erst sieben Uhr, und mein Zug fuhr kurz vor acht Uhr in Locarno ab. Leider musste ich diesmal auf mein geliebtes Centovalli verzichten, da die Strecke über Zürich schneller war.

Ich bat den Kellner, mir ein Taxi zu bestellen, und gab ihm nochmals ein schönes Trinkgeld. Er bedankte sich mit einer Information. «Il Conte hat heute morgen früh schon die Villa del Principe verlassen. Vor seiner Wegfahrt kam ein frecher Kerl ins Hotel. Offenbar Sekretär des Conte. Er wissen wollte, ob in letzter Zeit Leute im Restaurant, die nach D'Agostino fragten.» Er grinste erneut, diesmal nicht auf meine Kosten. «Ich habe nichts gesagt. Vielleicht meinte er Sie.»

Das war eine gute und eine schlechte Neuigkeit. Gut, weil der Hintermann von D'Agostino endlich aus seinem Versteck herauskam. Schlecht, weil ich vielleicht bald als Zielscheibe professioneller Killer dienen würde.

9

Vor dem Studio erwartete mich schon Joe mit einem Dienstwagen von Bern-1. Er hatte sogar an den Kameramann gedacht und Hans Steiner aufgeboten. Ich schaute nicht in mein Büro und ging so allfälligen Unannehmlichkeiten aus dem Wege.

Joe meinte: «Maxli und Ochsenbein sind gestern Abend aus Zürich zurückgekehrt. Mit enttäuschten Gesichtern. Vielleicht wollten uns die Zürcher Mediendiktatoren nicht. Oder zu einem Spottpreis. Unser Chef hat für zwei Tage freigenommen. Er muss sich wohl erholen.»

Damit war ich einer meiner Sorgen enthoben. Ich orientierte Joe über die wichtigsten Ergebnisse meines Tessiner Ausflugs. Natürlich, ohne Nina zu erwähnen.

Er sah mich von der Seite an und murmelte: «Pass auf, Marc. Denk an Egger. Diese Leute lassen nicht mit sich spassen.»

Als wir in Bönigen ankamen, standen schon einige Leute bei der Kirche. Wir gesellten uns zu ihnen, und ich versuchte herauszufinden, ob irgendwelche Anverwandte von Kurt Egger anwesend waren. Ich stiess nur auf einen Bruder, der aber in den letzten Jahren kaum Kontakt mit dem Verstorbenen gehabt hatte.

Vor der Kirche entdeckte ich Kommissär von Gunten mit seinem Stellvertreter Christen. Er winkte mich zu sich und packte mich in seiner umgänglichen Art grob am Arm. «Dubach. Ich will Sie nach der Trauerfeier sprechen. Kommen Sie in den Ochsen. Alleine.»

Steiner erhielt die Erlaubnis des Dorfpfarrers, während dessen Abdankungsrede in der Kirche einige Aufnahmen zu machen. Dann wollte er nach Bern zurückfahren. Joe hatte meine Vorladung durch den Kommissär mitbekommen und wollte unbedingt auch in den Ochsen kommen. Mir war's recht.

Die Trauerfeier zog sich über eine Stunde hin. Der Verstorbene war Mitglied von verschiedenen Dorfvereinen gewesen, die sich nun alle zu einem ausführlichen Nachruf verpflichtet sahen. Und der regionale Gesangsverein verlegte offenbar die wöchentliche Singprobe in die Kirche.

Ich hatte genügend Zeit, mich während der Feier in der Kirche umzusehen. Ausser von Gunten, Christen, Joe und Hans kannte ich niemanden. In der hintersten Bankreihe sassen drei Herren in dunklen Anzügen, wahrscheinlich Vertreter des letzten Arbeitgebers von Egger.

Endlich verklang das letzte Lied, und die Trauergemeinde machte sich auf in den Ochsensaal, wo ein Zvieri serviert wurde. Von Gunten raunte mir zu, er erwarte mich in der Gaststube, bevor er sich mit Christen unsichtbar machte. Ich konnte sehen, wie sich die beiden beim Kirchenausgang hinter Sträuchern versteckten und mit Taschenkameras alle Teilnehmer der Trauerfeier fotografierten.

Joe und ich bummelten gemütlich zum Ochsen, wo wir uns in einer Ecke der Gaststube niederliessen. Es ging nicht lange, bis der Kommissär mit seinem Stellvertreter vor uns stand. «Wer ist das?», fragte er barsch und wies auf Joe.

Ich erklärte ihm die Funktion meines Kollegen bei Bern-1. Er sei Zeuge der Vorfälle auf dem Boot von Meierhans gewesen und über alle Ergebnisse meiner Recherchen informiert.

Von Gunten murmelte etwas in seinen nicht vorhandenen Bart und setzte sich mit Christen an unseren Tisch. So, dass er den Gaststubeneingang im Auge behalten konnte.

«Dubach», sagte er griesgrämig, «Sie sind zu weit gegangen. Ich habe Ihnen wahrscheinlich zu viel Freiraum eingeräumt bei den Recherchen.» Er erhob den Drohfinger. «Habe ich Ihnen nicht gesagt, Sie sollten mir ständig Bericht erstatten über die Ergebnisse Ihrer Nachforschungen?»

Bevor ich mich rechtfertigen konnte, fuhr der Kommissär fort: «Wie ich erfahren habe, sind Sie in letzter Zeit auf absolut gefährliches Terrain geraten. Alles, was Sie derzeit anpacken, ist eine Nummer zu gross für Sie.» Er fügte mit gekonnt verächtlicher Miene bei: «Sie sind halt doch nichts anderes als ein kleiner Reporter eines unwichtigen Lokalsenders.»

«Und jetzt gehen Sie beide spazieren», wandte er sich an Joe und Christen, «meinetwegen können Sie auch zum Zvieri in den Saal gehen. Aber lassen Sie uns allein.»

Diese Weisung klang unwiderruflich. Die beiden verschwanden.

Von Gunten bestellte einen halben Liter Weisswein aus Spiez, nahm sich ein Schinkensandwich aus der Plastikhaube und begann umständlich zu essen.

«So, jetzt erzählen Sie mir alles, was Sie in den letzten Tagen erlebt haben», sagte er mit vollem Mund, «alles, was Sie meinem Kollegen Corminboeuf nach dem Unfall auf dem Neuenburgersee an Informationen unterschlugen, alles, was Sie in Ascona erlebt haben.»

Mein Erstaunen darüber, dass er über meinen Tessiner Ausflug orientiert war, stand mir offensichtlich ins Gesicht geschrieben, denn er grinste frech: «Nur damit Sie sehen, dass die Polizei keineswegs untätig ist. Franco, der Kellner vom Hotel La Palma, ist einer unserer ständigen Informanten. Wir wissen mehr über den geheimnisvollen Conte, als Sie je erfahren werden.»

Und um mir den Gnadenstoss zu geben: «Ich bewundere

auch Ihren Erfolg bei den Frauen. Mit Nina eine Nacht zu verbringen gelingt nicht jedem.»

Ich war so sprachlos wie kaum je zuvor. Von Gunten genoss die Situation ungemein und dozierte lächelnd: «Wir haben Sie nach der Ankunft in Locarno keine Minute aus den Augen gelassen.»

Er stocherte unanständig lange in seinen Zähnen, erhob endlich sein Glas und forderte: «Jetzt aber zu Ihrem Bericht. Und bitte vollständig.»

Ich gab ihm einen Überblick über die Ereignisse auf der Jacht «Darling II» und die Ergebnisse meiner Nachforschungen im Tessin. Das meiste schien er schon zu wissen, vermutlich durch Corminboeuf oder seinen Spitzel Franco. Aber es gelang mir doch noch, ihn zu überraschen. Die Bemerkung Lydias vor ihrem Unfall, Meierhans verfüge über spezielle Verbindungen nach Italien und ins Tessin, nahm er mit Interesse zur Kenntnis. Kein Glück hatte ich dagegen mit dem Hinweis Ninas auf einen Geschäftspartner D'Agostinos mit eigenem Fussballclub. Von Gunten nickte nur: «Wurstler.»

Der Kommissär sinnierte einige Zeit vor sich hin, sah mich mehrmals forschend an und sagte schliesslich wütend: «Damit wissen wir eigentlich nicht mehr als am Anfang. Wenn nur das verdammte Alibi von Meierhans nicht wäre. Das blockiert alles.» Nach einiger Zeit beruhigte er sich wieder und meinte: «Wir müssen uns auf die Hintermänner konzentrieren. Vielleicht gibt es Komplizen beim Mord an Carissimo.»

Als ich von Gunten fragte, was ich über meine Ergebnisse in Ascona senden dürfe, sah er mich unschuldig an. «Das ist doch Ihr Bier. Ich würde mich nie in die Arbeit der Medien einmischen.» Dann grinste er mich so unverschämt an, dass ich mir irgendwie verschaukelt vorkam.

Wie dem auch sei. Der Kommissär hatte sein Sandwich verdrückt, wischte sich Hände und Mund mit mehreren Papierservietten ab und beendet das frugale Mahl mit einem Rülpser. Er zeigte sich grossmütig und bot mir und Joe an, mit dem Polizeiwagen nach Bern zurückzukehren. «So können Sie Ihren Bericht noch rechtzeitig für die Abendsendung produzieren.»

Das hätte mich endgültig misstrauisch machen müssen.

*

Im Studio fand ich auf meinem Pult mehrere Notizen über Anrufe Benitas. Mir fiel ein, dass ich ihr nichts über meinen Ausflug ins Tessin gesagt hatte. Hoffentlich war sie mir deswegen nicht allzu böse.

Zuerst kam aber die Abendsendung. Ich produzierte mit Hanna und Joe einen Beitrag über die Beerdigung Eggers, der einerseits natürlich die Trauernden zeigte, andererseits aber neue Fragen zur Tat aufwarf. Dabei ging es um mysteriöse Hintermänner in Italien. Und um deren Verbindungsleute im Tessin. Ich zeigte einige Prunkvillen am Lago Maggiore, die wir im Archiv gerade vorrätig hatten, und die versierte Cutterin Lauterburg schob unkenntlich gemachte Gesichter darüber, sodass der Eindruck entstand, wir würden die Dunkelmänner im Südkanton zwar kennen, aber im Augenblick noch nicht blossstellen. Im dazugehörenden Bericht erwähnte ich den Namen eines geheimnisvollen Conte aus Italien, der sich immer wieder mit einem prominenten Tessiner treffe, um dunkle Geschäfte vorzubereiten. Dann kam ich auf Dani Carissimo zu sprechen, der am 13. Juni die Enthüllung eines Skandals im Zusammenhang mit der EM 2008 ankündigte und deswegen ermordet wurde. Bern-1 würde am Ball bleiben.

Nach der Sendung rief ich Benita an, die mich aufs Herzlichste begrüsste und sagte, sie hätte mich sehr vermisst. Wo ich denn gewesen sei? Ich machte einige Andeutungen auf meine neuesten Recherchen und versprach, ihr alles zu erzählen.

Benita wollte mich schon heute Abend treffen. «Ich bin ja

so gespannt, was du im Tessin erlebt hast. Wir treffen uns um halb neun bei Lorenzini.»

Ich beeilte mich, nach Hause zu kommen, um endlich in Ruhe duschen und mein strapaziertes Äußeres wieder einigermassen auf Vordermann bringen zu können. Zudem machte sich das Schlafmanko aus der letzten Nacht mehr und mehr bemerkbar. Ich legte mich hin und schlief eine gute Stunde.

Ich träumte Seltsames. Von unzähligen schwarzen Käfern, die mich in einem Haus verfolgten. Nirgends war ich sicher vor ihnen, und als ich glaubte, durch ein Fenster ins Freie entkommen zu können, sah ich draussen schlangenähnliche Wesen, die ihr Maul aufsperrten und mich erwarteten. Da kam mir eine schöne Frau mit langen blonden Haaren zu Hilfe. Sie brachte mich in ein fensterloses Nebenzimmer in Sicherheit und verschloss die Türe. Plötzlich zerfiel sie zu Staub, und aus dem Staub entstanden neue schwarze Käfer, die sich auf mich stürzten. Ich schrie und erwachte.

Nach diesem Albtraum war ich so verschwitzt, dass ich mich nochmals umziehen musste. Ich kam daher zu spät ins Lorenzini. Benita begrüsste mich dennoch mit einem langen Kuss. «Marc, Lieber. Wie schön, dich wiederzusehen. Wieso hast du mir nichts von deiner Reise in den Süden gesagt?»

Ich erfand tausend Ausreden, die sie erstaunlicherweise ohne Widerrede akzeptierte. Meine schöne Begleiterin war heute besonders aufmerksam zu mir, schien bereit, mir jeden Wunsch von den Augen abzulesen. Was mich natürlich erfreute und meinem Ego schmeichelte.

Aber dummerweise hatte ich an diesem Abend gar keine besonderen Wünsche. Ich hätte mir eigentlich nichts Schöneres vorstellen können, als mit einem Whisky allein vor dem Fernseher zu sitzen und an gar nichts zu denken. Ich schalt mich einen Toren und bemühte mich nach Kräften, das Tête-à-Tête mit der reizenden Benita zu geniessen.

Ich erzählte ihr von den Ergebnissen in Locarno und Ascona. Natürlich verschwieg ich die Episode mit Nina und deren Hinweise auf Meierhans und Wurstler als ständige Gäste D'Agostinos, und aus irgendeinem Grunde sagte ich ihr auch nichts über den Polizeispitzel Franco im Hotel La Palma. Sie hörte mir mit grossen Augen zu und stellte viele Zusatzfragen.

Gegen elf Uhr meldete sich bei mir erneut ein dringendes Schlafbedürfnis. Benita zeigte ein erstaunliches Verständnis für diesen Schwächeanfall und war sogar bereit, für einmal auf den Schlummertrunk bei mir zu verzichten. Sie sagte, sie sei auch müde, und verabschiedete sich mit einer innigen Umarmung sowie dem dringenden Wunsch nach baldigem Wiedersehen.

Ich brauchte vor dem Schlafengehen noch etwas frische Luft und bummelte die Altstadt hinunter zum Bärengraben, fühlte mich auf einmal gar nicht mehr so müde und beschloss, den Tag mit einem Drink zu beenden. Zuunterst in der Gerechtigkeitsgasse gibt es einige Gaststätten mit Tischen zwischen den Lauben und am Strassenrand. Ich setzte mich, bestellte einen Schlummerbecher, beobachtete das rege Treiben unter den Arkaden und kam auch ins Gespräch mit dem Nachbarn, einem gross gewachsenen deutschen Touristen mit Bierbauch. Mehrere Male wollte ich aufstehen und mit dem nächsten Bus in die Schosshalde fahren, aber ich war einfach zu müde und liess es immer wieder sein.

Es ging gegen Mitternacht, als ich mich endlich aufrappelte und nach Hause gehen wollte. In diesem Augenblick sah ich zwischen den Lauben ein Paar, das ich gut kannte. Meierhans und Benita. Zwar nicht eng umschlungen wie Liebende, aber doch in recht vertrautem Plaudern. Sie näherten sich rasch, und ich musste mich hinter meinem massigen Nachbarn verstecken, um nicht entdeckt zu werden. Die beiden verschwanden, ohne mich gesehen zu haben, in der Bar Belle Epoque.

Ich war richtiggehend schockiert. Wie kam Benita dazu, nach der Verabschiedung von mir noch ihren Ex-Freund zu treffen? Was wollte sie von ihm, und was ging überhaupt zwischen ihr und Meierhans vor? Ich nahm mir vor, sie beim nächsten Treffen zur Rede zu stellen.

Die Gedanken wirbelten durch meinen Kopf, und ich beschloss, auf den Bus zu verzichten. Ich wollte beim Gehen etwas Abstand zum soeben Erlebten gewinnen.

Gerade als ich den Anstieg zur Schosshalde bewältigt hatte, kam mir wieder einmal die Bemerkung des Kommissärs in den Sinn. «Passen Sie auf, wie und mit wem Sie Ihren erotischen Nachholbedarf ausleben.» Was hatte dieser blöde Kerl gemeint? Wusste er vielleicht etwas im Zusammenhang mit Benita? Oder war der Alte einfach nur neidisch auf meinen Erfolg bei der Schönen?

Ich war äusserst schlechter Laune, und Joe hätte einen grossen Bogen um mich gemacht. Da ich zu Fuss war, kam ich vom Promenadenweg in meine Wohnstrasse, also nicht wie üblich von der Durchgangsstrasse mit der Bushaltestelle. Zuhinterst in der Sackgasse bog ein Strässchen zur Hügelkuppe ab, und ich entdeckte zwischen zwei Bäumen dieser kleinen Allee ein parkiertes Auto. Wenn ich mit dem Bus gekommen wäre, hätte ich den Wagen nicht gesehen. Im fahlen Licht einer Bogenlampe waren zwei Schatten auf den Vordersitzen zu erkennen. Ich sah, wie sie sich umarmten, zuckte mit den Schultern und ging etwas schneller als sonst die letzten Meter zu meinem Wohnhaus. Wahrscheinlich ein Liebespaar.

Zu Hause blinkte mein Telefonbeantworter. Zwei Anrufe. Der eine war von Joe, der mir mitteilte, unser heutiger Beitrag sei erneut von anderen Privatsendern übernommen worden, nicht aber von DRS. Der zweite stammte von Alberto Marrani, der mir zur Sendung gratulierte. Er könne mir einige zusätzliche Informationen zum Thema Gelddrehscheibe Tessin liefern. Ob wir uns morgen sehen könnten. Ohne meinen Gegenbericht erwarte er mich um elf Uhr in der Bierquelle.

Damit war mein Tageswerk getan, und ich liess mich in den Schlaf des Selbstgerechten sinken, träumte wenig und erholte mich langsam von den Strapazen der beiden letzten Tage.

Am Mittwochmorgen erwartete mich im Studio ein aufgeregter Ochsenbein. Er hatte einige erzürnte Reaktionen von Tessiner Prominenten erhalten, die sich über eine Verunglimpfung ihres Kantons in meinem gestrigen Beitrag beschwerten. Die einseitige Sendung habe dem Image des Tessins geschadet.

Ich versuchte, meinem Chef die Ergebnisse meiner Recherchen in Locarno und Ascona zu erläutern. Wie meistens in solchen Fällen ohne Erfolg, denn er hörte mir gar nicht zu, überlegte wahrscheinlich fieberhaft, ob aufgrund des Beitrags Tessiner Werbeeinschaltungen bei Bern-1 sistiert würden oder ob Maxlis Golffreunde aus Locarno und Lugano die Sendung gesehen haben könnten.

Ich liess ihn mit diesen Sorgen allein und ging zu Joe, also in die Cafeteria.

Heute stand die Tatortbesichtigung im Stade de Suisse mit von Gunten in meiner Agenda. Ich wusste nicht so recht, ob ich eine Kameraequipe mitnehmen durfte. Da ich den Kommissär bei möglichst guter Laune halten wollte, verzichtete ich darauf, meldete aber bei Joe für den Abend eine Sondereinschaltung an. Ich spürte instinktiv, dass sich heute irgendetwas Besonderes ergeben würde.

Um halb elf Uhr machte ich mich auf den Weg ins Casino. Marrani stand auf, als er mich kommen sah, wie es sich in den noblen Kreisen der Tessiner Patrizier gehört, und begrüsste mich freundlich. «Herr Dubach, das war eine interessante Sendung gestern. Vielleicht nicht ganz lupenrein wegen der Bilder aus Ihrem Archiv.» Er lachte. «Sie haben auch die Villa meiner Familie gezeigt, und wir sind nun wirklich keine Finanzhaie.»

Er war mir deswegen nicht böse und erkundigte sich, ob ich den Namen des möglichen Drahtziehers in Ascona kenne.

Als ich ihm von D'Agostino erzählte, nickte er. «Ja, das ist so einer. In der besseren Tessiner Gesellschaft spricht man nicht gerne von ihm.» Er fügte bei: «Obschon er bei vielen Projekten im Kanton kräftig mitmischt und einige Geschäfte ohne seine finanzielle Mitwirkung gar nicht realisiert werden könnten. Es ist eigenartig, aber niemand kennt ihn persönlich.»

«Wissen Sie etwas über seinen Partner in Italien? Ich hörte, dass man ihn Il Conte nennt.»

Ich spürte, dass Marrani als Intimkenner der Tessiner Wirtschaftsszene genau wusste, wer diese Hintergrundfigur war, sich aber nicht schlüssig werden konnte, ob er mir etwas sagen durfte. Nach eine Weile meinte er: «Das, was ich Ihnen jetzt sage, ist off the records, wie ihr Journalisten so schön sagt. Ich würde vehement abstreiten, je so etwas gesagt zu haben. Und ich nehme nicht an, dass Sie irgendwo ein Aufnahmegerät versteckt haben.»

Er lehnte sich zurück und begann: «In Italien ist die Unterwelt regional organisiert. In ihrem Einflussbereich sind die Bosse daher recht autonom, und gesamtitalienische Mitsprachen der obersten Führungsorgane kommen kaum vor. Mit Ausnahme von Finanztransaktionen, die dazu dienen, dreckiges Geld in legalen Investitionen rein zu waschen. Hier gibt es Experten, die von den Regionen bei Bedarf angefordert werden können.»

Wir bestellten neue Espressi, und Marrani fuhr fort: «Der wichtigste Finanzberater der oberitalienischen Syndikate ist ein Bankier aus einer Grossstadt in der Poebene, der dank seiner Beziehungen zur europäischen Finanzwelt wahrscheinlich jährlich mehr Geld verschiebt als die Notenbank eines kleineren Landes. Er wird in Fachkreisen Il Conte genannt. Vielleicht weil er aus einer adligen Familie stammt. Oder seine Macht sehr diskret ausübt.» Er meinte entschuldigend: «Ich darf Ihnen nicht sagen, wie er heisst. Das wäre viel zu gefährlich für Sie.»

«Wie ich Ihnen schon sagte: Im Tessin macht man, wenn immer möglich, einen Bogen um diese Dunkelmänner. Man kennt sie offiziell nicht. Sie sind und bleiben Fremdkörper in unserem Kanton.» Er lächelte. «Daher muss sich D'Agostino auch so einkapseln in Ascona. Und falls Sie das interessiert: Die Geschäftskunden dieses mysteriösen Mannes sind zum weit überwiegenden Teil Leute aus der Deutschschweiz. Ein paar kommen aus der Romandie. Nur Tessiner sind nicht darunter.»

«Kennen Sie zufälligerweise einige seiner Kunden?», fragte ich.

«Selbst wenn ich wüsste, wer in der Villa del Principe ein und aus geht, würde ich es Ihnen nicht sagen. Sie könnten diesbezügliche Informationen auch nicht verwerten in Ihrem Sender.»

Marrani bestellte sich zum Abschluss noch einen Eisenkrauttee, der, wie er mir erklärte, sehr gesund sei. Er rührte eine Minute gedankenversunken in der grünlich gelben Brühe und sah mich dann sehr direkt an. «Herr Dubach. Ich habe seit der ersten Begegnung im Stade de Suisse eine gewisse Sympathie für Sie entwickelt, und ich möchte Ihnen einen freundschaftlichen Rat geben.» Der Tessiner Patrizier hob seine edel geformte Nase leicht, zierte sich eine Weile und sagte schliesslich mit leiser Stimme: «Die italienischen Syndikate legen grossen Wert auf die absolute Sicherung ihrer Strukturen. Gegen freie Konkurrenten oder neuerdings die Russenmafia – aber auch gegen Schnüffler, seien das nun Polizisten oder Medienleute. Sie versuchen, mit ihren Schutzmassnahmen so lange als möglich auf dem Boden der Legalität zu bleiben. Zuerst kommen Einschüchterungen jeder Art, später robustere Drohungen und zum Schluss die handfesteren Methoden, die bis zur Liquidierung des Gegners gehen.»

«Ich habe den Eindruck, dass Ihre gestrige Sendung den Leuten dort unten gar nicht gefallen hat.» Marrani fragte: «Haben Sie in letzter Zeit etwas Ungewöhnliches in Ihrer

Umgebung festgestellt? Ich denke da an anonyme Telefonanrufe oder das Gefühl, ständig beobachtet zu werden. Es könnten auch Unannehmlichkeiten am Arbeitsplatz sein. Ihr Chef würde zum Beispiel von irgendeiner Seite unter Druck gesetzt – mit dem Ziel, Ihnen weitere Recherchen zu erschweren oder zu verunmöglichen.»

Der Mann musste Hellseher sein. Oder ein wirklicher Kenner der Szene. Ich dachte an Ochsenbeins heutigen Panikanfall. Es fehlte eigentlich nur noch ein Einschreiten Maxlis.

Und was war das gestern Abend, als ich spät nach Hause kam? Das in der Seitenstrasse parkierte Auto mit den zwei Gestalten. Ich erzählte Marrani von diesem Vorfall, und er überlegte nur kurz: «Ich glaube nicht, dass das Kriminelle waren. Die hätten sich nicht so ungeschickt verhalten.» Er schmunzelte. «Das sieht eher nach einer gut gemeinten Schutzaktion Ihres Kommissärs aus. Wie heisst er doch gleich?»

«Von Gunten.»

«Ja, natürlich. Es ist hier im Bernbiet recht schwierig, beim Adelsprädikat ‹von› zwischen Patriziern und normalen Bürgern zu unterscheiden.» Er stand auf und klopfte mir kollegial auf die Schulter. «Ich hoffe, dass wir uns bald wieder zu einem, wie sagt man doch, Kaffeekränzchen treffen können. Passen Sie gut auf, sich auf und ein Toi-toi-toi für Ihre weiteren Recherchen.»

Marrani hinterliess einen sehr nachdenklichen Dubach.

10

Die vom Kommissär angeordnete Tatortbesichtigung begann um 16 Uhr. Ich war schon eine Stunde vorher im Stade de Suisse, um mit Peter Pfäffli, dem Geschäftsleiter der Stadiongenossenschaft, zu sprechen. Er begrüsste mich in seinem Büro.

«Ciao, Marc, bist du auf der Jagd nach bösen Buben? Brauchst du mich als Treiber, um schräge Vögel aufzuscheuchen?» Er lachte auf und wurde dann ernst. «Wenn du eine solche Hilfe bei Walter Gutjahr erwartest, so muss ich dich enttäuschen. Wie ich dir schon am Telefon sagte, sind mir absolut keine Unregelmässigkeiten bei der Vergabe des Stadionneubaus bekannt. Erfolglose Konkurrenten von Gutjahr verbreiteten zwar einige Gerüchte. Was unseren Vorstand veranlasste, eine Untersuchungskommission einzusetzen, die akribisch genau alle mit der Vergabe zusammenhängenden Fakten überprüfte und zum einhelligen Schluss kam, dass alles lupenrein war.»

Damit fiel Walter Gutjahr als potenzieller Täter ausser Betracht. Blieb als Alibiloser nur noch Hanspeter Wurstler. Und als weiterer Verdächtiger natürlich Meierhans, der zwar über ein lupenreines Alibi verfügte, aber mit der ganzen ominösen Geschichte zu sehr verstrickt war. Ich begriff jetzt auch von Gunten, der sich mit den bisher vorliegenden Fakten des

Tatherganges nicht zufriedengab und heute nochmals alles überprüfen wollte.

Ich plauderte mit Pfäffli eine halbe Stunde über die guten alten Zeiten der gemeinsamen Medienausbildung, trank mehrere Kaffees und wurde immer kribbliger.

Zehn Minuten zu früh stand ich am Treffpunkt für die Tatortbesichtigung vor den Lifttüren in der Eingangshalle.

Die Aufzüge zur Champions Lounge im dritten und den VIP-Logen im vierten Stock waren wie bei jedem Spiel ständig bewacht durch Sicherheitsleute des Stadions, und man konnte nur in Begleitung eines Offiziellen oder mit einem Badge-Ausweis passieren.

Punkt vier Uhr sah ich die Delegation der Kantonspolizei auf mich zukommen.

Allen voran natürlich Kommissär von Gunten, gefolgt von seinem Stellvertreter Christen und einem halben Dutzend Zivilfahndern sowie Leuten des kriminologischen Dienstes.

Von Gunten begrüsste mich mit einem Nicken, zeigte den Sicherheitsleuten seinen Ausweis, und dann drängte die ganze Meute in den nächsten Lift. Ich hasse Liftfahren, besonders wenn sich zu viele Leute in die Kabine quetschen, und war dementsprechend nicht ansprechbar, als der Kommissär mich beim Herauffahren fragte, wie es mir gehe.

«Na also. Sie leben ja noch.» Von Gunten amüsierte sich über mein Schweigen. «Und hatten für einmal eine ruhige Nacht, sodass Sie jetzt fit sein sollten.»

Das durfte ich nicht auf mir sitzen lassen, und ich gab es dem frechen Kerl zurück, als wir oben waren und ich wieder festen Boden unter den Füssen spürte. «Wie geht es Ihren beiden Beamten, die sich gestern Abend in der Nähe meiner Wohnung im Auto vergnügten? Gehört das Knutschen auf den Vordersitzen bei Ihnen zur Grundausbildung?»

So, das hatte gesessen. Ich sah, wie dem Kommissär die Zornesröte ins Gesicht stieg, und er wollte mich gerade anbrüllen, als der Begleiter der Stadiongenossenschaft ihn auf die Seite zog und ihm etwas zuflüsterte.

Von Gunten vergass unser kleines Intermezzo sofort. Er winkte einige seiner Mitarbeiter zu sich, informierte sie über eine neue Situation und eilte mit ihnen in Richtung Cateringküche der VIP-Etage.

Ich schloss mich ihnen natürlich an.

Die Küche der VIP-Etage hat einen eigenen Catering-Lift und eine separate Treppe. Beide Zugänge sind immer gesichert und verschlossen. Nur bei Grossanlässen oder Seminarien in VIP-Logen werden die Türen geöffnet, nun aber überwacht durch Sicherheitsleute des Stadions.

Bei einer Routineuntersuchung der geschlossenen Küchentraktzugänge waren heute Mittag beim Treppenzugang Einbruchspuren festgestellt worden. Kratzer und Ansätze von Bohrmaschinen. Die massiven Türen hatten standgehalten, und einer der Eindringlinge musste sich beim erfolglosen Einbruchversuch verletzt haben, denn es fanden sich einige Blutspuren am Treppengeländer.

Die Spezialisten des kriminologischen Dienstes traten in Aktion, und nach etwa einer halben Stunde erstatteten sie dem Kommissär Bericht über die Ergebnisse ihrer Spurensicherung. Die Einbrecher hatten mit Handschuhen gearbeitet und Spezialwerkzeuge, wie Metallbohrer, verwendet. Bei ihrer Flucht liessen sie nichts Verwertbares zurück. Es waren offenbar Professionelle gewesen.

Blutflecken und daneben ein etwas verwischter Fingerabdruck zeugten jedoch von einem kleinen Betriebsunfall der Einbrecher – wahrscheinlich beim Bohren an der massiven und mit einem Doppelschloss gesicherten Metalltüre. Der Verletzte zog vermutlich den Handschuh an der verletzten Hand aus, um die Wunde zu betrachten. Dabei verlor er einige Tropfen Blut, und als er sich kurz am Geländer abstützte, kam ein schwacher Fingerabdruck zustande. Diese Spuren des Einbruchversuchs wurden sofort an das Labor weitergeleitet.

Von Gunten schickte seine Mannschaft auf die Suche nach weggeworfenen Handschuhen in Abfallbehältern entlang des Fluchtweges. Die Männer kamen nach einiger Zeit zurück und schüttelten den Kopf.

Was hatten die Einbrecher wohl gesucht? Gab es einen Zusammenhang mit dem Doppelmord am 13. Juni? Der Kommissär brummte vor sich hin. Ein Zeichen, dass er überlegte.

«Alle Mann zur Befehlsausgabe in die Medienloge», brüllte er plötzlich. Nur ich erschrak fürchterlich. Die Polizeibeamten waren an solche Ausbrüche des Kommissärs gewöhnt.

«Alle Logen peinlich genau untersuchen. Wir suchen nach einem verborgenen Gegenstand in der Grösse eines Buches. Also hinter die Möbel und in alle Schubladen oder Gestelle schauen. Auch die Bartheken haben Zwischenräume. Und vergessen Sie nicht, alle Schachteln zu durchsuchen. Los!»

Von Gunten brüllte wieder auf. Diesmal gezielt in meine Richtung. «Dubach, Sie kommen mit mir ins TV-Studio.» Bevor ich mich vom erneuten Schock erholt hatte, war der Kommissär schon aus dem Raum geeilt.

Im Fernsehstudio war alles noch so wie am Tag des Doppelmordes. Während der Sommerpause des Schweizer Fussballs blieb das Stadion zwischen den Gruppenspielen der EM 2008 unbenutzt, und daher mussten die TV-Installationen nicht angepasst werden. Einzig die Blutspuren der beiden Opfer waren beseitigt worden, und jemand hatte etwas aufgeräumt. Wahrscheinlich der DRS-Techniker, der uns bereits im Studio erwartete.

Der Kommissär wollte von ihm wissen, wie der Sendeablauf am 13. Juni organisiert war. Der Techniker erläuterte ihm die Aufnahmegeräte und die verschiedenen Apparaturen zur Bearbeitung von aufgezeichneten Sendungen. Von Gunten hörte mit grossem Interesse zu. Als ob er sich nach der bevorstehenden Pensionierung als technischer Assistent beim Fernsehen bewerben wollte. In einer Ecke des Raumes stand ein Regal mit bearbeiteten Aufzeichnungen. Jede Sendekonserve war in eine Plastikhülle verpackt und beschriftet. Der Kommissär klaubte umständlich eine Lesebrille aus seiner Westentasche, beugte sich zum Regal hinunter und las die Beschriftungen. Mehrmals, wie mir schien. Dann schüttelte er den Kopf.

«Wie gross sind die Aufzeichnungen ohne diese Schachteln?», fragte von Gunten.

«Etwa wie ein schmales Buch», meinte der Techniker. «Aber die Disketten sind sehr empfindlich auf Druck und Kratzer. Sie werden daher nie ohne Schutzhülle transportiert.»

Der Kommissär brummte wieder einmal vor sich hin, diesmal ohne abschliessendes Brüllen. Er zog den Techniker am Ärmel auf die Aussentribüne und zeigte auf das erhöhte Podest, wo während der Fussballspiele eine Fernsehkamera steht. «Hat der Kameramann hier draussen einen ständigen Kontakt mit dem TV-Studio?»

«Nein. Diese Kamera ist direkt mit der zentralen Fernsehregie in der Champions Lounge im unteren Stock verbunden – wie das TV-Studio der VIP-Etage.» Der DRS-Techniker wurde vom Kommissär entlassen und verzog sich sichtlich erleichtert ins TV-Studio.

Neben mir brummte es schon wieder, und ich zog den Kopf ein. Auch diesmal keine Entladung. Ich wollte schon erleichtert aufatmen, als das Handy des Kommissärs piepste und er nach einigen Sekunden schrie: «Geben Sie das an Interpol weiter. Und beantragen Sie beim Tessiner Untersuchungsrichter eine Abhörgenehmigung. Ab sofort. Ende.»

Er realisierte ärgerlich, dass ich alles mitbekommen hatte. Widerwillig sagte er: «Der verletzte Einbrecher konnte identifiziert werden anhand des verwischten Fingerabdrucks. Es ist ein Ganove aus Turin. Fernando Bertini. Bekannt als Auf-

tragskiller des dortigen Syndikats. Wir kennen seine Handynummer, können also seine Anrufe zurückverfolgen. Er scheint seine Anordnungen aus dem Tessin zu erhalten.»
Mehr war nicht aus ihm herauszukriegen, sosehr ich ihn auch mit Fragen bombardierte. Er sagte nur noch: «Passen Sie die nächsten Tage auf, Dubach. Könnten Sie bei einem Freund übernachten?» Und ergänzte die Frage unnötigerweise: «Oder bei einer Ihrer vielen Freundinnen.»

Wir gingen hinein, und in der Medienloge wies mich von Gunten an, die rechte Raumseite zu durchsuchen, während er sich der Bartheke und den verschiedenen Sitzgruppen zuwandte.

Ich durchstöberte die Leseecke und konzentrierte mich dann auf die Fachbibliothek. Es gab hier schätzungsweise zweihundert Bücher und Bildbände zum Thema Fussball – alle in Reih und Glied auf den Teakholzregalen.

Nur zwei nebeneinanderstehende Bände waren nicht bündig eingereiht. Einer stand etwas vor, und der andere war leicht nach hinten gerutscht. Ich nahm sie aus dem Regal und las die Titel: «Die neue Abseitsregel» und «Die bekanntesten Schiedsrichter der Schweiz». Das Buch zur Abseitsregel hatte ich schon einmal gesehen, aber ich wusste nicht mehr, wo. Als ich die Werke am angestammten Platz versorgen wollte, sah ich etwas Farbiges durch die Lücke in der Buchreihe leuchten. Ich räumte einige benachbarte Bücher aus dem Regal und fand dahinter eine Plastikhülle mit einer TV-Aufzeichnung.

Von Gunten entging nichts. Er rannte wie ein Stier in der Arena auf mich zu, entriss mir die Hülle, rief «Kommen Sie, Dubach» und raste über die Tribüne in die TV-Loge. Im Studio schrie er: «Wo ist der Techniker?» Der war nirgends zu sehen, so wandte sich der Kommissär an mich: «Dubach, können Sie die Aufzeichnung ins Wiedergabegerät legen und laufen lassen?»

Ich wusste, wie das ging, und bald flimmerte die aufgezeichnete Sendung über den Bildschirm. Es war die Matchvorschau von Dani Carissimo vom 13. Juni. Der Moderator kündigte zu Beginn der Sendung die Aufdeckung eines Skandals an und wurde am Schluss der Aufzeichnung erschossen. Dann brach der Beitrag ab, genau gleich wie bei der vermeintlichen Livesendung vor zwölf Tagen. Der Zeitcode zeigte die Aufnahmedauer an. Start um 19 Uhr 45, Ende um 19 Uhr 56.

Von Gunten und ich standen minutenlang wie erstarrt vor dem Wiedergabegerät. Die Überraschung war perfekt, so perfekt, dass ich mich setzen musste – auf den nächsten Stuhl. Als ich wieder einigermassen klar denken konnte, stellte ich mit einem gewissen Schaudern fest, dass ich auf Carissimos Sessel sass. Ich jagte hoch und sah nach von Gunten. Der Kommissär lächelte. Er schien kaum verblüfft zu sein, war offensichtlich mit sich und der Welt zufrieden.

«Also doch», sagte er mit einem Kopfnicken, «wie ich es mir dachte. Ein gemeiner Trick zur Schaffung von falschen Alibis.»

Damit erweiterte sich der Kreis von Verdächtigen gewaltig. Auf meinen Hinweis, jetzt könne man auch gegen Meierhans vorgehen, reagierte von Gunten gereizt. «Er hat nur sein Alibi verloren, aber schlüssige Beweise gegen ihn gibt es nicht.» Er korrigierte sich: «Noch nicht.»

Der Kommissär ging zum Regal, zog eine unbeschriftete Hülle mit einer leeren Diskette heraus und wies mich an, die Aufzeichnung vom 13. Juni zu behändigen und mit ihm in die Medienloge zurückzukehren. Dort kritzelte er etwas auf die Plastikhülle aus dem Studioregal und legte sie in der Bibliothek anstelle der Carissimo-Aufzeichnung hinter die Bücher. Gab sich dabei grosse Mühe, die Reihe der Fachbände wieder in den Zustand vor meiner Entdeckung zu versetzen. Die Hülle mit der Aufzeichnung des Mordes verschwand in seiner grossen alten Mappe, die er umständlich mit einem kleinen Schlüssel verschloss.

«So, Dubach», er wies auf eine Gruppe von Ledersesseln, «setzen wir uns und besprechen wir das weitere Vorgehen.»

Als einer seiner Untergebenen auftauchte, befahl er ihm: «Holen Sie mir einen der technischen Beamten. Er soll die Fingerabdrücke von Dubach nehmen, der überall Beweismaterial angefasst hat.»

Ich liess die Prozedur mit Ungeduld über mich ergehen. Endlich waren wir wieder alleine, und der Kommissär sagte barsch: «Ich ordne an, dass der Fund der Diskette absolut vertraulich bleibt. Sie bringen also nichts darüber in Ihrem Fernsehen.» Als ich reklamieren wollte, brüllte er mich in seiner überzeugenden Art an: «Sonst bringe ich Sie vor den Kadi.»

«Wir stellen dem Mörder eine Falle.» Von Gunten beugte sich zu mir, und ich war erstaunt festzustellen, dass er überhaupt flüstern konnte: «Die Zugänge zur VIP-Etage sind immer verschlossen oder bewacht, sodass der Täter erst beim nächsten Match wieder Gelegenheit erhält, in die Medienloge zu kommen. Es sei denn, er versuchte nochmals einzubrechen, was ich nicht glaube.» Der Kommissär verzog das Gesicht zu einem grimmigen Lächeln. «Am Freitag findet das nächste Gruppenspiel der EM 2008 statt. Der Täter wird an diesem Match versuchen, die Aufzeichnung zu behändigen und aus dem Stadion zu schmuggeln. Diesmal muss er ja keine Kontrollen und Leibesvisitationen befürchten. Ich werde eine versteckte Kamera installieren lassen und so den Mörder überführen. Sie werden dabei sein und als Erster darüber berichten können.»

Das war ein faires Angebot, und ich nickte begeistert. Was den strengen Kommissär dazu bewegte, mich nochmals auf die absolute Vertraulichkeit der Aktion hinzuweisen. «Es darf niemand, ich wiederhole: niemand, etwas davon erfahren. Auch nicht eine Ihrer Freundinnen, die Ihnen in einer Liebesnacht unter anderem die Zunge lockert.»

Damit waren wir wieder auf dem Boden der normalen Unfreundlichkeiten angelangt, und ich versuchte krampfhaft, über die dumme Bemerkung von Guntens zu grinsen, was mir sehr schlecht gelang. Mein Gegenüber nahm mit grösster Befriedigung vom Erfolg seines unflätigen Benehmens Kenntnis und entliess mich mit einem Brummen.

*

Zurück im Studio, überlegte ich mir lange, was mir vom erlebnisreichen Tag an verwertbaren Fakten blieb – wenig bis gar nichts. Die wirkliche Sensation war tabu. Nur der Einbruchversuch im Stadion konnte unter Umständen etwas hergeben. Wobei auch hier die Spekulation über die möglichen Gründe oberflächlich bleiben musste, denn den wirklichen Anlass für die Kriminellen, die Entfernung der Aufzeichnung vom 13. Juni, durfte ich ja nicht erwähnen.

Joe kam in mein Büro, um Anweisungen für meinen Beitrag an die Abendsendung entgegenzunehmen. «Hast du deinen Knüller? Oder hat dich der Kommissär einmal mehr ausgetrickst?»

Ich konnte ihm nichts über die Falle sagen, die von Gunten für übermorgen in der Medienloge auslegte, murmelte etwas Banales und wies meinen Kollegen an, mit Hanna eine Bildshow herzustellen. «Als Hintergrund für meinen Auftritt nehmt alte Fotos von Gewaltverbrechern aus dem Archiv. Verfremdet sie durch Schatten und wirblige Figuren. Mischt Bilder von Bönigen und dem Stade de Suisse darunter. Es geht darum, den Eindruck zu erwecken, wir würden von Killerkommandos aus Norditalien regelrecht überschwemmt. Ich werde die Story vom Mord an Egger aufwärmen und dann die Identität des heute entdeckten Einbrechers aus Turin einflechten. Und zum Schluss soll Hanna ein Spinnennetz über die Bildshow legen. Mit der Spinne in der Mitte.» Joe sah mich mit grossen Augen an, als ich hinzufügte: «Markiert durch ein Fragezeichen, das schliesslich durch eine Villa im Tessin ersetzt wird. Mit Palmen und dem Lago Maggiore. Aber nehmt mir nicht das Haus der Marranis. Sonst kriege ich Ärger.»

Joe stürzte mit roten Ohren hinaus, und ich hörte nichts

mehr von ihm und Hanna bis zur Aufzeichnung meines Berichts. Die beiden hatten mit ihrer Bildshow ein Meisterwerk vollbracht, und es lief mir selber kalt den Rücken hinunter, als hinter mir die Gruselgeschichte ablief.

Die Sendung kam gut an. Obschon mit Ausnahme des Einbruchversuchs keine neuen Fakten präsentiert wurden, machte das Ganze Eindruck. Zwei Privatsender übernahmen den Beitrag, und Ochsenbein kam nach der Abendsendung in mein Büro. «Ganz gut, Dubach. Obschon mir der erneute Hinweis auf mögliche Tessiner Drahtzieher nicht gefällt.» Er sah mir nicht in die Augen, als er sagte: «Wir haben keine Beweise, dass es diese Leute überhaupt gibt. Und die ständige Wiederholung von Vermutungen verärgert wichtige Tessiner.»

Als ich ihn bat, mir fürs kommende Gruppenspiel im Stade de Suisse wieder eine Eintrittskarte in die Medienloge zu beschaffen, reagierte Ochsenbein verärgert. «Das war eine Auszeichnung für Sie, als wir Ihnen den Ausweis von Herrn Huber überliessen.» Und nach einer Pause: «Unser Verleger hat mir heute telefoniert und mir mitgeteilt, er gehe am Freitag selber zu dem Match. Er hat mich gebeten, auch zu kommen.» Damit waren beide Karten von Bern-1 vergeben, und mir blieb nur noch die Hoffnung auf einen wohltätigen von Gunten. Der Kommissär würde sich sicher eine genügende Anzahl Eintrittsausweise besorgt haben, um den in der Falle zappelnden Mörder festnehmen zu können.

Als sich Ochsenbein verabschiedete, liess er eine Bemerkung fallen, die mich verwirrte: «Herr Huber hat mir sogar verboten, Ihnen meinen Ausweis zu geben. Selbst wenn sich das aus journalistischer Sicht aufdrängen sollte. Er scheint Wert darauf zu legen, dass Sie sich diesmal vom Match fernhalten.»

Weder Maxli noch mein Chef wussten etwas vom Hinterhalt, den der Kommissär für das nächste Gruppenspiel vorbereitete. Wie kam der Verleger bloss auf die Idee, es könnte sich etwas ereignen, das meine Präsenz als Berichterstatter von

Bern-1 notwendig machte? Hatte jemand Druck auf Maxli ausgeübt, um mich am Freitag von der Medienloge fernzuhalten?

Ich griff zum Telefon. Von Gunten brummte in seiner üblichen Art, als ich ihn vom Gespräch mit Ochsenbein unterrichtete, unterliess es jedoch aufzubrüllen, als ich ihn um eine Eintrittskarte bat. «Dubach. Ich will Sie am Freitag dabeihaben. Ohne Kameraequipe natürlich. Wir treffen uns um fünf Uhr vor der Lifttüre in der unteren Einstellhalle. Seien Sie pünktlich.»

Das waren gute Neuigkeiten. Ich freute mich schon auf die erstaunten Gesichter von Maxli und Ochsenbein, wenn ich in der Medienloge auftauchen würde.

*

Als ich das Studio in Richtung Schosshalde verliess, kam mir die Frage des Kommissärs in den Sinn, ob ich in den nächsten Tagen nicht bei einem Freund oder einer Freundin Unterschlupf finden könne. Wahrscheinlich machte sich der Brummbär echte Sorgen um mich. Die heutige Sendung dürfte nicht zu seiner Beruhigung beigetragen haben.

Ich machte halt in der Brasserie Bärengraben, um bei einem Bier meine Gedanken zu ordnen. Angehörige hatte ich keine im Raum Bern. Freunde wollte ich nicht belästigen, da ich ihnen nicht erklären durfte, weshalb ich meine Wohnung meiden sollte. Und Freundinnen gab es zwar einige, aber keine, die mich ohne freiheitsgefährdende Zugeständnisse bei sich aufnehmen würde. Blieb eigentlich nur Benita. Sie hatte mich heute im Studio mehrmals erreichen wollen, und zu Hause waren sicher auch Messages von ihr aufgezeichnet worden.

Ich verdrängte meine Erinnerung an das Paar Kobelt-Meierhans vom Vortage, zog das Handy aus der Tasche und rief Benita an.

«Marc, wo bist du? Ich habe den ganzen Tag versucht, dir zu telefonieren. Du warst immer unterwegs.» Sie flötete wie eine Nachtigall im Mai. «Ich vermisse dich, Liebster. Können wir uns heute noch sehen?»

Bevor ich etwas sagen konnte, flüsterte sie verheissungsvoll: «Komm doch zu mir. Ich habe etwas Gutes eingekauft, und wir könnten uns später den Vollmond auf meiner Terrasse ansehen.»

Das mit dem Vollmond war mir neu, aber die Idee klang vielversprechend. Ich nahm mir vor, für heute nicht nachtragend zu sein und Liebenswürdigkeiten jeder Art möglichst unbeschwert zu geniessen.

Als ich an der Wohnungstüre Benitas klingelte, öffnete mir die Schöne in einem aufregenden Outfit. So etwa stellte ich mir die Starlets beim Filmfestival von Cannes vor. Vornehm verrucht. Oder schlampig elegant. Mir gefiel's, und ich sagte es ihr mit einem langen Begrüssungskuss.

Wir assen sehr wenig, tranken umso mehr und plauderten wie zwei verliebte Teenager. Dazwischen gab es immer wieder dringende Gründe, das Schlafzimmer aufzusuchen und zwischenmenschliche Beziehungen aufs Intensivste zu pflegen.

Schliesslich zog mich Benita auf den Balkon mit der herrlichen Aussicht auf die unzähligen Lichter der nächtlichen Stadt und den hellen Vollmond über dem Gurten. Sie setzte sich neben mich auf die Schaukel und hauchte: «Marc, wie kann das Leben doch schön sein.» Als ich nicht reagierte, doppelte sie mit einem Seufzer nach: «Ich möchte diesen Augenblick festhalten.»

Bevor ihr noch ein Faustzitat dazu einfiel, wechselte ich abrupt das Thema: «Schatz, ich habe meinen Hausschlüssel im Studio vergessen. Hättest du ein Sofa für mich?»

Sie schien überrascht, sah mich einige Sekunden nachdenklich an und stiess dann einen kleinen entzückten Schrei aus: «Das ist ja herrlich. Wie ich mich freue, dass du bei mir bleibst.» Benita holte uns zwei Whiskys, und ich hörte, wie sie drinnen kurz telefonierte. Als sie zurückkam, meinte sie schelmisch: «Schatz, ich habe ein Treffen für morgen früh abgesagt. Wegen dir. Wahrscheinlich muss ich ausschlafen.»

Wir blieben noch lange sehr beschäftigt, und als ich schliesslich einschlief, lag ich nicht auf dem Sofa, sondern in Benitas Bett. In einem Pyjama, den vor langer, langer Zeit einer ihrer Verehrer vergessen hatte.

Am Morgen stand ich frühzeitig auf, rasierte mich mit Gel und Klingen des vergesslichen Ex-Verehrers, duschte ausgiebig und bediente mich am Espressoautomat. Benita schlief noch, und so verliess ich die Wohnung, ohne mich von ihr zu verabschieden. Ich legte einen Zettel auf den Küchentisch mit dem üblichen Kuss und Dank etc.

Im Studio war der Teufel los. In den frühen Morgenstunden hatten Vandalen die Hausmauern besprayt und einen Molotow-Cocktail in den Hof geworfen. Zwei Dienstfahrzeuge erlitten Totalschaden, und im ganzen Haus roch es nach Rauch. Glücklicherweise war kein grösserer Brand ausgebrochen, und die technischen Installationen schienen unbeschädigt zu sein.

Die Feuerwehr hatte das Feuer im Hof sofort löschen können. Die Polizei war immer noch mit der Spurensuche beschäftigt. Ich wurde von Christen, dem Stellvertreter von Guntens, mit einem kargen Hallo begrüsst und auf die Seite genommen: «Dubach, Sie kommen mir gerade richtig. Da haben Sie offenbar wieder einmal in ein richtiges Wespennest gestochen. Ihr Chef wird sich freuen.» Er grinste auf seine unflätige Art und wies mit dem dicken Zeigefinger auf die Eingangsmauer, auf der in roter Sprayschrift zu lesen war: «Dubach. Go to hell.»

Das doppelte O wies zwar auf mangelhafte Englischkenntnisse des Sprayers hin, aber die Botschaft war klar.

Ochsenbein erschien wie immer gegen neun Uhr und entsetzte sich fürchterlich über den Vorfall. Er informierte sofort

Maxli, der bald in seinem Jaguar anbrauste und sich aktiv in die Arbeit der Fahnder einmischte, bis ihn Christen mit barschen Worten ins Haus jagte: «Stören Sie uns nicht. Gehen Sie hinein und trinken Sie einen Kaffee.»

Christen war mir mit einem Schlag sympathischer geworden. Bevor er mit seinem Team gegen halb zehn Uhr aufbrach, informierte er mich über die bisherigen Ergebnisse der Spurensuche. «Das war kein Streich von Lausbuben. Ein professioneller Brandsatz. Dazu die beschränkte Wirkung auf zwei Fahrzeuge im Innenhof. Die Täter hätten ohne Weiteres das gesamte Gebäude in Brand setzen können. Meines Erachtens eine klare Drohung.»

Joe genoss den Schaden offensichtlich. Hans Steiner filmte die verbrannten Autos von allen Seiten, und die Sprayaufschrift mit dem unfrommen Wunsch bezüglich meiner künftigen Seelenwanderung schien ihn besonders zu interessieren. Aber auch Hubers Nervosität wurde nicht übersehen, und beim unvermeidlichen Statement des Verlegers richtete unser Kameramann sein Gerät unziemlich lange auf die zappelnden Hände von Maxli. Bis ihn Joe in die Seite boxte und auf Ochsenbein aufmerksam machte, der sich fachmännisch an einem Autowrack zu schaffen machte und anschliessend mit einem Russfleck auf der Wange stolz im Hof herumspazierte. Steiner hielt natürlich auch diesen heldenhaften Einsatz des Chefs fest.

Maxli lud zu einer Besprechung im Büro von Ochsenbein ein. Er orientierte grossräumig, wie er sagte, wahrscheinlich meinte er in groben Zügen, über den Brandfall. Das sei nun schon die dritte Warnung, die er erhalten habe. Zweimal hätte man ihm telefonisch gedroht. Er blickte mich an. «Sie, Herr Dubach, haben in ein Wespennest gestochen. Mit ihren Berichten über Kriminelle aus Italien.» Nun wurde Ochsenbein fixiert. «Ich ordnete an, dass eine gewisse Zurückhaltung geübt wird. Aber anscheinend wird das nicht befolgt.» Jetzt schrie er fast: «Meine Damen und Herren, ich will keinen

Krieg. Auch keine unnötigen Konflikte mit Wirtschaftskreisen im Tessin oder in Norditalien.»

Wahrscheinlich sah er unseren Gesichtern an, dass wir seinen Gedankengängen nicht folgen konnten. Er versuchte seine Panikaktion zu kaschieren. «Natürlich sind wir alle Journalisten, mit Verantwortung gegenüber unserem Publikum.» Er und Ochsenbein waren keine Journalisten, das wusste er selber nur zu gut, und er fügte daher schnell bei: «Überlassen wir in diesem Fall das Recherchieren der Polizei. Die kann mit der Unterwelt besser umgehen als wir. Haben wir uns verstanden?»

Maxli sah in die Runde, stellte weiterhin unbeteiligte, ja abweisende Mienen fest und verliess fast fluchtartig den Raum.

Joe, Hanna und ich dislozierten in die Cafeteria, wo wir längere Zeit stumm vor unseren Kaffees sassen, bis Joe sich nicht mehr beherrschen konnte. «Ein kleines Feuer genügt, und die Medienfreiheit wird abgeschafft.» Wir applaudierten dieser kurzen Lagebeurteilung so lange, bis sich Ochsenbein belästigt fühlte und die Türe zuknallte. Jetzt konnten wir ungestört reden.

Gegen elf Uhr kehrte ich in mein Büro zurück. Ochsenbein hatte mitgeteilt, er würde selber in den Abendnachrichten über den Anschlag auf Bern-1 berichten. Damit war ich vom Tagesgeschäft entlastet, und ich wollte meine nächsten Schritte im Fall Carissimo sorgfältig planen, legte dazu meine Füsse auf die Pultplatte und schloss die Augen. Ich brauchte nach der lebhaften Nacht dringend etwas Ruhe. Bevor ich einschlief, schrillte das Telefon.

Eine warme weibliche Stimme: «Ciao, Marc. Wie geht es dir? Wieso hast du mir nie telefoniert?» Und lachend: «Weisst du überhaupt noch, wer ich bin?» Als ich stumm blieb, half sie mir aus der Verlegenheit. «Nina aus Ascona.»

Ich sah ihre schelmischen Kulleraugen vor mir, ihr liebliches Gesicht und ihr verschmitztes Lächeln. War auf einmal hellwach und froh, diese Stimme zu hören. «Ciao, Schatzilein», so hiess ich sie nach der gemeinsamen Nacht in Ascona, «wie schön, dich zu hören. Bei mir geht im Moment alles drunter und drüber. Du kannst es dir sicher vorstellen.» Ich orientierte sie über die Vorkommnisse der letzten Tage, auch über den Anschlag auf das Studio. Natürlich nicht über meine Ausweichschlafstelle an der Engestrasse.

«Marc, gestern Abend waren mehrere Leute aus der Villa del Principe bei mir in der Bar. Sie tranken viel und redeten noch mehr. Es scheint sich heute etwas zu tun bei D'Agostino. Was, weiss ich nicht genau. Aber es könnte sein, dass sich die Herren aus Italien mit wichtigen Schweizer Geschäftsleuten treffen.» Sie ergänzte nach einer kleinen Pause: «Vielleicht hat es in letzter Zeit zu viel Wirbel gegeben. Das lieben die Bosse gar nicht.»

Mein Entschluss war rasch gefasst. «Ich komme heute Nachmittag nach Ascona. Hast du etwas Zeit für mich?»

«Ich nehme mir zwei Tage frei. Lucciano wird mich in der Bar vertreten.» Ein herzliches Lachen. «Das ist nicht mein Liebhaber, sondern der Besitzer des Lokals. Er ist über 70, ist aber immer bereit, mich abzulösen.»

«Ich werde um fünf Uhr bei dir in der Wohnung sein. Soll ich im Hotel La Palma ein Zimmer reservieren?» Ich hoffte natürlich auf ihren Widerspruch.

«Du kannst bei mir schlafen. Die Gegend um die Villa del Principe ist derzeit etwas zu lebhaft für dich. Im Hotel sind einige Gäste aus der Deutschschweiz abgestiegen, die du vielleicht besser nicht triffst.» Damit war alles geklärt, und ich verabschiedete mich mit einem herzhaften, lauten Fernkuss und einem Schatzilein von Nina.

«Ich bewundere einmal mehr deine Vitalität.» Joe stand an der offenen Bürotür und grinste dreckig. «Aus deiner Frisur heute Morgen war unschwer zu schliessen, dass du nicht zu Hause warst letzte Nacht. Und jetzt dieser Ausflug in die südlichen Leidenschaften. Wie kannst du das nur bewältigen?»

Ich warf einen Aktenbeschwerer nach ihm, aber er hatte sich schon hinter den Türpfosten in Sicherheit gebracht.

11

Ich liess mich im Studio für den Rest der Woche beurlauben. Dass ich am Freitagabend am Gruppenspiel im Stade de Suisse teilnehmen würde, brauchte niemand zu wissen. Joe verschaffte mir aus Ochsenbeins Pult das Firmen-Generalabonnement und wünschte mir mit Augenzwinkern viel Vergnügen.

Leider war eine Zugreise durch das Centovalli nicht möglich. Ich musste den Umweg über Luzern machen und traf nach mehrmaligem Umsteigen um halb fünf Uhr in Locarno ein. Das Wetter versprach einige südliche Regengüsse, und über der Cimetta hingen bereits erste Wolken. Ich stieg mit meinem leichten Handgepäck in den Bus und lehnte mich behaglich zurück in Erwartung aufregender Dinge in Ascona.

Hinter mir stieg ein kleiner Mann in einem grauen Sommerkittel ein. Er hatte seine Mütze weit ins Gesicht gezogen und trug trotz der Hitze dünne Handschuhe. Der Unscheinbare setzte sich in meiner Nähe und verschmolz regelrecht mit seiner Umgebung. Seltsam. Wie ein Undercoveragent im Film.

Irgendwie kam er mir bekannt vor.

Plötzlich fiel mir ein, dass mir der Graue bereits in Bern aufgefallen war. Als er auf dem Perron von einem eiligen deutschen Touristen angerempelt worden war. Beim Umsteigen in Luzern und Bellinzona hatte ich ihn nicht mehr gesehen.

Wurde ich beschattet? Und, wenn ja, von wem? Ich durfte den Mann auf keinen Fall zu Nina führen.

Wie konnte ich ihn abschütteln? Ich liess mir die Gassen von Ascona an meinem geistigen Auge vorüberziehen. Gab es Geschäfte mit einem Hinterausgang?

Ich stieg in Ascona bei der Post aus und bummelte gemächlich durch die Via Borgo, schaute mir die Schaufenster an und setzte mich im Hofcafé an einen Tisch direkt am Strassenrand. Während ich den Cappuccino trank, sah ich mich nach meinem Schatten um. Er war spurlos verschwunden, wartete wahrscheinlich in einem Torbogen auf mich.

Ich stand auf, ging in die Cafeteria, bezahlte den Kaffee und verschwand in der Toilette, nicht ohne einen Blick zurückzuwerfen. Ich konnte gerade noch erkennen, wie sich der Unscheinbare für die leckeren Dinge in der Auslage der Konditorei interessierte, durchquerte rasch die Toilette und eilte durch den Hinterausgang in eine Nebenstrasse, wo ich mich nach wenigen Metern hinter die Mauer eines Privatgartens duckte.

Es ging nicht lange, bis der kleine Mann in Grau auftauchte. Er rannte unschlüssig hin und her, zuckte schliesslich die Schultern und entfernte sich in Richtung See. Ich wartete noch einige Minuten und schlich auf Umwegen zur Wohnung von Nina.

Sie erwartete mich bereits, hiess mich mit einem innigen Wangenkuss willkommen und zog mich ins Innere der Wohnung. «Hier ist es am kühlsten. Wie war die Reise?»

Ich erzählte ihr von meinem Schatten. Sie runzelte besorgt ihre hübsche Stirn und meinte: «Das sieht nicht gut aus. Die wissen jetzt, dass du in Ascona bist, und werden sich vorsehen.» Nina schaute mich prüfend an. «Wenn ich dich nur verkleiden könnte. Etwa als Pösteler oder als Gasmann. In Uniform fällt man am wenigsten auf.»

Wir scherzten und alberten eine Weile, bis ich fragte, ob es etwas Neues gebe bezüglich D'Agostinos.

«Nicht viel.» Meine schwarzhaarige Gastgeberin öffnete ein wenig den Mund und fuhr mit einer reizenden kleinen Zunge über die Lippen. «Mein Neffe arbeitet im Hotel La Palma. Vielleicht erinnerst du dich an ihn. Er ist Kellner, heisst Franco. Ein patenter Kerl.» Sie überlegte ein paar Sekunden und fügte mit gesenktem Blick bei: «Er arbeitet als Informant für die Kantonspolizei. Du könntest dich im Notfall an ihn wenden.»

Ich sagte Nina selbstbewusst, dass ich das schon wusste. Sie lächelte nur. «Franco rief mich heute Mittag an und bat mich, dir auszurichten, der Kommissär sehe deinen Ausflug nach Ascona gar nicht gerne.» Sie amüsierte sich über mein Erstaunen und fuhr fort: «Von Gunten wies Franco übrigens an, er solle mich, wenn immer möglich, von der ganzen Angelegenheit fernhalten. Das sei alles viel zu gefährlich. Bei den Herren in der Villa del Principe gelte derzeit Alarmstufe Rot. Sie würden zubeissen, wenn ihnen jemand zu nahe kommt.»

Das waren bedenkliche Aussichten für meine Nachforschungen.

Wir gönnten uns eine stille Stunde auf dem idyllischen Holzbalkon, an dem unzählige Reben emporrankten. Einige Tauben gurrten in der Nähe, und der Campanile schlug unter Missachtung jeder Turmuhrregel ab und zu seine halben Stunden. Am Monte Verità entlud sich eine Gewitterwolke, und die vom Sommerregen gereinigte Luft roch nach Wiesen und Blumen. Nina hatte ihre schmale Hand auf meinen Arm gelegt, und sie lehnte sich leicht an mich. Alles schien so einfach, so klar und sinnvoll. Ein kleiner Tropfen Zeitlosigkeit.

Dann war es so weit. Nina rief ihren Neffen an, der mir ein Versteck im nicht benutzten Gartenhäuschen des Hotels anbot. «Von dort Sie sehen alles, was bei Villa passiert.» Als ich ihn fragte, ob sich oben etwas tue, meinte er: «Chauffeur von

D'Agostino heute hier. Er sagen, am Abend grosse Party. Er müssen Wache schieben.»

Das klang recht verheissungsvoll. Im Hinblick auf eine wahrscheinlich lange Nacht im Gartenhäuschen packte ich den kleinen Rucksack von Nina voll mit Esswaren und Getränken. Meine kleine Olympus-Kamera verfügte über ein sehr gutes Objektiv, und ich hoffte, das Licht der Neon-Bogenlampen auf dem Platz vor der Villa del Principe würde ausreichen für einigermassen scharfe Aufnahmen. Das Blitzlicht konnte ich natürlich nicht einsetzen. Ich trug einen blauen Monteuranzug, den sich Nina beim Nachbarn beschafft hatte.

Ich verabschiedete mich von ihr mit einem langen Kuss. Sie streckte sich und strich mir zärtlich übers Haar. «Pass gut auf dich auf. Du kannst heimkommen, wann du willst.» Sie sagte tatsächlich heim und gab mir einen Wohnungsschlüssel.

Am Ende der langen Fusstreppe zur Hügelzone stand Franco. Er schleuste mich ungesehen von Passanten und Gästen ins Gartenhäuschen des Hotels. Der morsche Holzbau war voll gestopft mit alten Gartenmöbeln, und in einer Ecke lag eine Matratze. «Du nicht machen Licht», sagte der Kellner, «sonst Wächter aufmerksam.» Er verabschiedete sich mit einem Winken und eilte ins Hotel, wo bald das Nachtessen serviert wurde. Die Tische und Stühle des Terrassenrestaurants waren noch nass vom heftigen Gewitter, das am späten Nachmittag diesen Teil Asconas heimgesucht hatte. So musste ich keine Gartenbesucher fürchten, die sich ins Häuschen verirrten.

Zuerst ging gar nichts. Ich liess mir die feinen Sandwiches von Nina schmecken und passte auf, dass ich nicht zu viel Merlot trank. Gegen neun Uhr streckte ich mich auf der Matratze aus und harrte so der Dinge, die da kamen.

Und sie kamen. Kurz nach zehn Uhr, als die Dämmerung so weit fortgeschritten war, dass nur noch die Bogenlampen die Szenerie vor mir beleuchteten, wurde das grosse Tor der Villa geöffnet, und drei Männer postierten sich an der Einfahrt.

Dann ging es Schlag auf Schlag. Fast jede Minute tauchte ein neues Auto auf, das beim Eingang kurz hielt und im Park verschwand. Ich fotografierte die Nummernschilder beim Stopp vor dem Tor, da das Neonlicht dort am hellsten leuchtete und ich eine längere Belichtungszeit verwenden konnte.

Nach etwa zwanzig Minuten war der Spuk vorbei. Alles war ganz lautlos vor sich gegangen, und die Wachen hatten nie nachfragen müssen. Offenbar erkannten sie die Gäste.

Um halb elf Uhr hörte ich hinter mir ein Rascheln. Es war Franco. Er forderte mich mit Handbewegungen auf, ihm zu folgen. Wir durchquerten den leeren Garten und schlichen uns durch den Hintereingang des Hotels zu den Personalwohnungen. Das Zimmer des Kellners lag im obersten Stock, mit freiem Ausblick auf die Villa del Principe.

Der Raum war dunkel und das Fenster weit offen. Ich erkannte ein Fernrohr mit Schalldetektor, das auf die Villa gerichtet war. Franco nahm mich am Arm und führte mich zum Beobachtungsgerät. «Das neuste Armeeversion. Nachtsichtteleskop. Vom Commissario.»

Ich schaute durchs Okular und sah ein lebhaftes Treiben vor der Villa. Mein Begleiter gab mir die Kopfhörer, und bald vernahm ich die leisen, aber durchaus hörbaren Stimmen von Bediensteten. Man hatte sich offenbar auf Französisch als Verständigungssprache geeinigt. Gelegentlich gingen zwar ganze Worte oder Satzteile verloren, aber der Sinn des Gesagten war meistens klar. Einer rief seinen Kollegen zu: «Der Service beginnt um Punkt zwölf Uhr. Bis dahin äusserste Stille bitte. Die Herrschaften tagen im ...» Das letzte Wort ging unter, da er sich umdrehte. Aber das war ja unwichtig.

Franco zog die Vorhänge zu, machte Licht und übergab mir ein Papier. Ein Ausdruck von Nummern und Namen. Er grinste und legte den Zeigefinger vor den Mund. «Du das nicht sehen. Sonst von Gunten böse.» Es waren die Autokennzeichen der Gäste mit den dazugehörenden Namen der Autobesitzer. Eine tolle Leistung der Kriminalpolizei.

Bei den italienischen Autobesitzern tauchten immer wieder Titel wie Doktor, Rechtsanwalt oder Abgeordneter auf. Die Schweizer stammten vorwiegend aus Zürich, Basel und Genf. Einige wenige Finanzfachleute, Anwälte und Immobilienhändler, die meisten Leute ohne Berufsangabe. Drei Gäste kamen aus Bern. Zwei Diplomatennummern und ein Leihwagen von Hertz. Ich suchte vergeblich nach den Namen Wurstler und Meierhans.

Der Neffe Ninas behändigte die Liste wieder, löschte das Licht und zog die Vorhänge zu. «Jetzt halb zwölf Uhr. Wir sehen, ob alle zum Essen bleiben.» Er blickte angestrengt durchs Fernrohr, notierte sich mithilfe einer Taschenlampe ab und zu etwas in einem kleinen Heft und übergab mir von Zeit zu Zeit das Okular.

Viel geschah nicht vor der Villa. Bis sich kurz vor Mitternacht mehrere Gäste verabschiedeten. Es waren vielleicht Besucher mit einer weiten Heimreise oder mit Magenbeschwerden, die aufs Nachtessen verzichteten. Ich kannte niemanden. Auch Franco schüttelte den Kopf.

Zuletzt trat eine weibliche Person aus dem pompösen Villeneingang. Den Kopf verhüllt mit einem Tuch. Keine Muslima, das sah man am kurzen Rock, also jemand, der sein Gesicht nicht zeigen wollte. Interessant. Ein Bediensteter fuhr den Wagen der Dame vor, und ich versuchte aufgeregt, die Nummer zu erkennen. Es war wie verhext. Immer stand jemand vor dem Wagen, der plötzlich beschleunigte und in Richtung Villeneinfahrt verschwand. Ich raste die Treppe des Personaltrakts hinunter in mein Gartenhäuschen. Als ich dort ankam, war das Auto der Fremden schon vorbeigefahren.

Ich blieb unten und trank einen oder mehrere Schlucke Rotwein, um meine Enttäuschung zu überwinden. Bald gesellte sich Franco zu mir, und wir leerten die beiden Flaschen

Merlot von Nina. Gegen zwei Uhr verabschiedete er sich von mir. «Ich noch haben Rendez-vous. Mit Chauffeur von D'Agostino.» Er zog ein Kuvert aus der linken hinteren Hosentasche und zeigte mir dessen Inhalt, vier Hunderternoten. «Essen in Villa ist fertig. Bald Abfahrt der Gäste.»

Der Angestellte von D'Agostino konsumierte jeweils in der Zimmerstunde oder abends ein Glas Wein bei Franco. Mit der Zeit hatte sich eine Art Freundschaft zwischen den beiden entwickelt, und dem Spitzel von Kommissär von Gunten war es gelungen, von Pietro, wie der Chauffeur hiess, gelegentlich Informationen über das Treiben in der Villa del Principe zu erhalten. Gegen eine Entschädigung natürlich, die der Mann im nächstgelegenen Casino wieder verspielte. Für heute war vereinbart worden, dass Pietro nach Schluss der Party ins Zimmer von Franco kommen würde, um einen Kurzbericht über das Treffen zu erstatten.

«Marc, ich kommen morgen zu Nina. So um zehn Uhr. Nach Ende Morgenservice.» Ninas Neffe verabschiedete sich mit einem freundschaftlichen Schlag auf meine Schulter und verschwand im Dunkeln.

Ich wartete, bis die Autokolonne der verbliebenen Gäste die Villa verlassen hatte und die Wächter das Eingangstor wieder verriegelten. Dann huschte ich über die Strasse, stieg hinunter ins Dorf und öffnete leise die Wohnungstür von Nina.

Sie hatte auf mich gewartet und umarmte mich, als ich eintrat. «Marc, ging alles gut? Was hast du gesehen?»

Ich gab ihr einen Überblick über das Erlebte und wies auch darauf hin, dass meine beiden Hauptverdächtigen, Wurstler und Meierhans, nicht erschienen waren. Sie hielt ihr hübsches Köpfchen schief, sah mich nachdenklich an und sagte: «Vielleicht liessen sie sich vertreten.»

Wir plauderten noch eine gute halbe Stunde über dies und das, sassen dann auf dem Holzbalkon und hielten uns die Hände. Wie ein altes Ehepaar.

Als ich vor lauter Müdigkeit fast von der Sitzbank fiel, erschrak Nina und führte mich sofort ins Schlafzimmer. Es gab in dieser Nacht keinen erotischen Wirbelwind. Nur ruhige Geborgenheit. Ich schlief augenblicklich ein und träumte von einer Walpurgisnacht mit vielen Hexern und einer Hexe mit verhülltem Kopf, die mich durch einen riesigen Wald verfolgte. Immer wenn ich mich hinter einem Baum verstecken wollte, war sie schon da und versuchte, mir mit ihrem langen, dürren Zeigefinger ein Auge auszustechen. Wahrscheinlich schrie ich auf, denn Nina weckte mich mit einem Kuss aus dem Albtraum. Als ich wieder einschlief, war die Hexe verschwunden.

*

Am Morgen fühlte ich mich, trotz des blöden Traums, einigermassen erholt. Nina hatte ein vorzügliches Morgenessen vorbereitet, und bald sassen wir am kleinen Tisch unter dem rebenumrankten Fenster, tafelten wie die Fürsten und fanden das Leben einfach herrlich.

Kurz nach zehn Uhr klopfte es an der Wohnungstüre, und Ninas Neffe trat ein. Er wischte sich einige Schweisstropfen von der Stirne und sagte: «Heiss heute. Ich musste Umweg machen. Ein kleiner, grauer Mann mich verfolgte. Vielleicht Spitzel von D'Agostino.» Er kratzte sich am Kopf. «Hoffentlich Pietro nicht geredet. Oder zu viel Geld gezeigt.»

Franco setzte sich zu uns an den Frühstückstisch, trank einen Kaffee und strich sich zwei frische Semmeln, verzog dann das Gesicht zu einer Grimasse und klagte: «Ich wenig geschlafen. Pietro bis drei Uhr bei mir. Wir noch zwei Flaschen tranken.»

Ich erzählte ihm mein Erlebnis von gestern, als es mir mit Mühe gelang, meinen Verfolger abzuschütteln, diesen kleinen, unscheinbaren Mann mit der ins Gesicht gezogenen Mütze. «Er stieg in Bern mit mir in den Zug. Wer könnte ihn auf mich angesetzt haben?»

Franco zog sein Handy aus der Tasche und sprach längere Zeit in unverständlichem Tessiner Dialekt mit einem Commissario. Es war der Kollege des Berner Kommissärs in Bellinzona, Bindella, der versprach, sich nach der Identität des grauen Kleinen zu erkundigen. Kaum zehn Minuten später surrte das Handy, und Franco konnte über das Ergebnis der Ablärungen orientieren. «Er heisst Hans Müller. Ist Privatdetektiv in Belp bei Bern. Spricht gut Italienisch und arbeitet viel für Botschaften in Bern.» Und fügte bei: «Nicht gefährlich. Nur lästig.»

Das half nicht weiter. Zwar waren gestern zwei Diplomatenwagen aus Bern vor der Villa D'Agostinos aufgetaucht, aber das hatte nicht viel zu sagen. Auch Angehörige von Konsulaten oder anderen diplomatischen Vertretungen fahren mit CD- oder CC-Nummern herum, und Autos können zudem ausgeliehen werden.

Ich wollte nun von Franco wissen, was ihm Pietro letzte Nacht über die Party gesagt hatte. Ninas Neffe zögerte etwas. «Das streng vertraulich. Nicht in Sendung verwenden. Sonst ich Probleme.» Nachdem ich ihm zugesichert hatte, ich würde seine Informationen vertraulich behandeln, begann er mit seinem stichwortartigen Bericht. «Während Sitzung kein Personal. Pietro aber beim Service helfen. Er hören, wie Gäste reden über Sitzung. Hauptthema Stade de Suisse. Mord an Carissimo. Schiesserei in Bönigen. Tote im Murtensee. Alles sehr schlecht fürs Geschäft.» Er dachte eine Weile nach und fuhrt fort: «Eine Person mit schuld am Debakel. Sie wurde beauftragt, sofort eine Lösung zu finden. Sonst Strafaktion.» Er kicherte vor sich hin. «Was bedeutet Liquidierung. Aber offenbar Lösung noch möglich. Durch Vernichten von Beweismaterial. Wann und wo, ich nicht weiss.»

Ich hätte ihn aufklären können über das Beweismaterial, aber ich hielt natürlich den Mund. Die Falle, die von Gunten dem Mörder heute stellte, wurde immer attraktiver, und ich fragte Franco, ob er den Kommissär über die Aussagen Pietros informiert habe. Er bejahte und meinte: «Der gar nicht überrascht. Aber sehr froh über News.» Dann zog er ein zerknittertes Blatt Papier aus seiner Hosentasche. «Eine Kopie der Autonummernliste für dich. Nichts von Gunten sagen.»

Zum Schluss wollte ich noch wissen, welche Stellung D'Agostino eigentlich in diesem Zirkus einnahm. Franco neigte den Kopf und erwiderte: «D'Agostino nur Aushängeschild. Pietro ihn noch nie gesehen. Er eigentlich Chauffeur von Sekretär Larini und Hausverwalter Rossi. D'Agostino auch nicht an Sitzungen. Ich zwar nicht ganz verstehen Pietro. Offiziell ist Il Conte Vorsitzender. Im Hintergrund von Saal aber Mann mit Schlapphut. Mister X. Er alles überwachen. Wahrscheinlich Big Boss. Niemand Gesicht sehen.»

Wir dislozierten in den Hofgarten vor Ninas Wohnung und genossen den schönen Junimorgen in vollen Zügen. Gegen elf Uhr sagte Franco Arrivederci, und auch ich musste aufbrechen. Kurz nach halb zwölf Uhr fuhr in Locarno mein Zug ab. Leider einmal mehr nicht übers Centovalli, sondern über Luzern.

Um Nina etwas über den abrupten Abschied hinwegzuhelfen, versprach ich ihr, ich würde ihr von unterwegs telefonieren. Gegen drei Uhr löste ich mein Versprechen ein und wählte die Nummer von Nina. Niemand meldete sich. Ich versuchte es nochmals, und endlich ertönte ihre Stimme.

«Marc, bist du's?» Man hörte, wie aufgeregt sie war. «Oh, Liebster, es ist schlimm. Als Franco ins Hotel zurückkehrte, war sein Zimmer durchwühlt worden. Das Fernrohr und alle übrigen Sachen sind zerstört. Und das Schlimmste: Sein Notizbuch ist verschwunden, in das er alle Beobachtungen notiert hat.» Ich hörte eine Weile nichts. «Franco wusste natürlich, was los war. Er packte seine Sachen und verliess sofort das Hotel. Er wohnt nun vorderhand bei mir.»

Das waren wirklich schlechte Nachrichten. Ich versuchte, Nina zu trösten, und versprach, nächste Woche wieder nach Ascona zu kommen. «Franco soll sich unter Polizeischutz stellen und für eine Weile irgendwo in einem Tessiner Seitental untertauchen. Wenn er länger bei dir bleibt, bist du auch gefährdet.»

Ich fragte sie, ob der kleine, graue Detektiv nochmals aufgetaucht sei, was sie verneinte. Nach einem Austausch von Kosenamen schien Nina einigermassen getröstet zu sein.

*

In Bern hatte ich noch eine Stunde Zeit, mich moralisch auf die nächste Runde im Stade de Suisse vorzubereiten. Ich verzichtete darauf, nach Hause zu gehen oder mich im Studio sehen zu lassen. So bummelte ich durch die Stadt, bewunderte das neue Dach über dem Bahnhofplatz und andere Baudenkmäler, die sich narzisstische Stadtpolitiker vom EM-euphorischen Volk hatten schenken lassen, und landete schliesslich im Gartenrestaurant des Casinos.

Ich setzte mich im hinteren Teil des Restaurants, hörte dem entfernten Rauschen des Schwellenmättelis zu und bewunderte gerade die herrliche Aussicht auf die Berner Alpenkette, als sich jemand neben mich setzte und flüsterte: «Entschuldigen Sie, Herr Dubach, dass ich Sie derart überfalle. Aber es liegt mir daran, einige Dinge richtigzustellen.»

Neben mir sass der unscheinbare Detektiv aus Belp. Er sah noch grauer und noch kleiner aus als sonst. Die Mütze hatte er für einmal abgenommen, und sein schütteres farbloses Haar hing ihm ins Gesicht. Er schwitzte und sah elend aus.

«Ich weiss, wer Sie sind, Herr Müller», sagte ich, «und ich hoffe sehr, dass aufgrund Ihrer Ermittlungen in Ascona niemand ernsthaft zu Schaden kommt.»

«Das ist ja gerade der Grund, wieso ich Sie anspreche.» Er schnäuzte sich in ein altmodisches Taschentuch. «Jemand hier in Bern, ich darf Ihnen nicht sagen, wer, hat mich beauftragt, Sie im Auge zu behalten. Ich folgte Ihnen nach Ascona und geriet dort in eine Sache, die ein paar Nummern zu gross ist für mich. Ich meldete dem Auftraggeber Ihre Ankunft in Locarno, und er wies mich an, mit einem Mann in Ascona Kontakt aufzunehmen und ihn über Ihre Aktivitäten zu orientieren.»

Das war ein Ding. Ich musste den Namen dieses Mannes erfahren. «Wie hiess er? Hatten Sie mit ihm Kontakt?»

«Ein Ernesto Larini. Nachdem ich Sie in Ascona verloren hatte, meldete ich mich bei ihm. Er beschimpfte mich aufs Übelste und befahl mir, Sie überall zu suchen. Auch in Privatwohnungen. Und er drohte mir, bei einem Misserfolg würde ich nicht nach Bern zurückkehren.» Er schwitzte so stark, dass die Haarsträhnen, die ihm ins Gesicht hingen, zu tropfen begannen. Für Kenner surrealistischer Kunst vielleicht ein faszinierender Anblick. «Als ich mich gestern Abend mit meinem Auftraggeber in Bern in Verbindung setzte und ihm von dieser Drohung erzählte, versuchte er, mich zu beruhigen. Sein Kollege in Ascona sei halt ein Hypochonder. Er bat mich zu bleiben und erneut mit Larini zu sprechen.»

«Und», ich wartete ungeduldig auf die Fortsetzung der Geschichte, «wie ging es weiter?»

«Als ich Larini nochmals anrief, war er wie ausgewechselt. Er behandelte mich ausgesprochen höflich und bat mich, die Suche nach Ihnen vorderhand einzustellen und einen Kellner im Hotel La Palma zu observieren.» Müller dachte nach. «Er hiess Franco. Es interessiere ihn, ob der Mann im Dorf Bekannte oder Verwandte habe und was er in der Freizeit mache. Und ausserdem sei sein Zimmer im Angestelltentrakt zu durchsuchen.»

Er rechtfertigte sich. «Ich habe Larini ausdrücklich darauf hingewiesen, diese Zimmerdurchsuchung sei illegal. Er bot mir ein Sonderhonorar von zweitausend Franken.» Mit gesenktem Blick: «Leider nahm ich das Angebot an. Ich drang heute um etwa zehn Uhr in das Zimmer ein und stellte fest, dass dieser Franco neuestes Armee-Hightech-Gerät besass. Damit wurde die Sache für mich äusserst brenzlig. Entweder handelte es sich um Militärspionage, oder der Observierte war Beamter irgendeiner Polizeidienststelle. Beide Alternativen würden mir grossen Ärger bringen.»

«Ich versuchte, mich heimlich aus Ascona zu stehlen und nach Hause zu fahren.» Müller schluckte leer. «Aber zwei Schläger von Larini fassten mich beim Bahnhof Locarno ab und zogen mich in die öffentlichen Toiletten im Untergeschoss. Dort verpassten sie mir einige gezielte Tritte und drohten, sie würden mich spitalreif schlagen, wenn ich ihnen nicht sagte, was ich bei Franco entdeckt hatte.»

«Sie haben natürlich geredet», ich sah ihn verständnisvoll an, «und dabei die Fernrohrinstallation erwähnt. Dann liess man sie laufen.»

«Wieso wissen Sie, dass es ein Fernrohr war? Ich sprach nur von Hightech-Geräten.» Der kleine Detektiv schielte mich misstrauisch an. «Gehören Sie etwa auch dazu?»

Er meinte damit wohl die Leute von der Armeespionage oder der Polizei. Ich beruhigte ihn. «Nein, ich bin ein ganz normaler Journalist ohne einen Nebenjob. Und um Ihre erste Frage zu beantworten: Dieser Franco wollte doch sicher die Villa del Principe auskundschaften, und dazu braucht man in erster Linie ein Fernrohr. Das liegt doch auf der Hand.»

Müller war nur halb zufrieden mit meiner Antwort. Er schloss aber trotzdem seinen Bericht ab. «Einer der Schläger gab mir den Rat, mich wieder mit dem alten Auftrag zu befassen. Als der andere mir noch ein paar Abschiedstritte verpassen wollte, hielt er ihn zurück mit den Worten «Lass ihn, sonst fällt er auf und kann seinen Job nicht mehr machen». Und zu mir sagte er: «Der Dubach nimmt einen der nächsten Züge, folge ihm nach Bern.»

Der Privatdetektiv stand auf, räusperte sich und versicherte mir: «Ich werde den Auftrag sofort aufkündigen, Sie also nicht mehr beschatten. Es lag mir sehr daran, Ihnen das mitzuteilen. Ich habe nie bei krummen Sachen mitgemacht und werde das auch in Zukunft nicht tun.» Sprach's und verschwand.

Nun, ich würde versuchen herauszufinden, wer dieser Larini in Ascona war. Diese Spur schien nicht uninteressant zu sein. Vielleicht führte sie mich zur Exekutivorganisation der Finanzhaie, die versuchten, ihre saubere Weste durch Delegation rauer Aktionen an Schlägertrupps zu bewahren.

Es war zwanzig Minuten vor fünf Uhr. Zeit für mich, mit dem Tram ins Stadion zu fahren.

12

Im Stade de Suisse herrschte um diese Zeit noch einigermassen Ruhe. Der Match begann wieder um 20 Uhr 45, und die Hauptströme der Zuschauer würden erst ab etwa 19 Uhr, also in zwei Stunden, zu fliessen beginnen.

Ich kämpfte mich in das Untergeschoss der Einstellhalle durch, musste zigmal meinen Presseausweis zeigen und kam deshalb fünf Minuten zu spät beim Treffpunkt an. Von Gunten empfing mich entsprechend ungehalten. «Ich sagte Ihnen doch, Dubach, Sie sollten pünktlich sein. Aber wir warten ja gerne auf den hohen Herrn der Medienszene.»

Was konnte ich sagen? Ich zuckte mit den Schultern und zottelte der Truppe hintennach. Der Kommissär hatte ein Dutzend Beamte aufgeboten, alle in Zivilkleidung. Wir fuhren per Lift ins oberste Geschoss, natürlich begleitet von einer Hostess, die uns während der Fahrt verwundert betrachtete. Von Gunten wechselte einige Worte mit der Uniformierten, die mehrmals nickte und sich oben wortlos zurückzog. Wahrscheinlich hatte der Kommissär ihr eingebläut, sie dürfe niemandem etwas über unseren Einsatz sagen.

In der Medienloge begann von Gunten sofort mit der Befehlsausgabe. «Stettler, Sie kontrollieren mit Ihren Männern die beiden Kameras, die Sie gestern montierten. Ich will keine Panne heute Abend. Sie, Müller, bereiten im Sitzungszimmer der Energie Bern AG alles für unsere Kameraüberwachung vor. Auch der Einsatz aller Beamten bei der Verfolgung des Täters ist Ihr Bier. Organisieren Sie das dazu nötige Funknetz und die Fahrbereitschaft neutraler Autos. Vergessen Sie die Aussentribüne und die fünf Lift- und Treppenzugänge nicht. Postieren Sie überall einen Mann von uns. Diskret. Und zum Schluss das Wichtigste: Wir wollen den oder die Täter nicht sofort festnehmen. Sie sollen uns zu den Hintermännern, zu ihren Auftraggebern, führen. Das bedeutet Observierung im Hintergrund. Wir würden nur im Notfall einschreiten und die Leute verhaften. Noch Fragen?»

Niemand stellte eine Frage. Die Beamten verschwanden in alle Richtungen, und von Gunten winkte mich in eine Ecke der Medienloge, wo wir uns setzten. «So, Dubach, Sie haben ja einen anstrengenden Ausflug ins Tessin hinter sich. Gibt es etwas, das ich noch nicht weiss über die letzten Entwicklungen?»

Ich erzählte ihm von der Beichte meines reumütigen Schattens, und er nahm die Informationen mit grossem Interesse zur Kenntnis. «Diesen Larini kenne ich. Er ist ein hinterhältiger Bursche. Eben fürs Raue. Seltsamerweise ist er aber als Sekretär eines vornehmen Herrn angestellt. Von D'Agostino.»

Ich wusste das bereits und fragte: «Wer könnte der Auftraggeber von Müller sein? Es muss jemand aus dem Raum Bern sein.»

Von Gunten rümpfte seine Nase. «Ich kann mir mindestens zwei Personen als Auftraggeber vorstellen.» Er blickte mich nachdenklich an und sagte: «Warten wir's ab. Sie werden vielleicht eine Überraschung erleben.»

Der Kerl machte es wieder einmal unnötig spannend, und ich revanchierte mich, indem ich gedankenversunken in die Luft starrte, als er sich nach meinen Sendeplänen erkundigte. Er blickte mich zuerst finster an, wiederholte die Frage und grinste schliesslich: «Unser Marc ist halt ein Mimösli. Das lieben die Frauen ja auch so an ihm.» Und fügte wieder ganz grob bei: «Aber ich finde es kindisch. So, jetzt erzählen Sie mir, was bei Bern-1 vorgesehen ist.»

Ich sagte ihm, für heute sei nichts geplant, aber morgen würde ich einen Beitrag über meine Erlebnisse in Ascona und die heutigen Ereignisse produzieren. Eine Sondereinschaltung. Dass weder Maxli noch Ochsenbein etwas davon wussten, verschwieg ich tunlichst.

«Je nachdem, wie es heute läuft, werde ich am Montagmorgen eine Medienkonferenz durchführen. Sie haben also einen Vorsprung von zwei Tagen. Ich verlange aber, dass Sie in Ihrer Sendung morgen nichts bringen, das unsere weiteren Ermittlungen nach den Hintermännern der Affäre behindern könnte. Ich werde Ihnen heute Abend noch die gesperrten Informationen bekannt geben.»

Ich musste mich wohl oder übel dieser Weisung fügen und orientierte Joe per Handy über meine Sendepläne. Er versprach mir, für morgen eine Sonderequipe aufzubieten, zusätzlich zum normalen Wochenendteam von Bern-1.

Damit war alles so weit vorbereitet. Es ging gegen sechs Uhr, und bald würden die ersten Gäste eintreffen. Zum üblichen VIP-Aperitif und -Dinner. Ich durfte mich nicht sehen lassen und verschwand mit von Gunten im separaten Sitzungsraum der EBA. Zuvor erleichterte ich einen vorbeieilenden Kellner um einige Sandwiches auf dem Silberplateau. Für Tranksame hatte der Kommissär selber vorgesorgt.

Die beiden versteckten Kameras in der Medienloge funktionierten tadellos. Wir sahen gestochen scharfe Bilder von der Bibliotheksecke. Von zwei Seiten aufgenommen, sodass uns nichts entgehen konnte. Das Mikrofon hinter der Bücherwand übermittelte jedes Knacken im Raum. Auch die Bildaufzeichnung lief einwandfrei.

Der Polizeibeamte Müller sass mit drei Kollegen an einem Tisch. Sie klopften einen Jass, beobachteten dabei aber ständig die beiden Bildschirme. Von Gunten und ich versanken in bequemen Ledersesseln, und ich wollte ein wohlverdientes Nickerchen machen, was dem Kommissär offenbar nicht passte.

«Dubach. Fürs Schlafen ist die Nacht da, falls Sie das noch nicht wissen sollten.» Die niederträchtige Seite seines Charakters kam wieder einmal voll zum Zug. «Wo schlafen Sie übrigens heute Nacht? Nach zwei sehr abwechslungsreichen Nächten würden Sie sich alleine zu Hause sicher einsam fühlen.»

Bevor ich antworten konnte, fügte er bei: «Ich habe für Sie ein Zimmer in der Stadtkaserne reserviert. Mit Dusche und WC, wie in einem Hotel. Sie können dort wohnen, bis die ganze Affäre erledigt ist.» Er dozierte: «Eine ständige Überwachung vor Ihrer Wohnung würde weit mehr kosten als dieses Zimmer. Wir sparen also Staatsgelder.»

Ich dankte ihm gebührend, wollte aber doch noch wissen, wieso er sich so um meine Sicherheit Sorgen machte. Von Gunten polterte: «Um Sie mache ich mir keine Sorgen. Sie sind mir piepegal. Aber ich muss verhindern, dass noch ein Mord dazukommt.» Und nach einer Pause: «Wir haben erfahren, dass die Kerle, die am Mittwoch hier einzubrechen versuchten, nach wie vor in der Gegend sind. Offenbar mit einem neuen Auftrag.» Jetzt grinste er infam. «Vielleicht sollen Sie liquidiert werden.»

Der Kommissär hatte erreicht, was er wollte. Ich war wieder hellwach.

Ich verdrückte gerade mein zweites Sandwich, als sich auf dem Bildschirm etwas tat. Es war Hanspeter Wurstler, der sich mit dem Präsidenten der Limmat-Aare Medien AG, Georg Wenger, auf der Sitzgruppe in der Bibliotheksecke niederliess. Beide waren in ein angeregtes Gespräch vertieft, von dem wir leider nur teilweise etwas mitbekamen, da sich immer wieder Kellner oder Gäste zwischen den Ledersesseln und der Bücherwand durchdrängten und so das Mikrofon abdeckten.

Was wir hörten, war aber sehr interessant.

«Herr Wurstler, wie ich vernahm, können Sie Ihren Fussballclub nicht mehr weiter unterstützen», Wenger zeigte sein eiskaltes Lächeln, «Sie sind offenbar nicht liquid. Heisst das, dass der FC Newstars United bald absteigen muss?»

Die Antwort Wurstlers war zu Beginn unverständlich, dann kriegten wir gerade noch mit: «... ausländische Sponsoren möchten sich beteiligen. Das würde meinen Club retten. Darf ich Sie bitten, in Ihren Medien ...» Wieder ein Unterbruch und schliesslich: «... kann ich Ihnen ein Inseratepotenzial von mindestens einer Million Euro garantieren. Voraussetzung ist ...»

Von Gunten kratzte sich aufgeregt am Kopf. «Verdammt.» Er wandte sich an die Beamten am Tisch. «Wieso habt ihr nicht ein zweites Mikrofon unter dem Salontisch angebracht? Zum Teufel noch mal.»

Jetzt war Wurstler wieder gut zu hören. «Der FC Newstars United benötigt für die kommende Saison mindestens vier Zugänge. In der Verteidigung braucht es zwei harte Aufräumer. Im Mittelfeld fehlt mir der Regisseur, der die Bälle organisiert nach vorne bringt. Und beim linken Flügelstürmer muss auch bald etwas geschehen. Kiefer ist jetzt schon fast 35, und seine Flanken werden von Saison zu Saison schwächer.»

Wenger blickte absolut desinteressiert drein. «Was kostet das?», wollte er nur wissen.

Die Antwort von Wurstler ging einmal mehr unter, aber er meldete sich zu einem anderen Thema zu Wort. «... Aktienpaket von etwa drei Prozent. Was soll die Bank damit tun? Es gibt mehrere Interessenten aus Italien ...» Wieder Pause, dann: «... ich werde Sie in Zürich mit den potenziellen Investoren zusammenbringen. Können wir einen Termin ...»

Na ja. Das waren wohl Geschäfte, die sich gerade noch am Rande der Legalität bewegten. Der Kommissär verfolgte das Gespräch denn auch mit eher gelangweilter Miene, bis Wurstler sagte: «Ich kann Ihnen eine sehr günstige Finanzierung des Druckereineubaus anbieten. Mindestens ein Prozent unter dem gängigen Zinssatz für zweite Hypotheken. Und es gibt hier eine breite Verhandlungsmarge. Die Bank steht Ihnen für weitere Auskünfte über die Geldgeber zur Verfügung. Natürlich unter Wahrung der vollen Diskretion.»

Erneut Störgeräusche. Dann plauderten die beiden über das bevorstehende Spiel, und von Gunten griff sich eine Bierflasche aus der Harasse. «Da wird sich der Wurstler wieder einmal eine saftige Provision als Geldwäscher verdienen. Das reicht vielleicht für den neuen linken Flügel seiner Mannschaft.»

Er brummte und grunzte, liess sich in seinem Sessel nach hinten rutschen. Eine gute Gelegenheit für eine Revanche. Als er die Augen schloss, schrie ich laut auf: «Das ist ja sensationell.»

Der Kommissär war sofort wieder präsent. Er schaute mich neugierig an.

«Ach nichts», sagte ich, «mir fiel nur gerade ein, welche Freude ich meinem Chef machen könnte, wenn ich ihn heute Abend aus der Polizeikaserne anriefe. Er würde wahrscheinlich ausrasten in der Annahme, ich sei für einige Zeit aus dem Verkehr gezogen.»

«Unsinn», sagte von Gunten verärgert, «machen Sie jetzt auch Ihr Nickerchen. Meine Männer werden uns wecken, wenn sich in der Loge etwas ereignen sollte.» Und schlief endgültig ein.

Auch ich döste vor mich hin. Bis der Beamte Müller rief: «Da macht sich jemand an den Büchern zu schaffen.»

Es war Charles Meierhans, der vor der Bücherwand stand und ein Buch nach dem anderen herauszupfte, wieder hineinschob und sorgfältig darauf achtete, dass die Bände in Reih und Glied blieben. Er sah sich dabei ständig um. Wahrscheinlich wollte er überprüfen, ob er beobachtet wurde. Er spähte auch an die Decke und zu den Ecken der Bücherwand. Suchte er nach Überwachungskameras?

Seltsamerweise rührte er die Bände vor der versteckten Aufzeichnung nicht an. Nach etwa fünf Minuten entfernte er sich, ohne ein Buch mitzunehmen.

«Bei den Indianern wäre das ein Scout gewesen, der für seinen Häuptling die Lage auskundschaftet», lachte von Gunten. Seine Augen funkelten wie die eines Dreissigjährigen, und von Müdigkeit war nichts mehr zu spüren. Der Kriminalist fühlte sich in seinem Element – ein Jäger im Anschlag.

Auch bei mir kribbelte es. Wer war hier der Häuptling? Bisher hatte ich Meierhans die potenzielle Führungsrolle in dieser düsteren Affäre zugetraut. War ich auf einer falschen Ebene stehen geblieben? Wie nahm es von Gunten auf?

Der Kommissär gab sich unbeeindruckt.

Und da folgte schon die nächste Live-Fernsehübertragung aus der Medienloge. Zwei Herren setzten sich auf die Ledersessel in der Bibliotheksecke, die ich recht gut kannte. Maxli und Ochsenbein stellten ihre Champagnergläser auf den Marmortisch. Huber sah sich um und bemerkte: «Es ist ruhig heute. Hoffentlich können wir uns auf das Spiel konzentrieren.» Er rückte unruhig hin und her. «Dubach ist nicht hier. Das ist ein gutes Zeichen.» Nach einer Pause: «Hast du ihn genügend zurückgebunden? Oder bohrt er etwa unauffällig weiter?»

«Er hat zwei Tage freigenommen. Wo er ist, weiss ich nicht.» Ochsenbein schwitzte leicht im Gesicht, wie immer, wenn er sich aufs Glatteis begab. «Dubach ist ein hartnäckiger Kerl, der nicht so leicht aufgibt. Wenn man ihm einen Knüppel zwischen die Beine wirft, hat das meistens eine Trotzreaktion zur Folge.»

Wieder einmal wurde die Übertragung durch einen Kellner gestört, der den Salontisch mit der besonderen Geduld des im Stundenlohn angestellten Mitarbeiters reinigte, sich umdrehte und über die Tablare des Büchergestells wischte.

Wir hörten also eine Weile lang nichts. Dann war Maxli zu vernehmen: «Du bist dir im Klaren, dass wir es uns nicht leisten können, die Leute zu verärgern. Nachdem die Zürcher Übernahmeverhandlungen scheiterten, musste ich einige Konzessionen eingehen, um den dringend nötigen Kredit zu erhalten. So wird von uns eine gewisse Zurückhaltung bei der

Berichterstattung über dubiose Finanzströme im Zusammenhang mit dem Fall Carissimo erwartet.»

«Ja, das habe ich begriffen. Aber meine Leute sind Journalisten. Die lassen sich nicht gern in ihr Handwerk pfuschen.» Ochsenbein hielt kurz die Luft an und sagte tapfer: «Dubach hat in letzter Zeit gute Arbeit geleistet.»

«Du verwechselst zwei Dinge. Wir müssen attraktive Programme machen, damit die Zuschauerquote steigt, als Grundlage für die Werbeeinnahmen. Das ist das eine. Aber ebenso wichtig sind die finanziellen Grundlagen des Senders.» Verleger Huber schnaubte verärgert: «Die Schweizer Banken haben in den letzten zehn Jahren ihr Interesse an den Privatmedien verloren. Wie an allen anderen kleinen und mittleren Unternehmen, die nicht gerade ein erstklassiges, also minimales, Risiko darstellen. Damit sind wir von fremden Investoren abhängig geworden, und die erwarten entweder eine hohe Verzinsung ihrer Kredite oder aber eine gewisse Mitsprache bei der Programmgestaltung.» Und nach einer Pause: «Du weisst, dass der Konkurrenzkampf zu hart ist, als dass wir horrende Zinsen zahlen könnten.»

Hier unterbrach der Kellner erneut die Übertragung. Er fragte, ob er Champagner nachfüllen dürfe. Als ihm dies gestattet wurde, goss er den Wein im Zeitlupentempo in die Gläser und wischte dann nochmals gründlich über den Tisch.

Wir verpassten so einige wichtige Passagen. Als meine beiden Vorgesetzten wieder zu verstehen waren, drehte sich das Gespräch um das bevorstehende Gruppenspiel. Und um halb acht Uhr erhoben sich die beiden, um ihre Plätze an der festlich gedeckten Tafel einzunehmen.

Der Kommissär kratzte sich ausgiebig am Ohr. «Die Investoren im Hintergrund, oder sollte ich besser sagen: im Untergrund, bauen ihren Einfluss ständig aus.» Es folgte ein nicht druckreifes Schimpfwort, und er zeigte auf den Bildschirm, wo sich der unmögliche Kerl von Kellner einmal mehr in der Bücherecke aufhielt. Er sprach mit einem Kollegen vom

Küchenservice, der gerade ein Plateau mit Suppenkrügen hereingebracht hatte, und rieb sich dabei den Ringfinger der rechten Hand, auf dem ein Pflaster zu sehen war. Wir hörten nur ein paar Worte: «... dopo il dolce ... far attenzione ai ...»

Von Gunten war aufgestanden, und ich sah, wie sich seine Backen röteten. Er brüllte in Richtung Jasstisch: «Jemand soll sofort feststellen, wer diese italienisch sprechenden Serviceleute sind. Aber diskret. Vertreiben Sie mir das Wild nicht. Müller, Sie lassen sich den Steckbrief des gesuchten Einbrechers vom Mittwoch mailen. Los, los!»

Die Beamten sprangen auf und verschwanden. Ich beobachtete die beiden Bildschirme und bemerkte, wie der seltsame Kellner sich an den Büchern zu schaffen machte. Als er genügend Bände entfernt hatte, um die Plastikhülle mit der Aufzeichnung ergreifen zu können, wurde er vom Chef de Service gestört, der ihn anbrüllte: «Fernando. Sie sind als Kellner angestellt und nicht als Bibliothekar. Machen Sie Ihren Service an Tisch drei.»

Der Gescholtene ballte die Fäuste, und einen Moment lang glaubte ich, er würde sich auf seinen Chef stürzen. Dann schob er die Bücher wieder an ihren Platz und verschwand vom Bildschirm.

Nach einer Viertelstunde kamen die Beamten zurück, und Müller rapportierte dem Kommissär: «Die zwei Männer heissen Fernando und Marco. Die Nachnamen kennt niemand. Sie sind erst seit ein paar Tagen im Dienste der Cateringfirma. Das Fahndungsbild zeigt eindeutig, dass der Kellner mit Fernando Bertini identisch ist, den wir seit letzten Mittwoch suchen. Sollen wir Bertini verhaften?»

«Nein, nein», schrie der Kommissär, «lassen Sie die beiden ungeschoren. Rufen Sie Verstärkung herbei, damit wir sie ab sofort beobachten können. Die Gauner dürfen nicht bemerken, dass wir sie observieren.»

Zu mir gewandt, sagte von Gunten: «Wir wollen die Szene etwas beleben. Gehen Sie jetzt in die Medienloge und veranstalten Sie irgendeinen Wirbel, der die Leute ablenkt. Und den Dieben eine Chance gibt.» Er fügte bei: «Die beiden Gauner sollen uns zu ihren Auftraggebern führen. Die von uns platzierte Aufzeichnung hinter den Büchern muss heute auf jeden Fall verschwinden.»

Den Gästen der Medienloge wurde gerade der Hauptgang, ein Roastbeef à l'Anglaise, serviert, als ich meinen Auftritt inszenierte. Ich schlenderte selbstbewusst in die Loge, zog natürlich alle Augen auf mich, hörte, wie der Lärmpegel im Raum abrupt sank, suchte mir einen freien Platz am Ehrentisch und setzte mich mit einem freundlichen Lächeln zu den perplexen Nachbarn. Dann rief ich dem Kellner und sagte laut: «Nur eine kleine Portion bitte, aber viel Gemüse.» Ochsenbein, der etwa zwei Meter entfernt mit hochrotem Kopf in meine Richtung starrte, rief ich zu: «Entschuldigen Sie meine Verspätung, Chef. Ich war in Ascona bei meiner Freundin.»

Nach einer Weile schloss sich der letzte offene Mund in der Runde, und die Geräuschkulisse näherte sich wieder der Normalität. Natürlich tuschelte es links und rechts von mir, und ich sah, wie Georg Wenger zwei seiner Adlaten zu sich rief und ihnen einen Auftrag erteilte.

Es ging nicht lange, bis mich jemand auf die Schulter tippte. Heinrich Bachmann, der unbeliebte Chefredaktor einer grossen Berner Tageszeitung der Limmat-Aare Medien AG, bat mich mit vibrierender Stimme, doch kurz auf die Aussentribüne zu kommen. Er habe mir etwas mitzuteilen. Ich machte es spannend und wies auf meinen Teller: «Gehen Sie voraus, Herr Bachmann. Sobald ich mein zartes Roastbeef und das hervorragende Gemüse gegessen habe, komme ich nach.»

Er trottete unter den schadenfrohen Blicken vieler Anwesender davon, und ich hörte, wie er die Aussentüre zuknallte. Für einen Moment herrschte wieder Stille im Raum.

Als mein Teller leer war, wischte ich mir sorgfältig den Mund, stand auf und sagte zu den Nachbarn: «Entschuldigen

Sie mich für einen kurzen Augenblick. Ich muss meinem entnervten Kollegen helfen, einige Aktualitäten in den Griff zu kriegen.»

Auf der Tribüne empfing mich Bachmann mit einem Schwall wüster Worte: «Was erlauben Sie sich eigentlich, Dubach? Sie sind in unserer Loge absolut unerwünscht, und Herr Wenger gibt Ihnen zehn Minuten Zeit zu verschwinden.»

Ich liess ihn schmoren, indem ich minutenlang nicht antwortete. Dann tippte ich ihm auf die Brust und bemerkte trocken: «Das ist sein gutes Recht. Sagen Sie ihm, ich würde von meinem Gegenrecht Gebrauch machen und mich in meiner nächsten Sendung ausführlich mit den Finanzierungshintergründen seiner neuen Verlagsdruckerei befassen.»

Er hatte keine Ahnung, was ich meinte, warf sich nochmals in Pose und schrie: «Denken Sie an die zehn Minuten, Dubach.»

Ich hielt ihn am Arm zurück, als er vor mir in die Medienloge zurückkehren wollte, und sagte: «Gehen Sie sofort zu Herrn Wenger und erzählen Sie ihm von meinem Spruch mit dem Gegenrecht. Wenn ihm das Thema nicht gefällt, soll er mir zuwinken. Ich nehme dann an, dass ich in Ihrem werten Kreise willkommen bin.» Über die darauf folgende Diskussion sei der gnädige Mantel des Schweigens geworfen.

Als ich die Loge betrat, richteten sich erneut die Blicke auf mich, und viele Gespräche verstummten. Ich entschuldigte mich nochmals bei meinen Tischnachbarn, die mir jetzt freundlich zulächelten: «Herr Bachmann hat mich im Namen seines hohen Herrn willkommen geheissen. Ich weiss diese Auszeichnung zu würdigen.»

Mein Nachbar zur Linken brach in schallendes Gelächter aus, und zwei weitere Gäste schlossen sich ihm an, sodass am Ehrentisch der Eindruck entstand, ich hätte einen guten Witz erzählt. Es ging nicht lange, bis Georg Wenger kurz aufstand und mir zuwinkte. Ich wedelte fröhlich mit der rechten Hand zurück, und meine Nachbarn hatten erneut Grund zum Schmunzeln.

Es war Viertel nach acht Uhr. Das Dessert war bereits serviert worden. Ich rief den Kellner herbei und verlangte einen Sonderservice, der mir gewährt wurde. Den von mir gewünschten Erdbeerkuchen gab es nicht mehr. So genoss ich halt eine Mousse au Chocolat und unterdrückte jede Regung meines schlechten Gewissens wegen dieses flagranten Bruchs von Diätregeln.

Dann erhielt ich Besuch von Maxli. Verleger Huber stand plötzlich neben mir und bat mich mit ausgesuchter Höflichkeit, mit ihm den Kaffee in einer Logenecke einzunehmen. Ich nickte gnädig und verabschiedete mich von meinen Tischnachbarn: «Herr Huber liebt es, wenn ich ihn beim Kaffee unterhalte. Das gehört zu meinen vornehmen Pflichten bei Bern-1.» Alle grinsten, und ich schwebte selig davon.

Dann holten mich die Widerwärtigkeiten des Alltags ein, und ich grüsste meinen obersten Boss mit der ihm zukommenden Ehrerbietigkeit. Er hiess mich absitzen und ging sofort in medias res: «Herr Dubach, was soll Ihr Auftritt hier? Bezwecken Sie damit irgendetwas?»

Ich orientierte ihn in aller Kürze über meine Rolle bei der Aufdeckung des Carissimo-Mörders und deutete an, dass ich Bern-1 wahrscheinlich in den nächsten Tagen mit einem Superscoop beglücken würde. Maxli begriff das meiste nicht, aber er war doch genügend Geschäftsmann, um die Chance zu wittern. Er gab mir grünes Licht für die weiteren Recherchen, wollte zum Schluss aber noch wissen: «Wie ist es Ihnen gelungen, Wenger zu beschwichtigen? Er wollte Sie hinauswerfen lassen, machte dann plötzlich einen Rückzieher. Was haben Sie gegen ihn in der Hand?»

Sein Interesse an einer Schwachstelle des übermächtigen Konkurrenten war verständlich, und ich erkannte die einmalige Gelegenheit zu einer tollen Retourkutsche für all die Unannehmlichkeiten, die mir der Verleger in letzter Zeit bereitet hatte. Ich erklärte in belehrendem Ton: «Die Privatmedien werden immer mehr von Investoren abhängig, deren Mittel aus dubiosen Quellen stammen.» Ich lehnte mich vertraulich zu ihm herüber. «Das wissen Sie ja selber am besten.» Und ergänzte diesen Tiefschlag durch einen zusätzlichen Nasenstüber. «Meine Ermittlungen im Tessin ergaben sehr aufschlussreiche Hinweise auf Verbindungen südeuropäischer Finanzjongleure zu schweizerischen Medienunternehmen.» Zum Schluss versetzte ich ihm den Gnadenstoss und säuselte: «Herr Huber, ich verstehe jetzt sehr gut, wieso ich meine Ermittlungen stoppen sollte.»

Maxli war sprachlos. Er rührte hilflos in seinem Kaffee und stand schliesslich auf, um Ochsenbein herbeizuwinken. Der watschelte eiligst heran und erkannte rasch die ungemütliche Situation. Er versuchte gar nicht erst, sich mit mir anzulegen, sondern griff Huber unter den Arm und sagte: «Wir sollten hinaus auf unsere reservierten Plätze. Das Spiel beginnt in wenigen Minuten.»

Meine beiden Vorgesetzten verschwanden. Ohne mich weiter zu beachten. Mir war die Sache nicht mehr ganz geheuer. War ich zu weit gegangen?

Ich musste mich ablenken und verliess die Medienloge auf der Suche nach dem Kommissär. Zuerst schaute ich ins Sitzungszimmer der EBA. Niemand. Alle Installationen waren abgebaut worden. Mein Auftritt in der Medienloge hatte offenbar die gewünschte Wirkung erzielt. Die Diebe waren mit der Fernsehaufzeichnung abgehauen, verfolgt von einem Grossaufgebot der Polizei.

Eine Hostess näherte sich mir und fragte: «Sind Sie Herr Dubach?»

Ich nickte. Sie übergab mir eine zugeklebte Message und verabschiedete sich mit einem artigen Lächeln. Es war der Kommissär, der mir befahl, um Punkt elf Uhr beim Lifteingang in der unteren Einstellhalle zu sein. Punkt war unterstrichen.

Damit hatte ich über zwei Stunden frei, und ich flegelte mich mit überheblicher Miene an Wenger, Huber, Ochsenbein und Konsorten vorbei auf einen noch freien Platz der VIP-Tribüne. Das Spiel hatte schon begonnen, und bei den 30 000 Zuschauern war die Stimmung bereits recht angeheizt. Ich ging voll mit und brüllte ab und zu auf, begeistert oder wütend, je nach Spielverlauf. Wie es sich eben so gehört für einen engagierten Fussballfan.

Plötzlich legte jemand von hinten die Arme um meinen Hals, und ich vernahm eine liebliche Stimme: «Marc, Lieber. Wieso hast du mir nicht gesagt, dass du heute beim Match bist?» Es war Benita, die einer Einladung der Swiss Bank International gefolgt war und mich von ferne gesehen hatte. Sie gab mir einen herzhaften Kuss und setzte sich neben mich. Ich stellte mit Freude und Genugtuung fest, dass der Auftritt der Ex-Miss-Schweiz auf der VIP-Tribüne mit grossem Interesse zur Kenntnis genommen wurde und die Leute einmal mehr über mich tuschelten.

Benita sah mich zärtlich an: «Wo warst du so lange? Ich habe mehrmals versucht, dich zu erreichen. Zu Hause und im Studio. Man sagte mir, du seist unterwegs.»

Ich fühlte mich ebenso hilflos wie vor Kurzem Maxli und redete unbeholfen über sich häufende Anzeichen eines Burnout-Syndroms. Ich habe mich einfach zwei Tage erholen müssen. Als sie fragte, wo, faselte ich etwas von Oberengadiner Wanderwegen. Sie glaubte mir natürlich kein Wort, liess sich aber keine Verstimmung anmerken.

In der modischen Tasche der eleganten Kobelt ertönte ein rassiger Akkord. Sie klaubte ihr Handy heraus und drückte auf Empfang. Eine aufgeregte Stimme ertönte. Benita unterbrach den Anrufer nach wenigen Worten und sagte: «Basta. Später.» Sie setzte das Handy ausser Betrieb und lächelte mir entschuldigend zu: «Ein Verehrer.»

In der Spielpause liessen wir uns in der Medienloge mit Champagner und Snacks verwöhnen, und ich genoss die ungewohnte Aufmerksamkeit der Umgebung. Sogar Wenger machte der Kobelt seine Honneurs. Als er sie in ein Gespräch ziehen wollte, liess sie ihn einfach stehen, zog mich am Arm zur Bibliotheksecke und sagte: «Lass uns hier etwas ausruhen. Ich habe letzte Nacht wenig geschlafen und bin müde.» Sie blickte zum Büchergestell und stellte fest: «Es gibt doch unordentliche Leute. Schau nur, da liegt alles kreuz und quer am Boden.»

Tatsächlich hatte jemand ein ganzes Regal ausgeräumt. Jenes Regal, in dem die Aufzeichnung verborgen war. Ich fasste nach einem vorbeieilenden Kellner und fragte ihn: «Was ist hier passiert? Gab es ein Erdbeben?»

«Nein. Ein Kollege von mir hatte Pech. Er ist ausgerutscht und fiel mit seinem Plateau ins Büchergestell.» Er musterte die Bescherung und meinte: «Die Bücher werden wir nach dem Match wieder einordnen. Ich glaube, wir haben alle Reste des Erdbeerkuchens erwischt, und der Boden ist wieder sauber. Dank der Mithilfe eines Serviceangestellten aus der Cateringküche.»

Benita lobte die gelungene Säuberungsaktion über Massen, und ich wusste nun, weshalb von Gunten verschwunden war.

Bald begann die zweite Halbzeit, und wir freuten uns über das harte, aber meist faire Spiel. Auch der Schiedsrichter machte seine Sache ganz gut. Nur einmal übersah er ein grobes Foul im Strafraum, und das Publikum tobte vor Entrüstung. Benita neben mir geriet richtiggehend aus dem Häuschen und fluchte wie ein Stallknecht. Sie merkte sofort, dass sie sich danebenbenommen hatte, und versuchte mit allen Mitteln ihren Fauxpas zu kaschieren.

Sie hustete, schnäuzte ihr reizendes Näschen und meinte zu mir: «Hast du gesehen, wie sich die Leute aufregten. Wegen so einer Lappalie.» Ich nickte zustimmend und tat so, als hätte ich ihren Ausbruch nicht mitbekommen. Sie beruhigte sich und sass für den Rest des Matchs still wie ein braves Schulmädchen auf ihrem Sitz.

Kurz nach halb elf Uhr war das Spiel zu Ende, und die Zuschauermassen strömten zu den Ausgängen. Benita schlug eine kleine Beizentour in der Stadt vor, aber ich schützte Müdigkeit vor und verabschiedete mich bald.

Fünf Minuten vor elf Uhr stand ich beim Lift in der unteren Einstellhalle. Punkt elf Uhr öffnete sich die Lifttüre, und von Gunten kam mit zwei Beamten auf mich zu. «Für einmal pünktlich, Dubach.» Er verzog seinen Mund, und ich wusste, dass jetzt wieder einer seiner dummen Sprüche fällig war. «Sie sind auch sehr standhaft heute. Sie haben darauf verzichtet, Ihr Bett in der Polizeikaserne gegen ein vielleicht nicht weicheres, aber sicher unterhaltsameres Nachtlager einzutauschen.»

Der Kerl hatte seine Augen wirklich überall.

Er zeigte auf einen dunklen Wagen ohne Polizeikennzeichen. «Wir fahren jetzt zum Versteck der beiden Diebe, lassen sie zappeln und hoffen, dass der grosse Karpfen heute noch anbeisst.»

Nach rund einer halben Stunde Fahrt erreichten wir die Felsenau, eine kleine Wohnsiedlung im Norden der Stadt. Das Auto wurde in einer Nebenstrasse parkiert, und wir gingen zu Fuss zu einem kleinen alten Wohnhaus am Waldrand. Wahrscheinlich wimmelte es nur von Polizisten in der Umgebung des Häuschens, aber zu sehen war niemand.

Der abnehmende Mond beleuchtete die Szenerie nur spärlich, und die paar wenigen Strassenlampen reichten nicht aus, die ganze Zufahrt auszuleuchten.

Als wir näher kamen, war vor dem Gebäude ein dunkles, massiges Auto zu erkennen, daneben zwei Motorräder.

Von Gunten raunte: «Ein Mietwagen von Hertz. Derselbe wie gestern Abend in Ascona, in der Villa del Principe.» Er sprach leise in sein Handy, und kurz darauf erschien ein Streifenwagen auf der Zufahrt. Zwei uniformierte Polizisten näherten sich dem Haus.

Jetzt überschlugen sich die Ereignisse. Im Innern des Hauses ereignete sich eine Explosion. Bald darauf schlugen Flammen aus den oberen Fenstern, und dichte Rauchwolken quollen aus dem Dachstock.

Ich sah, wie Beamte das Haus umzingelten und ins noch nicht vom Feuer erfasste Erdgeschoss dringen wollten. Ein paar Schüsse trieben sie zurück.

Bald erschien die Stadtfeuerwehr mit mehreren Löschfahrzeugen. Es wurden Leitungen gelegt, und überall erschollen Kommandos. Das Chaos war komplett. Ich machte mit meiner Taschenkamera Dutzende von Aufnahmen.

Plötzlich grosse Aufregung hinter dem Haus, alles rannte zur Rückseite, und wir hörten von dort Schüsse. Von Gunten erteilte einige harsche Befehle, und die noch verfügbaren Beamten errichteten auf der Zufahrt eine Strassensperre mit Nagelketten und einem quer gestellten Streifenwagen.

Vor dem Haus versuchten Feuerwehrleute den dort parkierten Wagen zu entfernen, öffneten gewaltsam die Türe und schoben das Fahrzeug in Sicherheit. In diesem Augenblick erschienen drei Gestalten in der Türöffnung und rannten zu den Motorrädern. Ein paar Sekunden später rasten die beiden schweren Maschinen mit Vollgas auf uns zu, umfuhren die Strassensperre elegant über die Wiese und verschwanden in Richtung Stadt. Die Polizisten an der Sperre schossen wie wild auf die Flüchtenden, trafen aber nicht.

Der Kommissär gab sofort Grossalarm. Er wusste offenbar die Nummern der Motorräder und beschrieb auch zwei der Flüchtenden recht genau. Es handelte sich um die beiden Diebe im Stade de Suisse. Die dritte Person war nicht identifiziert worden.

Nach einer halben Stunde hatte die Feuerwehr das Feuer gelöscht, und die Polizisten drangen ins Haus ein. Von Gunten hiess mich draussen warten. Er kam nach gut einer Viertelstunde russverschmiert aus dem Gebäude und brummte: «Nichts. Die Gauner haben keine verwertbaren Spuren hinterlassen. Sind halt Profis. Auch keine Hinweise auf die dritte Person.»

Ehe ich ihn fragen konnte, ergänzte der Kommissär: «Die Fernsehaufzeichnung haben sie mitgenommen.» Ich sah ihn erstmals schmunzeln an diesem Abend. «Sie werden Mühe haben, sich die Aufzeichnung anzuschauen. Es braucht dazu ein professionelles Wiedergabegerät, das nur in TV-Studios vorhanden ist.» Seine Miene wurde wieder ernst: «Damit läuft unser Bluff weiter. Das gibt uns etwas Zeit. Die meinen, sie hätten die Originalaufzeichnung. Wir haben uns grosse Mühe gegeben, die Kopie dem ursprünglich versteckten Original anzugleichen.»

Er kam mir bedrohlich nahe, packte mich in unfreundlicher Polizistenmanier am Revers und knarrte im Kasernenton: «Dubach. Nichts über die Aufzeichnung. Nichts über die dritte Person. Nichts über die gesuchten Motorräder. Sonst können Sie morgen senden, was Sie wollen. Am Montag gibt's keine Medienkonferenz. Es ist noch zu früh.»

Damit war das abendliche Spektakel beendet. Ich fuhr mit von Gunten in die Polizeikaserne zurück und bezog mein Nachtquartier, eine Gefängniszelle ohne Gitter.

13

Am Samstagmorgen verpflegte ich mich recht anständig in der Polizeikantine und bummelte gegen neun Uhr durch die Stadt zur Münsterplattform, wo ich mit dem Lift in die Unterstadt tauchte.

Joe erwartete mich in der Cafeteria, und wir zogen uns mit Hanna in mein Büro zurück, um den Beitrag für die Abendsendung vorzubereiten. Was konnte ich sagen? Da ich nichts über die Aufzeichnung der Carissimo-Sendung bringen durfte, war die Hauptsensation, die Entdeckung der falschen Alibigeschichte, nach wie vor tabu. Und damit durfte ich mich auch nicht Meierhans widmen, der jetzt ohne Alibischutz dastand. Die bisherigen Verdächtigen, allen voran Wurstler, gaben andererseits nichts mehr her, da die fehlenden Alibis keine Rolle mehr spielten. Was blieb, war die Schiesserei in der Felsenau, für die ich aber erst noch einen Zusammenhang mit den Ereignissen im Stade de Suisse konstruieren musste, da ich den Diebstahl der TV-Aufzeichnung nicht erwähnen konnte. Ich kam also auf den Einbruchversuch in die VIP-Etage vom Mittwoch zurück und wies auf Blutspuren und Fingerabdrücke hin, die zur Ermittlung der Täterschaft in der Felsenau geführt hätten.

Ich bat Hanna, ein Hintergrundbild für meine Präsentation herzustellen. Mit den vier Kriminellen aus dem Stade de Suisse und Bönigen im Zentrum. Mangels authentischer Fotos mit verwischten Gesichtern aus unserem Verbrecherarchiv. Rundherum Hinweise auf die geheimnisvollen Auftraggeber der Gewalttaten. Ich liess auch einen Tessiner Verantwortlichen für raue Aktionen namens L. auftauchen. Von ihm und den anderen, nicht mit Namen versehenen kriminellen Hintermännern gingen Fäden nach oben zu einem Kästchen, das mit «Schweizer Koordinator» beschrieben war. Und eine gestrichelte Linie zu mehreren grossen Fragezeichen am Bildrand deutete an, dass diese zentrale Figur eng mit ausländischen Unterweltorganisationen zusammenarbeitete.

Ich kommentierte die Grafik mit allen mir zur Verfügung stehenden Informationen und Fakten, verschone auch «prominente Schweizer Unternehmen» nicht, die sich über das dunkle Netzwerk finanzielle Mittel beschafften, und kam schliesslich auf mein Kernthema zu sprechen, die geheimnisvolle Person hinter dem Mord an Carissimo. Hier ergab sich eine gute Gelegenheit, nochmals darüber zu spekulieren, wer von den angekündigten Enthüllungen des Moderators betroffen war. Im Zusammenhang mit den Gewalttaten der letzten Tage dränge sich der Schluss auf, es seien insbesondere finanzielle Verflechtungen zwischen Geldgebern aus internationalen kriminellen Organisationen und nach aussen hin ehrenhaften Unternehmen der Sportszene gewesen, die Carissimo aufdecken wollte. Zum Schluss liess ich die Katze aus dem Sack und gab der Vermutung Ausdruck, eine der Fussball-EM 2008 nahestehende Institution könnte in die Hände der Finanzunterwelt geraten sein. Ich schloss mit der Bemerkung: «Dass ein derartiger Einfluss von Kriminellen auf das sportliche Grossereignis des Jahres publik wurde, musste mit allen Mitteln verhindert werden.»

Ich rieb mir die Hände und überlegte, wo ich in der kommenden Nacht untertauchen sollte. Die Gästezelle im Polizeigebäude bot zwar absolute Sicherheit, aber ich war letzte Nacht mehrmals von ausrückenden Patrouillen geweckt worden. Und zudem weckte das Gebäude am Waisenhausplatz gewisse Erinnerungen an meine Militärdienstzeit, die ich weiterhin verdrängen wollte.

Durfte ich nochmals bei Benita anklopfen? Ich hatte die Schöne gestern recht unsanft stehen gelassen, und sie war mir deswegen sicher böse. Andererseits spürte ich ihr Interesse an mir, ein Interesse, das wahrscheinlich weniger meiner Person als meiner beruflichen Tätigkeit galt. Ich gab mir einen Schubs und rief sie an. Nach längerem Klingeln wurde ich mit dem automatischen Telefonbeantworter verbunden, der mir mitteilte, Benita Kobelt sei bis Montagmorgen abwesend.

Wie so oft in letzter Zeit musste ich jetzt an Nina denken, die ich mit ihrem Neffen Franco in misslicher Situation zurückgelassen hatte. Ich griff erneut zum Handy.

Nina freute sich riesig über meinen Anruf: «Ciao, Lieber. Ist die Falle gestern zugeklappt?» Als ich über das Missgeschick bei der Festnahme der beiden Ganoven berichtete, tröstete sie mich: «Das sind ja auch nur Hilfskräfte. Es geht um die Hintermänner. Weisst du da mehr?»

Auch hier musste ich passen, und Nina erzählte mir, dass Franco bei einem Verwandten im Verzascatal Unterschlupf gefunden habe. «Er bleibt dort, bis die Affäre ausgestanden ist. Vor seiner Abreise hat er den Chauffeur von D'Agostino, ich glaube, er heisst Pietro, mit einem grösseren Geldbetrag zur Berichterstattung an den Kommissär überreden können. Pietro lebt derzeit recht gefährlich, da ihm sein Chef, ein Mann namens Larini, Kontakte zum Spitzel Franco vorwarf, was er natürlich vehement bestritt. Er möchte trotzdem abhauen, untertauchen und braucht dazu Geld.»

Ich riet Nina zu äusserster Vorsicht: «Misch dich nicht in diese Geschichte ein.»

«Pietro erstattet mir zwar täglich einen Bericht zuhanden

des Berner Kommissärs. Aber er tut das in seiner Zimmerstunde. Immer aus einer öffentlichen Sprechstation.» Meine Tessiner Freundin fühlte sich dennoch nicht allzu wohl in ihrer Haut, denn sie ergänzte mit zitternder Stimme: «In meiner Bar sass gestern ein kleiner, unscheinbarer Mann. Ich glaube, es ist Müller, der Privatdetektiv. Muss ich mich vor ihm fürchten?»

«Nein. Er hat mir in Bern alles erzählt. Wieso er wieder in Ascona ist, weiss ich nicht. Vielleicht hat er einen neuen Auftrag in dieser Gegend. Für die Leute um D'Agostino arbeitet er sicher nicht mehr.» Ich lachte: «Die haben ihn verprügeln lassen.» Und fügte bei: «Wenn er wieder bei dir auftaucht, sag ihm, er soll mir telefonieren. Ich hätte etwas für ihn.»

Jetzt war Zeit für die Turtelminuten. Als sich unser Wortschatz an Zärtlichkeiten erschöpfte, fragte sie: «Du hast mir versprochen, bald wieder nach Ascona zu kommen. Wann ist bald?»

Ich sagte, die Lage in Bern habe sich zugespitzt, und ich könne im Augenblick nicht weg. «Aber sobald sich bei der Suche nach dem mysteriösen Auftraggeber der italienischen Gangster Erfolge abzeichnen, werde ich mein Versprechen einlösen. Darf ich dich bis dahin täglich anrufen?»

Sie lachte mich aus. «Du bist ein Schlingel. Es geht dir nicht in erster Linie um mich, sondern um die Informationen von Pietro. Aber sei es. Ich freue mich auf deine Anrufe.»

Wir tauschten noch die wenigen verbliebenen Kosenamen aus und trennten uns bis morgen.

*

Damit war auch mein Gewissen bezüglich Nina etwas beruhigt, und ich versuchte, von Gunten zu erreichen. Vielleicht gab es etwas Neues.

Der Kommissär war ausnahmsweise auch am Samstag in seinem Büro. Er zeigte sich ungehalten über mein Telefonat und brummte wie üblich: «Dubach, Sie sind eine richtige Klette. Was wollen Sie schon wieder von mir?»

Ich erkundigte mich, ob die Motorräder entdeckt worden seien und wer das Auto von Hertz gemietet habe. Er verneinte Ersteres und sagte zum Mietwagen: «Das Auto läuft unter Fernando Bertini.»

Ich wollte schon aufhängen, als der Kommissär fragte: «Corminboeuf hat mir telefoniert. Heute Nachmittag werden im Kantonsspital Freiburg die Obduktionsergebnisse der Leiche Keller bekannt gegeben.» Er fügte bei: «Das ist die Lydia, die in den Murtensee fiel. Kommen Sie mit?»

Natürlich sagte ich sofort zu.

Um 15 Uhr trafen wir beim Kantonsspital in Freiburg ein. Von Gunten begrüsste am Eingang seinen Kollegen und wies auf mich: «Das ist Dubach von Bern-1, der überall herumschnüffelt. Damit ich ihn besser überwachen kann, nehme ich ihn meistens mit.» Die beiden Polizisten grinsten unverschämt, und ich folgte ihnen in ein Sitzungszimmer, wo uns der Leiter der gerichtsmedizinischen Abteilung erwartete.

Ich verstand nicht alle fachmedizinischen Ausdrücke des Obduktionsberichts. Aber die Schlussfolgerungen bekam ich mit. Lydia war ertrunken. Die Leiche wies am Hinterkopf eine grössere Schwellung auf, die entweder durch einen Aufprall nach dem Sturz über die Reling oder einen Hieb vor dem Ausrutscher erklärt werden konnte. Als Aufprallorte kamen verschiedene Heckaufbauten der Jacht infrage. Der Gerichtsmediziner erläuterte dies anhand eines Fotos und fügte bei: «Der technische Dienst der Kantonspolizei hat die Jacht untersucht, aber an keiner dieser Stellen Blut- oder Haarspuren der Toten entdeckt.»

Damit gewann die Variante «Hieb» an Wahrscheinlichkeit, und Corminboeuf erkundigte sich bei mir: «Wer war mit Frau Keller zum Zeitpunkt des Unfalles draussen?»

Ich wiederholte meine Aussage vom Unglückstag, wonach Benita Kobelt die Freundin von Meierhans begleitete. «Ob sich noch eine weitere Person auf dem hinteren Deck befand, kann ich nicht sagen.»

«Also», meinte von Gunten, «lassen wir es vorderhand dabei.» Er wandte sich an den Gerichtsmediziner: «Bitte senden Sie mir eine Kopie des Berichts zu. Mit allen Fotos. Darf ich mich mit Ihnen in Verbindung setzen, falls noch Fragen auftauchen?»

Während der Heimfahrt nickte der Kommissär ein. Ich wollte es ihm gerade gleichtun, als er mich anbrüllte: «Trauen Sie Ihrer Benita einen Mord zu, Dubach? Hätte sie überhaupt einen Grund gehabt, die Lydia umzubringen?»

Ich war zu Tode erschrocken. Nicht nur wegen der unsanften Weckmethode des Kommissärs, sondern auch wegen des von ihm geäusserten Verdachts. Nicht einmal seine Anspielung auf «Ihre Benita» machte mich wütend. Es war wie ein totaler Blackout.

Nach einiger Zeit konnte ich wieder klarer denken. Ich wartete, bis von Gunten wieder einnickte, und schrie ihn dann an: «Wie kommen Sie auf diese Scheissidee?»

Er sah mich hellwach an. Offensichtlich hatte er mit einer Revanche gerechnet und nur so getan, als würde er dösen. «Sie wissen ganz genau, was ich meine. Ihre Benita kennt den Meierhans immer noch gut, und sie ist sehr an einer Erneuerung der ehemaligen engen Liaison mit dem reichen Lebemann interessiert. Wer stand ihr also im Wege?» Der Kommissär verzog sein Gesicht. «Und wer sah sich von seiner Freundin Lydia zunehmend unter Druck gesetzt?»

Ich konnte mir zwar Benita und Meierhans schlecht als Gangsterpaar vorstellen, aber einiges hatte die Theorie von Guntens schon für sich. So erinnerte ich mich an die Nacht auf Mittwoch, als ich die beiden in eine Altstadtbar verschwinden sah. Und daran, wie sie am 13. Juni als Erste im TV-Studio waren.

Sehr begeistert sah ich immer noch nicht aus, als ich dem Kommissär seine Frage beantwortete: «Nein, ich kann mir die

Kobelt beim besten Willen nicht als Mörderin vorstellen. Und anzunehmen, sie habe Lydia getötet, um deren Platz an der Seite Meierhans' einzunehmen, ist schon sehr naiv.» Ich funkelte von Gunten an. «Ich hätte ihnen derartigen Stumpfsinn eigentlich gar nicht zugetraut.» Als ich die unbeteiligte Miene des Kommissärs sah, geriet ich noch mehr in Rage. «Auch Ihre Idee, Meierhans könnte sie zur Tat angestiftet haben, weil er Angst vor der Plaudertasche hatte, ist absolut abwegig. Was wusste Lydia schon über seine Aktivitäten? Sie kannte vielleicht ein paar schöne Orte, wo man sich gut vergnügen konnte, und war eifersüchtig, wenn sie der Meierhans nicht immer mitnahm.»

Von Gunten wiederholte meine Frage. «Was wusste Lydia über die Aktivitäten Meierhans'?»

Längere Zeit herrsche Stille im Fond des Polizeiwagens. Dann spürte ich, wie mich der Kommissär von der Seite ansah. «Dubach, und wenn ich Ihnen sage, dass die Keller früher die Geliebte von D'Agostino war?»

Das war eine sensationelle Information. Ich bemühte mich, unbeeindruckt zu wirken, aber von Gunten durchschaute mich sofort. «Ich sehe, das geht Ihnen durch Mark und Bein. Wir haben das auch erst vor Kurzem erfahren.»

Eines wusste der Kommissär anscheinend noch nicht. Ich wies darauf hin, dass D'Agostino nach Aussagen von Pietro nur als Strohmann und Aushängeschild der Tessiner Zentrale diente. Wahrscheinlich war Lydia seinerzeit sogar mit dem noch unbekannten Big Boss des Tessiner Syndikats, dem mysteriösen Mister X liiert gewesen. Von Gunten zeigte sich zuerst erstaunt, dann funkelte es in seinen Augen, und er schien in seinem verwinkelten Polizistengehirn irgendeine Gedankenkombination zu entwickeln, die einem Normalsterblichen wie mir versagt blieb.

Der Kommissär sagte bis Bern nichts mehr. Er brütete etwas Unheimliches aus, und ich hoffte, bei seinem nächsten Schachzug nicht das Bauernopfer spielen zu müssen.

Vor der Polizeikaserne stieg ich aus. Von Gunten fragte: «Haben Sie heute Abend etwas los? Ich könnte Ihnen etwas Vergnügliches bieten.»

Immer wenn man mit meiner Neugierde spielt, muss ich mich geschlagen geben. «Um was geht es?»

«Das erkläre ich Ihnen beim Nachtessen. Treffen wir uns um 19 Uhr auf der Casinoterrasse.» Sprach's und schlug die Autotüre zu.

Damit verblieben mir noch etwa zwei Stunden. Ich streifte durch die nach dem Samstag-Ladenschluss still gewordene Altstadt, plauderte mit mehreren Bekannten und traf etwas vorzeitig im Kultur-Casino ein. Eine absolut blöde Wortkombination. Der altehrwürdige Name des einst noblen Terrassenrestaurants, Casino, war vor einiger Zeit sang- und klanglos an den Berner Kursaal übergegangen, der nun sein Grand-Jeu unter diesem Namen anbot.

Von Gunten war schon da. Er blätterte in einer Tageszeitung und blickte erst auf, als ich neben ihm stand, und sagte gut gelaunt: «So, lassen wir zwei Junggesellen uns von der Casinoküche verwöhnen.»

Das Essen war recht gut, und als wir beim Espresso angekommen waren, rückte der Kommissär endlich mit seinem Vorschlag heraus, wie ich einen vergnüglichen Abend verbringen konnte. «Sie haben heute Morgen ihr Zimmer in der Kaserne geräumt und Ihre spärlichen Habseligkeiten im Studio deponiert.» Er lachte verschmitzt. «Vielleicht entsprach die Umgebung nicht ganz Ihrem verwöhnten Geschmack. Oder es fehlte Ihnen ganz einfach das weibliche Element.»

Ich wollte diese Bemerkung gerade mit aller Deutlichkeit von mir weisen, als er fortfuhr: «Ich wüsste, wo Sie heute Abend prickelnde Spannung finden könnten.» Ich spürte, wie er zu einem seiner unfairen Tiefschläge ausholte: «Sie haben heute Mittag vergeblich versucht, Ihre Benita anzurufen.» Als er sah, wie ich Atem holte, erklärte er: «Ja, wir überwachen seit einigen Tagen ihr Telefon. Mit Erfolg, wie ich sagen darf.»

«Die Mitteilung des automatischen Beantworters, sie sei bis Montagmorgen abwesend, ist falsch.» Der Kommissär stocherte in seinen Zähnen und murmelte undeutlich: «Sie ist zu Hause. Hat sich offenbar abgeschottet. Wieso? Das möchten auch wir gerne wissen. Ich schlage daher vor, dass Sie Ihre schöne Freundin mit einem unangemeldeten Besuch beglücken.» Als er meine nicht sehr begeisterte Miene sah, fügte er bei: «Wir werden in der Nähe sein, falls sich unerwartete Komplikationen ergeben sollten. Aber das ist ja eher unwahrscheinlich.» Er schloss mit dem absolut unnötigen Hinweis: «Ihre bisherigen Liebesnächte bei Benita verliefen ja ohne besondere Vorkommnisse. Wenn man einmal von Ihrer erotischen Weiterbildung absieht.»

Ich war verstimmt. Von Gunten zeigte sich davon unbeeindruckt, rief nach einem guten Digestif, blätterte lässig in der Zeitung und liess mich einfach links liegen.

Nach einiger Zeit hatte ich mich von den Sticheleien des groben Kerls erholt und konnte wieder klar denken. Eigentlich war der Vorschlag gar nicht so abwegig. Wenn mir Benita böse war wegen des abrupten Abschieds, so konnte sie mich an der Türe mit irgendeiner faulen Ausrede abwimmeln. Und wenn ich hineindurfte, so erwartete mich tatsächlich eine vergnügliche Nacht.

Der Kommissär blickte von seiner Zeitung auf und stellte fest: «Sie sind also einverstanden, Dubach. Bevor wir Sie an der Engestrasse ausladen, möchten wir Sie noch mit einigen Accessoires à la James Bond ausrüsten. Gehen wir.»

Er zahlte die ganze Rechnung. Natürlich mit einer bissigen Bemerkung: «Der Staat muss wohl für einen Working Poor wie Sie einstehen. Sie werden aber wahrscheinlich für diese Nacht noch eine Vergnügungstaxe zu bezahlen haben.»

Lustig, lustig. Ich trottete von Gunten nach und brummelte ungehalten vor mich hin, bis er sich umdrehte und sagte:

«So, Dubach, das reicht. Spielen Sie für einmal nicht den wehleidigen Privatmann, sondern versuchen Sie, Ihren total verkümmerten Journalisteninstinkt zu wecken.»

In der Polizeikaserne montierte man mir an der Hosennaht ein Knopfmikrofon mit der Aufforderung, beim Sitzen aufzupassen, und zudem erhielt ich vom Kommissär den wohlgemeinten Rat, mich des Beinkleids nicht vorzeitig zu entledigen. Mein Handy wurde durch ein Spezialmodell ersetzt, das die ständige Kommunikation mit der Polizei gewährleistete.

Derart ausgestattet, wurde ich gegen neun Uhr an der Engestrasse abgesetzt. Die Beamten des zivilen Fahrzeugs verteilten sich um die Liegenschaft, um, wie von Gunten grinsend bemerkte, mir bei Schwierigkeiten im Umgang mit Benita rasch helfen zu können.

Ich klingelte. Längere Zeit regte sich nichts. Als ich nochmals auf den Knopf drückte, meldete sich jemand in der Gegensprechanlage. Es war Benita.

Als ich meinen Namen nannte, blieb es einige Sekunden still. Dann flötete sie: «Oh, wie schön, dass du dich auch wieder einmal meldest. Ich kann dich im Moment nicht empfangen, da ich jetzt unter der Dusche stehe und dann die Wohnung etwas aufräumen möchte. Wenn du mir telefoniert hast, weisst du, dass ich mich bis Montag abgemeldet habe. Ich muss eine schwierige Rolle für einen Werbespot auswendig lernen.» Sie schickte mir per Lautsprecher einen lauten Kuss und sagte: «Warte auf mich im Restaurant Bierhübeli. Ich komme in etwa einer halben Stunde. Dann können wir uns überlegen, was wir machen.»

Ich wollte mich in Richtung Bierhübeli entfernen, als sich mir von Gunten in den Weg stellte. «Ich habe mitbekommen, was die Kobelt sagte. Gehen Sie mit ihr später wieder in die Wohnung zurück.» Er grunzte und meinte: «Das dürfte für Sie kein allzu unangenehmer Auftrag sein.»

«Vermutlich wird sich bald etwas tun in der Einstellhalle.» Von Gunten zückte sein Handy und gab mehrere Befehle durch. Die Engestrasse wurde etwa fünfhundert Meter weiter oben, kurz vor der Abzweigung zur Autobahn bei der Äusseren Enge, von einem verstärkten Polizeikommando abgesperrt, und die Beamten erhielten Weisung, jeden Durchbruchs- oder Umfahrungsversuch mit Motorrädern zu vereiteln.

Dann liess mich der Kommissär stehen und rannte zur Garagenausfahrt des Mietshauses, wo er sich hinter eine Mauer duckte. Die anderen Polizisten blieben in ihrer Deckung, sodass die Strasse wie ausgestorben aussah. Ich machte es von Gunten nach und versteckte mich in einem Hauseingang.

Es vergingen etwa zehn Minuten. Dann knackte das Einstellhallentor, und zwei Motorräder schlüpften unter der sich öffnenden Türe hindurch. Sie entfernten sich mit geringer Geschwindigkeit, also leise in Richtung Autobahn. Bald darauf waren in einiger Entfernung Schüsse zu vernehmen.

Das Handy des Kommissärs piepste. Eine aufgeregte Stimme meldete sich und rapportierte: «Zwei Motorräder abgefangen. Ausweichmanöver durch gezielte Schüsse verhindert. Zwei Männer flüchteten aufs offene Feld. Wir folgten mit Hunden und holten sie ein. Sie wehrten sich. Verwundeten zwei Beamte und erschossen Rex, den Hund von Alfons. Wir konnten die beiden Gauner mit gezielten Schüssen in die Beine an einer weiteren Flucht hindern. Als wir uns näherten, um die Verletzten festzunehmen, erschossen sie sich mit ihren eigenen Waffen. Beide sind tot.»

«Damit stehen wir wieder am Anfang», polterte von Gunten. «Jetzt liegt alle Hoffnung auf Ihnen, Dubach. Gehen Sie in die Höhle der Löwin und finden Sie heraus, was die Kobelt mit der ganzen Sache zu tun hat. Sie können sich jetzt Zeit nehmen. Forcieren Sie nichts.» Jetzt schmunzelte der Kommissär schon wieder. «Vielleicht holen Sie sogar zwei Nächte bei Benita heraus.» Und ergänzte: «Den Polizeischutz brauchen Sie jetzt nicht mehr. Ich nehme an, dass Sie mit der Löwin allein zurechtkommen.»

Als ich mich einige Schritte entfernt hatte, rief er mir nach: «Und denken Sie an die Fernsehaufzeichnung.»

*

Ich musste im Restaurant Bierhübeli gut drei viertel Stunden warten, bis meine Freundin erschien. Sie hatte sich fein herausgeputzt und schritt mit der Eleganz eines Mannequins durchs Lokal, zog natürlich alle Augen auf sich. Ich fühlte mich wie immer in ihrer Gegenwart in meinem männlichen Ego geschmeichelt und empfing sie mit Komplimenten. Sie küsste mich demonstrativ auf den Mund und setzte sich dicht neben mich.

Wir redeten viel. Meist über Unwesentliches. Nach einigen Gläsern Rotwein gab sie sich einen Ruck und kam knallhart zur Sache: «Wo hast du nur all die Informationen her, die du heute präsentiertest? Es waren zwar einige Schaumschlägereien dabei, aber das Grundkonzept musstest du von irgendwoher haben.»

Ich rutschte unbehaglich hin und her, was angesichts der mir auf den Pelz gerückten Benita gar nicht so einfach war, und stotterte schliesslich: «Einiges habe ich vom Kommissär erfahren, der Rest ist Spekulation.»

Meine Begleiterin sah mich so bewundernd an, dass ich das spöttische Funkeln ihrer Augen fast übersehen hätte. Sie schlug vor, den Rest des Abends in ihrer Wohnung zu verbringen, was meinen Wünschen und von Guntens Plänen sehr entgegenkam.

Die Wohnung sah wie immer tadellos gepflegt aus. Nirgends waren Spuren von Gästen zu sehen, und es roch ausschliesslich nach dem feinen Parfum von Benita. Wir verpflegten uns aus dem Kühlschrank, der überquoll mit Esswaren aller Art, und ich bewunderte gerade das reiche Angebot an Hochprozentern in der kleinen Eckbar, als sie mich von hinten mit ihren Armen umschlang und zu liebkosen begann.

Ich musste noch kurz an den gemeinen Rat des Kommissärs denken, ich solle die Hosen nicht zu früh ausziehen, wegen des Mikrofons. Aber das war jetzt ja hinfällig geworden, nachdem sich meine Schutztruppe entfernt hatte. So liess ich die Dinge ihren Lauf nehmen, und bald versanken wir im Taumel der grenzenlosen Lust.

Es wurde eine lange, lange Nacht.

Am Sonntagmorgen schliefen wir bis zehn Uhr. Ich rasierte mich erneut mit dem Set des vergesslichen Verehrers von Benita, stellte dabei fest, dass der Vorrat an Klingen seit meiner letzten Rasur rapide abgenommen hatte, und setzte mich trotzdem gut gelaunt an den Frühstückstisch.

Meine Gastgeberin sah wie immer blendend aus. Abgesehen von einer kleinen Stirnfalte, die ich bei ihr bisher noch nie gesehen hatte. Auch ihre Augen funkelten nicht ganz so unternehmungslustig wie sonst.

«Was machen wir heute?», fragte sie. Als ich die Schultern zuckte, meinte sie: «Charly hat mich für heute zu einer Bootsfahrt eingeladen. Wenn das Wetter mitspielt. Er hätte sicher nichts dagegen, wenn du mitkommst.»

Ich brauchte einige Zeit, bis ich dahinterkam, dass sie Charles Meierhans meinte, den stolzen Besitzer der «Darling II», und sagte: «Wieso nicht. Es ist wolkenlos, und Gewitter sind diesmal nicht in Sicht. Gibt Meierhans wieder eine Party?»

«Nein, er sprach von einer gemütlichen Ausfahrt im kleinen Kreis. Wahrscheinlich gibt es nur Sandwiches und Bier.»

Als Benita sich für einige Zeit ins Badezimmer zurückzog, telefonierte ich mit dem verantwortlichen Sendeleiter von Bern-1 und orientierte ihn über die Schiesserei in der Äusseren Enge. Die Agenturen hatten den Vorfall schon gemeldet und sogar ein Statement des Kommissärs übermittelt.

Ein weiterer Anruf galt von Gunten. Ich erreichte ihn über den Privatanschluss. Er nahm mit seinem gewohnten Brummen Kenntnis von unserem Ausflug auf den Neuenburgersee und schnarrte: «Passen Sie auf, wer alles mitkommt. Ein Unfall ist schnell passiert, wie Sie wissen. Ich werde auf alle Fälle Corminboeuf orientieren.»

Benita kam wie aus dem Ei gepellt aus dem Badezimmer, versetzte mir einen freundschaftlichen Nasenstüber und sagte: «Hast du dich bei deinen Verehrerinnen für heute entschuldigt?» Sie hatte offensichtlich mitbekommen, dass ich telefonierte. Ich murmelte etwas von einer Abmeldung bei Bern-1.

Wir fuhren mit ihrem kleinen roten Sportwagen, dem Abschiedsgeschenk von Meierhans, über Ins nach Portalban. Da wir eine halbe Stunde zu früh ankamen, liessen wir uns im Bâteau ein kühles Glas Vully servieren. Die ehemalige stolze «Fribourg», ein Raddampfer aus der ersten Hälfte des zwanzigsten Jahrhunderts, steht mitten im Dorf und dient seit vielen Jahrzehnten als Restaurant.

Schon leicht angeheitert, spazierten wir der Mole entlang zur Jacht von Meierhans. Auf dem Schiff war niemand zu sehen. Benita sagte «Komm!» und betrat die herabgelassene Landungsbrücke.

«Hallo, meine Liebe», der Schiffsbesitzer tauchte in der Türöffnung zum Salon auf und schien überhaupt nicht erstaunt zu sein, als er mich sah. «Mit hohem Besuch. Willkommen Herr Dubach. Sie kennen ja das kleine Boot schon.»

Nach diesem Understatement setzten wir uns an einen schattigen Platz im Heck, und Meierhans servierte einige Snacks. Dazu natürlich wieder einen weissen Vully.

Die Stimmung stieg entsprechend an. Der Bootseigner schlug eine kleine Tour nach Neuchâtel, dem Kantonshauptort am Nordufer, vor. Niemand widersprach, und Meierhans hob die Hand. Der Motor heulte kurz auf, und dann manövrierte ein unbekannter Steuermann die Jacht ebenso geschickt aus dem Hafen, wie das der Gastgeber letztes Mal selber getan hatte.

«Ich nehme einen Gehilfen mit, der mir gestern bei der Quartalsreinigung des Bootes geholfen hat. Ich fand ihn über die Hafenverwaltung.» Charly strich sich müde über die Stirne und meinte: «Ich bin froh, heute einfach mitfahren zu dürfen. Vielleicht spüre ich einen Wetterumschwung.»

Die restliche Fahrt verlief ohne besondere Vorkommnisse. In Neuchâtel verliessen wir das Schiff und spazierten über den Quai zu einem noblen Restaurant, wo sich Benita eine riesige Eisschale bestellte.

Der Gehilfe hatte sich bisher nicht blicken lassen. Als wir zum Boot zurückkehrten, sah ich seine Silhouette in der Steuerkabine. Meierhans winkte ihm zu, und «Darling II» machte sich auf die Rückfahrt nach Portalban.

Etwa in der Seemitte erstarben die Motoren, und die Jacht dümpelte vor sich hin. Der Schiffsherr bat uns in die Kabine. «Es wird zu heiss hier draussen. Im Salon ist es viel kühler. Wir sind sehr früh, und ich schlage vor, dass wir einen kleinen Sonntagstalk, wie man beim Fernsehen so schön sagt, einschalten.» Er servierte nochmals kleine Happen.

Der Steuermann hatte sich jetzt zu uns gesellt. Ein südländischer Typ mit kantigem Gesicht. Er wurde uns als Lorenzi vorgestellt, neigte zum Gruss leicht den Kopf und verzog sich in eine Ecke des Salons.

«Herr Dubach, ich habe gestern Ihre Sendung gesehen», begann Charles «Charly» Meierhans, «ich war schockiert über Ihre Aussagen, wonach immer mehr Schweizer Firmen mit ausländischem Geld arbeiten, dessen Herkunft im Dunkeln liegt.»

Ich wies auf den Rückzug der Banken aus all jenen Bereichen hin, die mit einem höheren Risiko behaftet sind und denen es aufgrund der sich verschärfenden Wettbewerbssituation nicht möglich ist, markant erhöhte Zinsen zu zahlen: «Aber davon sind Sie ja nicht betroffen. Ihr Unternehmen steht als offizielle Verwertungsgesellschaft von TV-Übertragungsrechten auf einer so gesunden wirtschaftlichen Grundlage, dass sich die Banken wahrscheinlich um jeden Kredit an Sie streiten.»

Meierhans winkte ab. «Das war nicht immer so. Am Anfang gab es auch bei mir finanzielle Engpässe.» Er wechselte das Thema: «Wie kommen Sie zu den Informationen über diese kriminellen Elemente, die dafür sorgen, dass nichts über die Machenschaften der Finanzhaie ans Licht kommt?»

«Der Zufall hilft nicht nur Polizisten, sondern auch uns Journalisten», sagte ich lächelnd, «ich habe einen guten Bekannten im Tessin, der mir Tipps gab.»

«Sie deuten in Ihrem Beitrag an, dass ein Schweizer Koordinator am Werk ist, der alle Transaktionen überwacht. Wissen Sie, wer das ist?»

«Es bestehen gewisse Vermutungen bezüglich dieser Person, die mir übrigens auch von der Polizei bestätigt worden sind. Aber den Namen des Koordinators kennt niemand.» Es juckte mich, einen Versuchsballon steigen zu lassen: «Es ist auch schwierig, den Mann zu identifizieren. Umso mehr, als es sich vermutlich bloss um einen Strohmann handelt, hinter dem sich der wahre Mächtige verbirgt.»

Meine kleine Bombe war geplatzt. Meierhans rieb sich mehrmals die Nase, putzte seine übergrosse Brille mit aller Sorgfalt und schüttelte dann missbilligend den Kopf. Benita blickte mich verdutzt, ja verwundert an, so als hätte sie mich noch nie gesehen. Und der südländische Gehilfe in der Ecke, der offenbar zugehört hatte, war aufgesprungen. Wie ein Dobermann, der auf einen Wink seines Herrn wartet, um jemanden anzugreifen.

Es herrschte minutenlange Stille.

«Eine interessante Theorie, Herr Dubach», scherzte der Bootsherr mit todernstem Gesicht, «aber eben nur eine Vermutung von Ihnen.»

«Nicht ganz, Herr Doktor», ich sprach ihn bewusst mit seinem akademischen Titel an, «in Ascona traf ich Leute, die von einem geheimnisvollen Mister X sprachen.»

Wieder absolute Stille.

Meierhans schickte den immer unruhiger werdenden

Lorenzi hinaus. «Gehen Sie ans Steuer. Wir fahren jetzt nach Portalban zurück.» Und zu mir gewandt, sagte er wie beiläufig: «Sie scheinen ja eigenartige Bekannte im Tessin zu haben. Leute, die sich im Milieu offenbar gut auskennen.»

Diese Bemerkung durfte nicht unerwidert bleiben. Ich grinste ihn an: «Sie können mir in dieser Beziehung nichts vorwerfen, müssen Sie doch als regelmässiger Gast des Hotels La Palma die danebenliegende Villa del Principe kennen. Dieses Herrschaftshaus gilt als eigentliches Zentrum der geheimnisvollen Aktivitäten.»

«Von solchen Aktivitäten weiss ich nichts. Der Besitzer der Villa, Herr D'Agostino, ist ein Bekannter von mir. Er erteilte mir seinerzeit grössere Aufträge für Filmproduktionen und half mir auch in der Übergangszeit bis zur Gründung der Firma für die Verwaltung der TV-Rechte.» Der Bootsherr fragte mich nicht, woher ich von seinen Aufenthalten im Hotel La Palma wusste. Das zeigte mir, dass er bereits etwas angeschlagen war.

Ich verzog spöttisch den Mund. «Das muss ein sehr zurückgezogen lebender Mann sein, dieser D'Agostino. In Ascona kennt ihn niemand. Und doch soll er immer wieder bei wichtigen Finanztransaktionen im Tessin mitmischen.» Meierhans war nun eindeutig in die Enge getrieben, und ich musste meine Provokationen verstärken, um ihn zu unvorsichtigen Reaktionen zu veranlassen. Viel Zeit dafür blieb mir nicht, denn der Hafen von Portalban näherte sich rasch. Also sprach ich ein weiteres heisses Thema an. «Sie haben sicher von der gestrigen Schiesserei in Bern gehört. Kommissär von Gunten spricht von einem Zusammenhang mit dem Mord an Carissimo. Die beiden erwischten Diebe aus Italien sollen Beweismaterial aus dem Stade de Suisse entwendet haben. Auch hier gebe es Verbindungen ins Tessin. Zum Koordinator eben. Zum geheimnisvollen Mister X.»

Meierhans wischte sich mit einem blütenweissen Taschentuch den Schweiss von der Stirne und sah sich Hilfe suchend nach Benita um. Diese hatte das Gespräch mit versteinerter Miene verfolgt und machte keine Anstalten, ihrem Charly aus der Patsche zu helfen.

«In den Mittagsnachrichten von DRS wurde nur erwähnt, dass die Berner Polizei in eine Schiesserei mit zwei Dieben verwickelt war.» Charly sagte zu Benita: «Und das in deinem vornehmen Quartier.»

Bingo. Aus der Radiomeldung konnte er nicht erfahren haben, wo die Gauner gestellt wurden, und ich hatte nur von einer Festnahme in Bern gesprochen. Wie kam er also auf Benitas Quartier?

Benita sah unwillkürlich auf ihre grosse Handtasche, und Meierhans versuchte verzweifelt, das Thema zu wechseln und mich in ein Gespräch über moderne Produktionsmethoden im Fernsehen zu verwickeln. Er holte einen sehr teuren Cognac aus der Bar und sagte: «Lasst uns auf den heutigen schönen Ausflug anstossen.» Er bot mir das Du an, was ich natürlich mit «grosser Freude» und «Es ist eine Ehre für mich» akzeptierte. Benita zog mich zu sich hinunter und küsste mich innig mit der unlogischen Begründung: «Leider sind wir ja schon per Du.» Die allgemeine Verwirrung stand greifbar im Raume.

Als der Steuermann im Hafen von Portalban angelegt hatte und die Landungsbrücke hinunterklappte, sagte Benita zu mir: «Geh schon voraus zum Auto. Ich muss mich noch etwas zurechtmachen für die Rückfahrt.»

Ich verabschiedete mich mit einer kurzen Umarmung von meinem neuen Freund Charly. Lorenzi war wie vom Erdboden verschluckt, und ich konnte ihm daher nicht für den Sonntagseinsatz danken. Benita hatte sich in die feudale Toilettenanlage im Vorderschiff verzogen.

Auf der Mole sah ich zur «Darling II» zurück, und mir war, als ob ich im Steuerhaus einen Schatten gesehen hätte. Lorenzi? Ich blieb stehen und beobachtete, wie Benita nach ein paar Minuten auf dem Sonnendeck auftauchte und Meierhans ein kleines Paket übergab. Es folgte ein erregtes Gespräch. Beide fuchtelten mit den Armen. Bis sich meine Begleiterin abrupt abwandte und zur Landungsbrücke eilte.

Sie holte mich rasch ein, legte den Arm um mich, sah mich gekonnt verliebt an und versuchte mit allen Mitteln, ihre Erregung in den Griff zu kriegen. Was ihr bald gelang. Sie gab sich in der Folge besonders gelassen und schien den friedlichen Sommerabend am Neuenburgersee richtig zu geniessen.

Nur einmal zuckte sie zusammen. Als uns Marcel Corminboeuf, der Freiburger Polizeikommissar, entgegenkam und freundlich grüsste: «Ich hoffe, Sie hatten eine schöne Bootsfahrt, Frau Kobelt und Herr Dubach.» Er lächelte und bat mich um ein kurzes Gespräch unter vier Augen. Benita ging voraus zum parkierten Auto, und ich sagte zu Corminboeuf: «Vielen Dank für Ihren Sonntagseinsatz. Eigentlich war es ein äusserst friedlicher Ausflug.»

«Täuschen Sie sich nicht, Herr Dubach.» Der freundliche Polizeibeamte fragte mich: «Wissen Sie, wer der heute plötzlich aufgetauchte Steuermann der ‹Darling II› ist?»

«Er wurde mir als Lorenzi vorgestellt. Wahrscheinlich ein Angestellter der Hafenverwaltung.»

«Der Mann heisst in Wirklichkeit Ernesto Larini.» Als ich ihn ungläubig ansah, ergänzte er: «Das ist der Chef für Abwehraktionen von D'Agostino.»

Ich dankte ihm für diese Information und erzählte ihm, wie Benita beim Abschied Meierhans heimlich ein kleines Paket übergeben hatte. Er nickte mir interessiert zu, verabschiedete sich sofort und eilte davon. Ich marschierte mit weichen Knien zum Parkplatz, wo mich meine Begleiterin schon ungeduldig erwartete.

«Was wollte der von dir? Müssen uns diese Polizeischnüffler auch am Sonntag belästigen?» Sie war wütend und zeigte es mir auch.

«Er teilte mir mit, dass bei der Obduktion von Lydia eine schwere Platzwunde am Hinterkopf der Leiche entdeckt wurde.» Ich weiss noch heute nicht, warum ich auf die Idee kam, ihr diese Geschichte vorzuschwindeln. Die Reaktion war auf jeden Fall sehenswert. Sie fiel vor Schreck fast zu Boden, wurde kreidebleich im Gesicht und begann zu zittern.

Nachdem wir nun beide mit schwachen Knien dastanden, drängte sich eine Stärkung im nahe gelegenen Hotel de Ville auf. Wir liessen den roten Sportwagen stehen und setzten uns an einen schattigen Tisch im Garten des Restaurants, bestellten Filets de perches mit Pommes natures und bedienten uns am grossen Salatbuffet. Was wir dazu tranken, bleibt ein Geheimnis – wegen der neuen Promilleregelung für Autofahrer.

Erst gegen neun Uhr fühlten wir uns in der Lage, nach Hause zurückzukehren. Wir schlenderten zum Parkplatz, und ich erklärte mich angesichts der konsumierten Getränke als Gentleman bereit, Benita als Lenkerin abzulösen. Ich drehte den Zündschlüssel, und der rote Flitzer fauchte wie eine kleine Raubkatze auf.

Ich bin kein besonders guter Autofahrer, aber während der Rückfahrt dünkte mich, irgendetwas stimme nicht mit Benitas Sportwagen. Jedes Mal wenn ich abbremste, klingelte es unter der Motorhaube, und das Bremspedal reagierte immer langsamer. Ich nahm mir vor, das Auto in Bern vor der Brückfeldgarage stehen zu lassen. Da Benita auf dem Beifahrersitz eingeschlafen war, konnte ich sie erst zu Hause von der Notwendigkeit einer Reparatur unterrichten.

Auf der Autobahn herrschte flüssiger Verkehr. Kurz vor Bern gerieten wir in einen Stau, und ich musste brüsk abbremsen. Ich drückte voll aufs Bremspedal. Es gab einen lauten Knall, und der Wagen begann zu schlingern. Die Trommelbremsen fassten überhaupt nicht mehr. Ich zog die Handbremse und lenkte das Auto an die rechte Leitplanke, wo es nach einem Funkenregen zum Stehen kam.

Zehn Minuten später war die Verkehrspolizei zur Stelle. Es verging fast eine Stunde, bis der Unfalltatbestand aufgenommen war und Benitas Wagenwrack abtransportiert wurde.

Die Streifenbeamten hatten mir erlaubt, mit von Gunten Kontakt aufzunehmen. Ich schilderte dem Kommissär den Vorfall. Er brummte wie üblich laut vor sich hin und verlangte dann nach dem leitenden Verkehrspolizisten. Ich konnte nicht hören, welche Weisungen der Kommissär erteilte, aber wir wurden entgegenkommend behandelt und vom Streifenwagen an die Engestrasse gefahren.

Benita hatte den Unfall nur teilweise mitbekommen. Sie schlief fest, als ich das Notmanöver mit der Leitplanke durchführte, und erwachte erst, als der Wagen schliesslich stillstand. Als ich ihr das Versagen des Bremssystems schilderte, wurde sie sehr nachdenklich, sagte aber kein Wort.

An diesem Sonntagabend waren wir nicht in der Stimmung für eine gemeinsame Nacht. So trennte ich mich von Benita mit tröstenden Worten und dem Versprechen, ich würde sie am nächsten Tag anrufen.

Sie begleitete mich zur Haustüre, und als ich mich an der Strassenecke nochmals umwandte, sah ich sie immer noch winken. Irgendwie tat sie mir leid. Die blonde Benita mit ihrem Engelsgesicht und dem lieblichen Lächeln schien auf einmal verletzlich wie ein Kind, das zu viele Dummheiten gemacht hatte und nun auf seine Strafe wartete.

Ich überlegte, ob ich es wagen konnte, nach Hause zu gehen. Die beiden Ganoven vom Stade de Suisse konnten mich nicht mehr belästigen, und der Einsatzchef von D'Agostino, Larini, war wahrscheinlich bei Meierhans in Portalban geblieben. Ganz sicher war das aber nicht, und ich beschloss widerwillig, nochmals eine Nacht in der Polizeikaserne zu verbringen. Der diensthabende Mann in der Loge erkannte mich und gab mir ohne Weiteres den Schlüssel für eine der Gästezellen. Er übergab mir eine Message des Kommissärs, die ich beim Treppensteigen überflog. «Larini ist nicht mehr in Portalban.

Er hat wahrscheinlich das Auto der Kobelt sabotiert.» Und zum Schluss der übliche Unsinn: «Ich wünsche Ihnen eine ruhigere Nacht als die letzte.»

14

Am Montagmorgen erwartete mich viel Arbeit im Studio. Mein Reporterkollege hatte Ferien, und ich musste für seine Lokalreportagen im Kultur- und Sportbereich einspringen. Joe half mir zwar nach Kräften, aber gegen Mittag fühlte ich mich bereits todmüde.

Um elf Uhr telefonierte ich mit Nina, entschuldigte mich für das ausgebliebene Telefonat am Sonntagabend und schilderte ihr die letzten Entwicklungen in Bern und am Murtensee. Natürlich kein Wort über meine Nacht mit Benita.

Sie zeigte Verständnis für meine Stresssituation und berichtete über ein Telefonat von Pietro. Der hatte ihr am Morgen mitgeteilt, in der Villa del Principe herrsche grosse Aufregung. Larini sei spät in der Nacht von einem Ausflug zurückgekommen und habe heute schon kurz nach sieben Uhr die gesamte Belegschaft der Villa zu sich gerufen.

Dem Personal von D'Agostino sei auf Ende Monat gekündigt worden. Die Villa werde geschlossen, und die regelmässigen Zusammenkünfte würden in ein anderes Herrschaftshaus im Tessin verlegt. Wohin, wusste Pietro nicht. Nur zwei Angestellte könnten den Arbeitsplatz dorthin wechseln. Unser Chauffeur war natürlich nicht dabei. Für heute Abend war eine letzte Versammlung in der Villa del Principe einberufen worden. Anscheinend eine Krisensitzung.

Ich wollte mich wieder meinen Tagespendenzen zuwenden, als es klingelte und sich der Kommissär meldete: «Dubach, es tut sich was im Karpfenteich. Dank Ihrem Hinweis gelang es meinem Kollegen Corminboeuf gestern Abend, den schon längst fälligen Meierhans festzunehmen.»

Von Gunten schilderte mir, wie der schöne Charly die ihm von Benita übergebene Fernsehaufzeichnung ins Wasser warf, als die Polizei auftauchte. Corminboeuf hatte dies vorausgesehen und ein Polizeiboot in der Nähe der «Darling II» stationiert. Ein Taucher fand die Plastikhülle mit der Aufzeichnung sehr rasch unter dem Kiel der Jacht. Meierhans hülle sich in Schweigen und verlange nach einem Anwalt.

Leider war Larini der Polizei entwischt. Nachdem er auf dem Parkplatz das Auto von Benita sabotiert hatte, war er sofort nach Ascona zurückgekehrt. Der Kommissär wusste natürlich von der für heute Abend einberufenen ausserordentlichen Sitzung in der Villa del Principe. Er brummte: «Es ist wohl nicht zu vermeiden, dass Ihnen Nina alles erzählt.» Und fügte mit einem grimmigen Lachen bei: «Die Herrschaften werden sich über den Abschiedsempfang wundern.»

Nicht genug der Neuigkeiten. Von Gunten sagte mir, die Berner Fahnder hätten vor einer Stunde auch die Kobelt kassiert. Die Ex-Miss-Schweiz sei zusammengebrochen und bereit, ein volles Geständnis abzulegen. Auf meine Frage, ob sie auch verdächtigt werde, Lydia umgebracht zu haben, hörte ich für einige Zeit nichts vom Kommissär. Dann murmelte er: «Ich weiss nicht. Das wird sich noch ergeben.»

Ich fragte, was ich von den neuesten Ereignissen verwenden dürfe. Der Kommissär knarrte: «Nichts über die Verhaftungen. Auch die Namen Meierhans und Kobelt bleiben tabu. Wie im Übrigen die Entwicklungen in der Villa del Principe. Für Mittwochmorgen ist eine zweite Medienkonferenz im Rathaus vorgesehen.» Als ich ihn enttäuscht fragte, worüber ich denn überhaupt berichten könne, sagte er: «Die Geschichte mit der Aufzeichnung und der Wegfall der bisherigen Alibis für den Mord an Carissimo dürften genug Stoff liefern. Aber bringen Sie noch nichts über die Sicherstellung der Aufzeichnungskopie in Portalban. Und natürlich auch nichts über die Sabotage am Auto der Kobelt.»

Mithilfe von Joe und Hanna produzierte ich den Beitrag für die Abendsendung, stellte dabei die im Stade de Suisse gefundene Fernsehaufzeichnung der Carissimo-Sendung in den Mittelpunkt und wies genüsslich darauf hin, dass die bisherigen Alibis für den 13. Juni den falschen Zeitpunkt betrafen, also wertlos geworden waren. Kommissär von Gunten habe seine Strategie umgestellt und nehme nun auch Leute mit tadellosem Alibi unter die Lupe.

Gegen ein Uhr stand die Sendung, und wir dislozierten in die Cafeteria. Dort frage ich Joe, ob er bereit wäre für eine Reise ins Tessin. Ich möchte mit einer kleinen Equipe die Abschiedsvorstellung in der Villa del Principe aus sicherer Entfernung festhalten, eine Vorstellung, die vermutlich ein jähes Ende durch den massiven Polizeieinsatz finden würde. Mein Kollege sagte begeistert zu, und auch Kameramann Hans Steiner wollte am abenteuerlichen Unternehmen teilnehmen. Joe schnappte sich den grossen Dienstwagen von Bern-1, und Steiner sagte, er würde sich bei einem Freund, der bei der SRG arbeitete, eine Kamera mit einem speziellen Teleobjektiv für nächtliche Fernaufnahmen ausleihen.

Jetzt war noch die Hürde Ochsenbein zu nehmen. Er war zu meiner Überraschung schon um zwei Uhr im Büro und begrüsste mich gnädig: «Da sind Sie ja wieder einmal, Dubach. Wir haben Sie lange nicht mehr gesehen.» Er versuchte sich als Scherzbold. «Sie machen mir einen schönen Wirbel.»

Ich atmete tief ein und gab mir Mühe, aus diesem tiefen Gesprächsniveau zu entfliehen, vermittelte ihm mit unbewegter Miene einen Überblick über die neuesten Ereignisse und teilte ihm mit, ich würde mit Joe und Hans Steiner heute Abend eine Story in Ascona aufnehmen. «Wir kommen so zu einem Superscoop für morgen Abend.»

Er begriff wie immer nur einen Bruchteil dessen, was ich ihm erzählte, zeigte zwar ein gewisses Interesse am Superscoop, machte mir aber Vorwürfe wegen der «teuren» Reise nach Ascona. «Sie wissen, Dubach, dass wir für solche Projekte eine klare Planung vorsehen. Dazu gehört, dass man mein Einverständnis einholt. Rechtzeitig.»

Ich atmete langsam aus, lächelte ihn mitleidig an und verliess das Büro mit einem lauten Seufzer.

Joe und Hans waren schon abgefahren, als ich ihnen in der Cafeteria einen Treffpunkt in Ascona mitteilen wollte. In meinem Büro lag ein Zettel: «Im Auto war kein Platz mehr für Dich. Wir treffen uns um acht Uhr in Ninas Piratenbar.» Woher wusste der Kerl den Namen meiner Freundin in Ascona?

Ich telefonierte Nina und orientierte sie in aller Kürze über unser Vorhaben. Sie sagte, sie werde mit dem Besitzer des Hotels La Palma Kontakt aufnehmen und ihn bitten, Joe und Hans das verwaiste Zimmer von Franco im Personaltrakt zur Verfügung zu stellen. Sie rate uns ab, normale Hotelzimmer im La Palma zu beziehen: «Wurstler steigt immer dort ab. Wenn er dich und deine Equipe sieht, könnte er Verdacht schöpfen.»

Liebes, kluges Kind. Ich erfand einige neue Kosenamen und verabschiedete mich von Nina mit einem lauten Kuss. Was die wieder einmal im dümmsten Augenblick in der Türöffnung auftauchende Hanna zur absurden Bemerkung veranlasste, ich solle doch meine aussergewöhnliche Begabung für Telefonerotik kommerziell ausnützen. Sie sei im Übrigen morgen, Dienstag, bereit für die Bearbeitung der Aufnahmen.

Mit einiger Mühe erreichte ich den nächsten Zug nach Zürich und kam nach sieben Uhr in Locarno an. Viertel vor acht Uhr begrüsste ich Nina in der Piratenbar. Sie zeigte in eine schummrige Ecke, wo es sich meine beiden Kollegen beim Tessiner Teller und Boccalino gut gehen liessen.

Sie hatten sich bereits eingerichtet im Dachzimmer von Franco und berichteten, in der Villa tue sich bisher noch nichts. Wahrscheinlich begann die Soiree wieder erst nach zehn Uhr. In der Gegend sei anscheinend ein Telefonkabelbruch passiert, denn es wimmle seit einer Stunde nur so von Reparaturarbeitern, die überall Zelte über offenen Leitungsschächten errichteten. Auf dem Wendeplatz vor der Villa stünden zwei grosse Servicewagen der Swisscom.

Das waren vermutlich verkleidete Polizeibeamte, die sich auf den nächtlichen Einsatz vorbereiteten. Ich regte an, dass Hans einige Tagesaufnahmen dieser verdeckten Aktion machte, und wir machten ab, dass wir uns um halb zehn Uhr im ehemaligen Zimmer von Franco trafen. Bis dahin wollten wir uns möglichst wenig in den Strassen von Ascona sehen lassen. Es konnte ja sein, das uns der eine oder andere Gast D'Agostinos kannte, und wir wollten die Polizeiaktion nicht durch unsere Präsenz gefährden. Nina gab mir den Wohnungsschlüssel und sagte: «Marc, du kannst dich vor der Nachtwache bei mir etwas ausruhen. Für deine Kollegen habe ich Matratzen in Francos Zimmer organisiert.»

Ich gab ihr stellvertretend für das ganze Team einen herzhaften Kuss und schlich mich dann auf Nebenwegen zur Wohnung von Nina, wo ich mich bis neun Uhr auf dem bequemen Sofa erholte.

*

Als ich erwachte, war die Dämmerung schon fortgeschritten, und ich erreichte unbemerkt die Zufahrtsstrasse zur Villa del Principe. Von den falschen Telefoninstallateuren war nichts mehr zu sehen, aber ich zählte nicht weniger als sechs Reparaturzelte über offenen Schachtdeckeln. Einer der Servicewagen von Swisscom stand immer noch auf dem Wendeplatz, der andere hatte sich hinter das Hotel La Palma verzogen.

In Francos Zimmer waren meine Kollegen mit den Vorbereitungen für die Fernaufnahmen beschäftigt. Hans Steiner hatte ein monströses Gerät für Infrarotaufnahmen aufgebaut, und Joe beschäftigte sich mit dem Verlegen von Kabeln und Steckdosen.

Kurz nach zehn Uhr wiederholte sich das Ritual vom Donnerstag. Zwei Wächter öffneten das Tor und stellten sich vor die Zufahrt. Bald darauf fuhren die ersten Wagen der Besucher vor, wurden kontrolliert und verschwanden im Park der Villa. Ich zählte weniger Fahrzeuge als letztes Mal. Vielleicht blieben extrem Vorsichtige dieser Versammlung fern, weil sie das kommende Unheil voraussahnten.

Über eine Stunde geschah überhaupt nichts. Dann überstürzten sich die Ereignisse. Aus den Reparaturzelten und den Servicewagen quollen Dutzende von Polizeibeamten, alle im Kampftenue mit schusssicherer Weste und Helm, bewaffnet mit Maschinenpistolen. Die Männer rannten lautlos zur Einfahrt der Villa und teilten sich dann in mehrere Gruppen, die das Anwesen umstellten. Ein grösseres Team machte sich am Eingang zu schaffen. Offenbar widerstand das hohe schmiedeeiserne Tor den Öffnungsversuchen, sodass bald eine dumpfe Explosion zu hören war. Die Beamten hatten das Schloss gesprengt.

Im Innern der Villa regte sich immer noch nichts. Aber zwei patrouillierende Wächter hatten den Knall gehört und rannten zum Tor, wo bereits mehrere Polizisten in den Park drangen. Es gab eine kurze Auseinandersetzung, dann herrschte wieder Stille.

Im Haus war man anscheinend darauf aufmerksam geworden, dass sich draussen etwas Ungewöhnliches tat. Der Villeneingang wurde hell beleuchtet, und mehrere Bedienstete begannen den Park abzusuchen. Sie schrien laut nach den beiden Wächtern.

Die Polizeibeamten rückten zur Villa vor.

Im Park war ein halbes Dutzend Angestellte festgenommen worden. Die Leute wurden zum Wendeplatz geführt. Dort standen jetzt mehrere Polizeifahrzeuge für den Abtransport von Verhafteten bereit.

Jetzt kam der Höhepunkt der Aktion, der Sturm der Villa.

Hans Steiner hatte die Telekamera auf den Villeneingang gerichtet, und die Aufzeichnung lief ununterbrochen. Er beobachtete die Szene mit dem angeschlossenen Nachtsichtgerät und berichtete laufend über das, was er sah.

«Die Polizei läutet. Mehrmals. Sie schlägt an die Türe. Keine Reaktion. Die massive Türe wird gesprengt. Sie ist jetzt offen, und die Beamten dringen ins Haus. Vor dem Haus haben sich mehrere Polizisten verschanzt.» Vom Haus her waren Schüsse zu vernehmen. «Jetzt strömen von überall her Polizisten zur Villa, kreisen sie ein. Wieder stürmen Beamte ins Haus.» Neue Schüsse. «Zivilisten werden herausgeführt. Gut ein Dutzend. In Handschellen. Sie werden zu den Polizeifahrzeugen geführt. Weitere Beamte gehen in die Villa.» Auf der Zufahrtsstrasse vor dem Hotel fuhren zwei Krankenwagen mit Blaulicht vorbei. «Jetzt tauchen Sanitäter auf. Mit Tragbahren. Sie gehen ins Haus.» Nach einiger Zeit: «Vier Verwundete werden herausgetragen. Alles Zivilisten.»

Die Aktion schien beendet zu sein. Offenbar hatten sich einige Personen der Verhaftung widersetzt, sodass die Polizei ihre Schusswaffen einsetzen musste.

Ich wollte Genaueres wissen und ging zum Villeneingang, wo ich meinen Presseausweis zeigte und nach dem leitenden Polizeioffizier verlangte.

Es verging fast eine Viertelstunde. Dann winkte mich ein Wachtmeister durch und wies mich an, bei der Villa nach Commissario Bindella zu fragen.

Auf dem Zufahrtsweg zum Hauptgebäude entdeckte ich viele niedergetretene Sträucher und Blumenbeete. Dem Gärtner stand einige Zusatzarbeit bevor. Als ich vor der Villa stand, öffnete sich ein Parterrefenster, und ein Zivilfahnder machte den rechten Zeigefinger krumm. Ich trat ins Haus und wurde von Bindella, einem wirbligen kleinen Mann mit Hakennase und getönter Brille, willkommen geheissen: «Ich sehe, dass Sie immer dabei sind, wenn etwas passiert, Herr Dubach.» Er zeigte in eine Ecke der Empfangshalle, wo eine Gruppe von Ledersesseln stand.

Jemand sass schon dort. Ich sah nur einen massigen Rücken und ahnte Böses.

Es war tatsächlich von Gunten, der mich von oben bis unten musterte, abschätzig aufbrummte und dann sagte: «Dubach, Sie würden einem wahrscheinlich auch am Südpol über den Weg laufen.» Nach einigen weiteren Unfreundlichkeiten tolerierte er meine Anwesenheit, und ich durfte sogar der Lagebeurteilung der beiden Chefpolizisten beiwohnen.

«Ein guter Fang», kommentierte von Gunten das Resultat der Aktion. «Vierzehn Besucher aus Italien und der Schweiz. Wahrscheinlich der harte Kern der Organisation. Wurstler ist übrigens nicht dabei. Dazu acht Angestellte. Darunter vier Topganoven aus Mailand und Turin. Und Larini, der Chef der Schlägertruppe.»

«Zum Glück konnten wir den Abtransport der vielen Akten verhindern», meinte Bindella, «Larini hatte einen Kleintransporter voll bepackt mit Dokumenten. Offenbar wollte er sie an den neuen Versammlungsort bringen. Wir haben alles sichergestellt.»

«Vier nicht sehr schwer verwundete Zivilisten. Darunter Larini, der sich der Verhaftung wie ein Berserker widersetzte und wild um sich schoss. Keine Meldungen über Verletzungen beim Korps.» Der Commissario sah meine Ungeduld: «Leider keine Spur vom Villenbesiter D'Agostino oder dem mysteriösen Mister X.»

Von Gunten ergänzte: «D'Agostino scheint niemand persönlich zu kennen. Er dürfte nur eine Schattenfigur der Organisation sein, die vom wirklichen Boss ablenken sollte.»

Ich wagte trotzdem eine Frage: «Wäre es möglich, dass jemand flüchten konnte?»

Bindella zuckte mit den Schultern: «Ganz auszuschliessen ist es nicht. Wir haben im Keller einen längeren Gang entdeckt, der ausserhalb der Liegenschaftsgrenze endete. Im benachbarten kleinen Wald.»

«Wir sind an der Spurensicherung. Ich bin überzeugt, dass wir Anhaltspunkte finden werden, wer dieser Mister X ist. Und zudem wissen mindestens zwei der verhafteten Angestellten, wohin seine Organisation umziehen wollte. Auch Meierhans oder die Kobelt können uns vermutlich einiges erzählen.» Von Gunten wandte sich mir zu: «Sie haben sicher alles gefilmt. Wahrscheinlich aus dem Zimmer von Franco. Was machen Sie mit dem Material?»

Ich wusste eigentlich selber noch nicht, wie ich die morgige Sendung gestalten sollte. Sicher würde ich über die Razzia der Tessiner Polizei berichten. Als ich dies dem Kommissär sagte, nickte er zustimmend. Er grübelte eine Weile vor sich hin, dann fixierte er mich und sagte leise: «Vergessen Sie nicht zu erwähnen, dass niemand den Besitzer des Anwesens, D'Agostino, je gesehen hat. Stellen Sie ihn als Strohmann dar. Und weisen Sie immer wieder auf den geheimnisvollen Mister X hin, das eigentliche Gehirn der kriminellen Organisation, der leider heute entkommen konnte. Dem die Polizei aufgrund konkreter Hinweise nun aber endlich auf die Spur gekommen ist.»

Zuerst glaubte ich, meinen Ohren nicht trauen zu dürfen. Dann wurde mir klar, dass ich einmal mehr vom Kommissär manipuliert wurde, dass Bern-1 eingespannt werden sollte bei seiner Jagd nach dem Oberboss der grenzüberschreitenden Finanzmafia. Von Gunten schaute unschuldig in die Luft, konnte aber nicht verbergen, dass er und Commissario Bindella sich köstlich über meine Verwirrung amüsierten.

Ich dankte Bindella für die Informationen, ignorierte von Gunten demonstrativ und machte mich auf den Rückweg zum Hotel La Palma. Dort hatten meine Kollegen schon alle Installationen abgebaut und verladen, und das Auto von Bern-1 stand bereit zur Abfahrt.

Steiner meinte: «Joe und ich möchten eigentlich am liebsten jetzt noch nach Bern zurückfahren.»

Ich liess die beiden ziehen und eilte zu Nina, die mich herzlich empfing und kurz nach Mitternacht ihre Bar schloss mit der Begründung, sie habe plötzlich Kopfweh.

Zu Hause war sie wieder absolut fit, und wir verbrachten eine wundervolle Nacht.

*

Ich traf am Dienstagmittag in Bern ein und begab mich sofort ins Studio. Mein Team hatte einen Sendebeitrag von fast einer Viertelstunde vorbereitet, und ich musste nur noch den Kommentar sprechen. Ich überwand meinen Ärger über den Kommissär und schloss meinen Bericht mit den von ihm gewünschten Hinweisen auf den unsichtbaren D'Agostino und den mysteriösen Mister X im Hintergrund.

Nach der Verhaftung von Larini und seinen Schlägern durfte ich am Abend wieder einmal nach Hause gehen. Ich kehrte dem Studio frühzeitig den Rücken und genoss meine Wohnung in vollen Zügen.

Es ging gegen neun Uhr, als es an der Wohnungstüre klingelte. Im ersten Moment erschrak ich. Wer konnte das sein? Hatte ich einen Ganoven übersehen, der mir ans Lebendige wollte?

Ich spähte durch das Guckloch. Vor der Türe stand Hans Müller, der kleine, unscheinbare Privatdetektiv aus Belp.

Als ich die Türe öffnete, huschte er wie ein Wiesel an mir vorbei ins Wohnzimmer. Dort setzte er sich unaufgefordert auf den grauen Sessel, und mir war, als verschmelze er mit dem Möbel.

«Herr Müller, was verschafft mir die Ehre Ihres Besuchs?»,

ich hatte mir einige Whiskys gegönnt und war entsprechend guter Laune, «wie ich vernahm, waren Sie schon wieder in Ascona.»

«Das hat Ihnen sicher Nina erzählt.» Müller lächelte. «Eine reizende Frau. Aber ich bin nicht hierhergekommen, um Ihnen etwas zu sagen, das Sie schon wissen.» Er überlegte kurz und begann dann mit seinem Bericht: «Ich hasse es, wenn man mir körperliche Schmerzen zufügt. Vielleicht bin ich als Kind zu oft verprügelt worden. Die Schläger von Larini wollten mir mit ihren Fusstritten eine Lektion erteilen. Das gelang ihnen nicht. Sie erreichten das Gegenteil. Ich nahm mir nämlich vor, ihren Auftraggeber zu ermitteln. Nicht den Handlanger Larini, sondern den geheimnisvollen Mister X.»

Ich fragte den mutigen Kleinen, ob er etwas trinken möchte. Er bat um ein Bier und fuhr fort: «Ich fragte mich in Bellinzona durch die ganze Kantonsverwaltung. Nirgends ist ein D'Agostino registriert, weder beim Grundbuchamt noch bei den Lizenzvergaben für professionelle Händler. Die ihm zugeschriebenen grösseren Immobilientransaktionen trugen die Unterschriften von Handlungsbevollmächtigten einer einfachen Gesellschaft namens Villa del Principe. Sein Sekretär, Ernesto Larini, und der Hausverwalter, Alfredo Rossi, unterzeichneten jeweils die Verträge. Auch bei der Einwohnergemeinde Ascona ist der Mann nicht eingetragen. Wir können also davon ausgehen, dass es sich bei D'Agostino um eine vorgeschobene Phantomfigur handelt.»

«Damit kommen wir zur Hauptsache, dem Mister X. Soviel ich auch recherchierte in Ascona, aber auch in Bellinzona und Locarno, nirgends stiess ich auf eine heisse Spur, die zu ihm führte. Bei den Versammlungen in der Villa del Principe war er zwar anwesend, aber immer im Hintergrund, in einer dunklen Ecke. Und sein Gesicht versteckte er unter einem breitrandigen schwarzen Hut.» Er schnäuzte sich und erklärte: «Das hat mir Pietro, der schwatzhafte Chauffeur des nicht existierenden D'Agostino, erzählt. Ich musste ihm dafür dreihundert Franken zahlen.» Er schaltete eine Pause ein. «Pietro hat mich auch über die Verlegung des Versammlungsortes der geheimnisvollen Organisation orientiert.»

Die dreihundert Franken hatten ihm offenbar wehgetan. Ich überlegte mir, ob ich Müller das Geld aus dem Etat von Bern-1 zurückerstatten sollte – als Entgelt für die Informationen.

Zum Schluss servierte mir der kleine Detektiv noch einen Leckerbissen: «Ich mietete mir einen Kleinwagen und verfolgte gestern Rossi, als er mit einem Wagen voller Geräte und Büromaterial beim Hotel La Palma vorbeifuhr. Vermutlich führte er einen ersten Zügeltransport durch. Pietro sagte mir, es würden ganze Aktenberge auf eine Dislokation ins neue Versammlungszentrum warten.» Er rieb sich die Nase, schnäuzte diesmal aber nicht. «Ich folgte ihm bis Brissago. Dort hielt er auf dem Dorfplatz an, stieg aus und beobachtete die Umgebung. Ich konnte hinter ihm nicht anhalten, sonst hätte er mich entdeckt. Musste also weiterfahren und wendete das Auto an der nächsten Strassenkreuzung. Als ich auf den Dorfplatz zurückkam, war der Wagen von Rossi verschwunden.»

Damit reduzierte sich die Suche nach dem neuen Zentrum der Finanzjongleure auf Brissago und Umgebung. Was die Sache massgeblich erleichterte.

Ich dankte Hans Müller für seine Informationen, gab ihm die dreihundert Franken zurück, die er Pietro hatte zahlen müssen, und schloss die Wohnungstüre hinter ihm in der Gewissheit, mit meinen Recherchen einen Schritt weitergekommen zu sein.

15

Am Mittwochmorgen fand die zweite Medienkonferenz des Kommissärs statt, wieder im Rathaus.

Ich wurde von meinen Kollegen mit Hurra-, aber auch mit Buh-Rufen empfangen. Der Reporter von Bären-TV gab seinem Unmut über die bevorzugte Behandlung von Bern-1, wie er sich ausdrückte, schon am Anfang der Konferenz Ausdruck: «Herr von Gunten, wie begründen Sie den Informationsvorsprung von Bern-1 in der Angelegenheit Carissimo?»

Der Kommissär zeigte sich unbeeindruckt: «Es ist nicht meine Aufgabe, die Qualität und die Aktualität der verschiedenen Medienberichterstattungen zu beurteilen. Sie selber sind dafür verantwortlich, am Ball zu bleiben und ihre Zuschauer oder Leser auf dem Laufenden zu halten.»

Verschiedene Journalisten waren mit dieser Antwort natürlich nicht zufrieden. Sie murrten und scharrten, aber von Gunten grinste und begann mit seiner Orientierung: «Meine Damen und Herren. Wie Sie wissen, wurden der TV-Moderator Dani Carissimo und der Techniker Hans Wüthrich am 13. Juni während des Gruppenspiels im Stade de Suisse ermordet. Als Zeitpunkt der Tat stand zuerst 20 Uhr 26 fest, als der Spielkommentar von Carissimo unterbrochen wurde. Nachträglich stellte sich heraus, dass es sich um eine Aufzeichnung handelte, die vor acht Uhr produziert worden war. Damit werden die Personen, die für 20 Uhr 26 kein Alibi hatten, entlastet, und der Tatverdacht erstreckt sich nun auf eine unbekannte Anzahl von Gästen der VIP-Etage.»

Der Kommissär kramte in seinen Papieren und fuhr fort: «Aufgrund unserer Fahndung sowie der bereits erfolgten Geständnisse zweier Verhafteter können wir die Tat rekonstruieren. Dani Carissimo wird um 19 Uhr 56 während der Aufzeichnung seines Kommentars vom Techniker Wüthrich erschossen. Kurz vor der angekündigten Enthüllung eines Skandals im Zusammenhang mit der EM 2008. Wüthrich wusste von dieser Enthüllung und informierte die Verhafteten, die ihn in der Folge zum Mord anstifteten. Er steckte in grossen Geldnöten und sollte eine namhafte Summe als Belohnung für seine Tat erhalten. Wüthrich hat Carissimo zur Aufzeichnung des Kommentars überredet mit der Begründung, die heiklen Passagen der Skandalenthüllung könnten so bei einem Versprecher korrigiert werden. Was im Übrigen in solchen Fällen durchaus üblich ist.» Von Gunten sah auf seinen Spickzettel und las den nächsten Satz ab: «Wüthrich speist die Aufzeichnung in das Wiedergabegerät des TV-Studios in der VIP-Etage ein und lässt es Punkt 20 Uhr 15 laufen, will sich dann in die Medienloge begeben, um zum Zeitpunkt der Ermordung Carissimos in der vorgetäuschten Live-Übertragung, also um 20 Uhr 26, ein Alibi zu haben.»

Die Journalisten schrieben eifrig mit. Von Gunten fuhr fort: «Der Auftraggeber des Mordes kommt um etwa 20 Uhr 15 über die Aussentribüne ins TV-Studio. Er sieht, dass die Aufzeichnung läuft, und bittet Wüthrich um die Pistole. Er sagt, er würde die Tatwaffe entsorgen. Sobald er die Pistole hat, erschiesst er Wüthrich und drückt ihm die Waffe in die rechte Hand, die ja bereits Pulverspuren vom ersten Schuss aufweist. Dann begibt er sich in die Medienloge zurück und hat so ein tadelloses Alibi für die Tatzeit.»

Der Kommissär lächelt grimmig: «Jetzt geht es dem

Auftraggeber des Mordes an Carissimo und Mörder von Wüthrich nur noch darum, die Fernsehaufzeichnung zu behändigen und möglichst rasch verschwinden zu lassen. Als im Fernsehen der Schuss fällt und Carissimo zusammenbricht, rennt er mit seiner Begleiterin wieder über die Aussentribüne zum TV-Studio, gewinnt dank der verschlossenen Gangtüre genügend Zeit, um die Aufzeichnung aus dem Wiedergabegerät zu nehmen und sie ihre Plastikhülle zu stecken. Er sieht keine Möglichkeit, diese Hülle unbemerkt wegzubringen und übergibt sie der Begleiterin. Diese versteckt das Beweismittel in ihrer Handtasche, und als die Sicherheitsleute ins TV-Studio eindringen, verschwinden die beiden wieder über die Aussentribüne. Alles verläuft wie geplant. Nur ein kleines Detail hat der Haupttäter übersehen. Er trug während der Tat und auch beim Entnehmen der Aufzeichnung aus dem Wiedergabegerät dünne Plastikhandschuhe, die er nach der Rückkehr in die Medienloge in den Abfallkübel bei der Bar warf. Diese Handschuhe wurden später gefunden und weisen DNA-Spuren auf, die als Indiz gegen ihn verwendet werden können. Und zudem übersah er, dass er beim zweiten Eindringen in das TV-Studio wegen der Handschuhe keine Fingerabdrücke am Türgriff hinterliess, was ebenfalls gegen ihn verwendet werden kann.»

«In der Medienloge erfahren die beiden Verhafteten von der Möglichkeit einer Leibesvisitation am Ausgang und suchen nach einem geeigneten Versteck für die Aufzeichnung. Der Begleiterin des Haupttäters gelingt es in einem unbeobachteten Moment, die Plastikhülle hinter einigen Büchern in der Bibliotheksecke zu verbergen.» Von Gunten nickt anerkennend: «Das ist ein schlauer Schachzug. Aber er hat einen Haken. Das Beweismittel muss später entfernt werden, sei es anlässlich des nächsten Gruppenspiels oder durch einen Einbruch. Die Täter sehen beide Alternativen vor. Sie organisieren mittels ihrer Verbindungen zu einem Geldwäschereisyndikat im Tessin, auf das ich noch zurückkomme, ein gewaltsames Eindringen in die VIP-Etage, das aber misslingt. Damit bleibt nur eine Entfernung der Hülle beim nächsten Spiel.»

«Ich komme nun auf einen Vorfall zu sprechen, der im direkten Zusammenhang mit dem Mord an Carissimo steht. Es geht um den Mord an Kurt Egger in Bönigen, über den Sie ja in Ihren Medien berichteten. Egger war der Mann, der Carissimo über den Skandal informierte. Er verfügte über ein grosses Insiderwissen, das dem Haupttäter weiterhin gefährlich werden konnte. Aus diesem Grunde wurden zwei professionelle Killer des bereits erwähnten Syndikats auf den Informanten in Bönigen angesetzt. Es gelang ihnen trotz eines Polizeischutzes bis zu Egger vorzudringen und ihn mittels einer Handgranate zu töten. Die beiden Killer kamen bei der Aktion selber ums Leben.»

Der Kommissär machte eine Pause und beantwortete einige Fragen. So wollte der Berichterstatter der Nachrichtenagentur wissen, wer die beiden Täter seien. Von Gunten wies darauf hin, dass eine Bekanntgabe der Namen die laufende Untersuchung gegen die Hintermänner der Affäre behindern könnte. Zudem möchte er die vollen Geständnisse der Verhafteten abwarten. Er stellte eine spezielle Medienorientierung in etwa einer Woche in Aussicht, an der die Identitäten der beiden Hauptverdächtigen bekannt gegeben würden. Bis dann seien wohl auch die Details des von Carissimo angekündigten Skandals bekannt und die Rolle der angeklagten Mittäterin bei der Planung und Durchführung der Tat abgeklärt.

Von Gunten kam nun zum zweiten Teil seines Berichts: «Nicht nur der Mord an Egger steht in Verbindung mit der verhinderten Skandalenthüllung. Auch einige weitere Vorkommnisse der letzten Tage hängen damit zusammen. So geschah vor ungefähr zehn Tagen anlässlich einer Bootsfahrt auf dem Neuenburgersee ein Unfall mit tödlichem Ausgang. Es betraf eine ständige Begleiterin des Hauptverdächtigen, die offenbar zu viel über seine Aktivitäten im Tessin wusste. Ob es sich allenfalls um einen Mord handelt, wird derzeit noch abgeklärt. Die verhaftete Mittäterin belastet in diesem Zusammenhang den Hauptangeklagten, und er wiederum schiebt alle Schuld auf sie.»

«Wie ich bereits antönte, steht auch die gestern durchgeführte Razzia der Tessiner Polizei gegen die Zentrale des Geldwäschereisyndikats in Ascona im Zusammenhang mit dem Mord an Carissimo. Von hier aus wurde diese Gewalttat vorbereitet, und auch die spätere Ermordung des Informanten Egger sowie der Einbruchsversuch ins Stade de Suisse mit der anschliessenden Schiesserei bei der Äusseren Enge sind mit grösster Wahrscheinlichkeit von den Dunkelmännern in Ascona veranlasst worden.» Der Kommissär legte eine kleine Pause ein und fuhr dann fort: «Bei der Razzia in der Villa del Principe gingen den Fahndern über ein Dutzend Mitglieder der illegalen Organisation ins Netz. Es handelt sich vor allem um Deutschschweizer und um einige Italiener, welche die kriminellen Geldströme organisierten. Auch der Einsatzleiter der Schlägertruppe des Syndikats wurde verhaftet. Nur der eigentliche Kopf der Organisation, ein mysteriöser Mister X, konnte entkommen. Wir suchen fieberhaft nach ihm.»

Jetzt häuften sich natürlich die Fragen, und von Gunten musste fast eine halbe Stunde lang den Medienleuten Rede und Antwort stehen. Nichts sagte er über das weitere Vorgehen der Polizei bei der Suche nach Mister X, und kein Wort verlor er zum Thema Geldwäscherei. Alles sei im Fluss, und er werde allenfalls an der nächsten Medienkonferenz darüber orientieren.

*

In meinem Beitrag an die Abendnachrichten von Bern-1 reicherte ich die Informationen aus der Medienkonferenz mit einigen pikanten Details aus eigenen Erlebnissen an. Im Mittelpunkt des Berichts stand aber die gestrige Razzia in Ascona, und ich verwendete dabei die Aussagen von Hans Müller, dem kleinen Privatdetektiv. So wies ich genüsslich nach, dass es den im Tessin allgemein bekannten Villenbesitzer Enrico D'Agostino gar nicht gab, dass er nur eine Schattenfigur im Spiel der dunklen Hintermänner war. Und beim mysteriösen Mister X hatte Hanna ein Phantombild von einem etwa 50-jährigen Mann in grauem Anzug und mit dunklem Schlapphut produziert, das wir am Schluss einspielten. Zusammen mit einigen Archivbildern von Villen im Raume Brissago. Wir nahmen in Kauf, dass bei den Zuschauern und Zuschauerinnen der völlig falsche Eindruck entstand, wir hätten konkrete Anhaltspunkte, wer der Big Boss war und wo sich die neue Zentrale der Finanzmafia befand.

Die Sendung kam sehr gut an. Konkurrenzsender übernahmen Ausschnitte davon, und sogar in der DRS-Tagesschau wurden unsere Spekulationen um D'Agostino und Mister X kurz erwähnt. Ochsenbein freute sich über seinen Erfolg als Chefredaktor, und Maxli vergass für kurze Zeit seine Angst vor einer Verärgerung der Kreditgeber.

Der Rest der Woche verging rasch. Ich arbeitete jeden Tag fast zehn Stunden, musste ich doch meinen Kollegen vertreten und über mehrere Sport- und Kulturanlässe berichten. Zweimal besuchte ich Benita im Untersuchungsgefängnis, brachte ihr feines Gebäck von der Confiserie Beeler und ein paar Blumen. Sie sah elend aus, war in einem bedauernswerten Zustand.

Aber auch Nina kam selbstverständlich zu ihrem Recht. Ich telefonierte ihr täglich um die Mittagszeit, und wir sehnten uns immer mehr nach einem Wiedersehen in Ascona.

Am Freitagnachmittag rief mich von Gunten an. Zuerst meckerte er im Allgemeinen über schlecht erzogene Journalisten, die sich nicht einmal bedankten, wenn man ihnen einen Primeur überliess. Er hatte sich offensichtlich meines abrupten Weggangs in der Villa del Principe erinnert. Dann machte er sich im Speziellen über meine letzte Sendung lustig, die am

Schluss nur noch unzulässige Spekulationen enthalten habe. Wie beispielsweise die Bilder von Villen bei Brissago oder die Fantasterei um den Mister X: «Wenn die neue Zentrale der Finanzmafia in Brissago ist, fresse ich einen Besen.»

Ich schonte vorderhand seinen Magen und erzählte ihm nichts über den Bericht von Müller.

Von Gunten wünschte mich am Abend zu treffen, um einiges zu besprechen, wie er sagte. «Im Commerce an der Gerechtigkeitsgasse. Um sieben Uhr. Diesmal auf Ihre Rechnung.» Ich ertrug diese Drohung mit Fassung, hatte doch Ochsenbein in meiner letzten Spesenrechnung ein paar unzulässige Abzüge vorgenommen, für die ich mich möglichst rasch mit überhöhten Ausgaben revanchieren wollte.

Ich kam pünktlich zum Rendez-vous. Der Kommissär sass schon an einem Vierertisch im Hintergrund des Lokals. Er kannte anscheinend einige Stammgäste, die sich zu ihm gesetzt hatten und angeregt mit ihm diskutierten. Als ich näher trat, erhoben sich eine Dame in den besten Jahren oder höchstens ein wenig darüber und ein Herr mit buschigen Augenbrauen und einer wilden Mähne. Sie lächelten mir freundlich zu und wiesen auf die angewärmte Sitzbank gegenüber von Gunten: «Herr Dubach, wir haben die Verhörbank vorgewärmt. Einen schönen Abend mit dem gestrengen Herrn Kommissär.»

Von Gunten raunzte mir in seiner unnachahmlichen Art zu. Eigentlich recht freundlich, wenn man sein übliches Brummen in Erinnerung hatte.

Wir bestellten Paella und eine Flasche des roten Hausweins, einen ausgezeichneten Rioja, mussten auf die frisch zubereitete Speise einige Zeit warten und hatten so Zeit zu plaudern.

Der Kommissär meinte: «Die Kobelt hat sich sehr gefreut über das Gebäck und die Blumen.» Als er meinen erstaunten Blick sah, erklärte er: «Die Gefängnisverwaltung meldet mir immer, wenn Untersuchungsgefangene mit speziellem Status

Geschenke erhalten. Und Ihre Benita ist ein solcher Fall. Sie weiss immer noch zu viel für manche Leute.»

«Hat sie ein Geständnis abgelegt?», fragte ich.

«Sie hat zugegeben, beim Diebstahl der Aufzeichnung mitgewirkt zu haben. Auch bei der Anstiftung Wüthrichs zum Mord an Carissimo spielte sie offenbar eine massgebliche Rolle. Sie kannte den Techniker aus einer Fernsehshow als Miss Schweiz, hatte von ihm mehrere Verehrerbriefe erhalten. Eine Woche vor dem Spiel traf sie ihn auf der Strasse und wechselte mit ihm einige Worte. Der Verliebte prahlte mit einer bevorstehenden Sendung, die er zusammen mit Carissimo plane. Dabei werde eine Bombe platzen. Als sie sich erkundigte, was er damit meine, wies er auf eine Skandalenthüllung hin, die einen Dr. Meierhans betreffe.» Der Kommissär tätschelte sich selber die Backe und sah mich hinterlistig an: «Die Kobelt erzählte die Geschichte natürlich umgehend ihrem Ex-Freund Charly, mit dem sie immer noch gewisse Beziehungen unterhielt.»

«Die Art dieser Beziehungen sind mir zwar noch unklar. Eines ist sicher. Die Kobelt war in irgendeiner Form an den trüben Geschäften ihres ehemaligen Geliebten mit der Geldwäschereizentrale in Ascona beteiligt. Ich versuche derzeit, alles aus ihr herauszuholen, was sie über die Beziehungen ihres Freundes zur Finanzmafia weiss.» Von Gunten kratzte sich am Kopf. «Meierhans hilft mir dabei kräftig, indem er Benita den Mord an Lydia anhängen will. Den er nach Aussage der Kobelt selber verübt hat, um die eifersüchtige Geliebte zum Schweigen zu bringen, denn die wusste einiges über das Treiben in der Villa del Principe, hatte der schöne Charly sie doch dort an einem Treffen der Finanzhaie kennengelernt, als sie sich von einem Mann an der Spitze des Syndikats trennte. Ich nehme an, von Mister X selbst, denn ein D'Agostino existiert gar nicht.» Er lächelte grimmig. «Vielleicht ist ihr Unfall sogar von Ascona befohlen worden, weil sie zu viel trank und noch mehr schwatzte.»

An dieser Stelle wurde das interessante Gespräch unterbrochen. Der Kellner mit der schräg gebundenen weissen Schürze zeigte uns eine überaus reiche spanische Reisplatte mit verschiedenen Fisch- und Fleischsorten sowie Muscheln und Krebsen, die wir gebührend bewunderten.

In der nächsten halben Stunde widmeten wir uns der feinen Paella. Und dem Hauswein, der so gut dazu passte.

Dann wischte sich der Kommissär über den Mund und lehnte sich zurück. «Dubach, es gibt wenigstens vier Personen, die uns zu Mister X führen könnten. Die beiden Gauner Larini und Rossi aus der Villa del Principe, dann Meierhans und vielleicht auch die Kobelt. Commissario Bindella kümmert sich um die Ganoven aus Ascona. Ich bemühe mich, den bisher stummen Charly zum Reden zu bringen. Und Sie könnten vielleicht Ihrer Benita wieder einmal einen Besuch abstatten.» Damit war klar geworden, was von Gunten von mir wollte. Ein gutes Nachtessen und meine Mithilfe beim Verhör von Benita.

Dass ich ihn wie so oft unterschätzte, wurde mir erst viel später bewusst.

Als wir beim Dessert waren und gerade eine Creme catalàn mit Genuss verspeisten, erhielten wir Besuch am Tisch. Es war Alberto Marrani, der mit Freunden am Nebentisch sass und offenbar den Kommissär kannte.

«Guten Abend, meine Herren.» Der noble Tessiner strahlte. «Da sieht man, wie sich die wirklich tüchtigen Journalisten ihre Superstorys beschaffen.»

Wir baten ihn, an unserem Tisch kurz Platz zu nehmen und offerierten ihm einen feinen Tessiner Grappa, den er mit Genuss kostete. Von Gunten kam auf das Thema Superstory zurück und fragte Marrani, ob er meine letzte Sendung gesehen habe.

«Ja, das war ein sehr guter Bericht. Ich kenne die Verhältnisse in meinem Heimatkanton und muss sagen, dass Herr Dubach nicht schlecht liegt mit seinen Vermutungen.»

«Ich hoffe, dass wir diesmal nicht die Villa Ihrer Familie zeigten.» Ich fragte Marrani: «Wo liegt denn das Anwesen?» «Sie haben die Foto unserer Villa auf meine Bitte anscheinend in die hintere Archivschublade von Bern-1 gelegt. Sie wurde auf alle Fälle diesmal nicht verwendet.»
Von Gunten lächelte so liebenswürdig, dass es mir kalt über den Rücken lief. «Ist das grosse Anwesen denn immer noch im Besitz Ihrer Familie? Soweit ich mich erinnern mag, war die Villa vor einigen Jahren zum Verkauf ausgeschrieben.»
«Ja. Das Anwesen wird von einem Schwager bewohnt.» Marrani war offensichtlich nicht bereit, über seine noble Familie zu sprechen. Der Kommissär wechselte das Thema.
«Was meinen Sie, Herr Marrani, ist das gestern aufgeflogene Geldwäschereisyndikat in Ascona ein Einzelfall im Tessin? Oder haben wir nur eine Eiterbeule von vielen erwischt, und der Kranke leidet weiter? Die illegalen Geldströme haben in letzter Zeit zugenommen. Gibt es vielleicht sogar einen Zusammenhang mit der Durchführung der Fussball-EM?»
«Ich habe erstmals von dieser Zentrale in Ascona gehört. Es scheint mir eher ein Ableger eines norditalienischen Syndikats zu sein als eine selbstständige Organisation. Man muss die Ergebnisse der Untersuchungen abwarten. Wie weit sind Ihre Kollegen in Bellinzona?»
«Zwei der Verhafteten kennen anscheinend den geheimnisvollen Mister X, den eigentlichen Boss des Syndikats.» Der Kommissär zeigte erneut ein zuckersüsses Lächeln. «Wir setzen die beiden natürlich unter Druck.» Der Gesichtsausdruck des Polizisten wurde beinahe zärtlich, als er hinzufügte: «Auch die beiden in Bern verhafteten Personen stehen kurz vor einem umfassenden Geständnis.»
Marrani bedankte sich aufs Herzlichste für den liebenswürdigen Empfang an unserem Tisch und setzte sich wieder zu seinen Freunden.
«Ein nobler Mann, dieser Marrani», sagte von Gunten, «er

ist eigentlich fast zu vornehm für diesen Posten in der Bundesverwaltung. Da werden ja täglich Tonnen von Schmutz aufgewirbelt.»

«Aber jetzt zu Ihnen, Dubach. Ich wäre wirklich froh, wenn Sie in den nächsten Tagen erneut die Kobelt besuchen könnten. Versuchen Sie herauszufinden, was sie von der Organisation in Ascona weiss. Ich vermute sehr, dass sie vor Kurzem an einer Versammlung in der Villa del Principe teilnahm. In Vertretung von Meierhans, der wegen der Aufzeichnung so tief in der Tinte steckt.»

Mir fiel die Frau ein, die vor gut einer Woche das Treffen in der Villa gegen Mitternacht verlassen hatte. Mit verhülltem Gesicht. War das vielleicht Benita gewesen? Und ich erinnerte mich an Pietros Bericht, wonach man an dieser Sitzung jemanden für das Debakel in Bern verantwortlich machte und beauftragte, Beweismaterial zu vernichten.

Der Kommissär sah, dass mein Interesse geweckt war, und lehnte sich befriedigt zurück. Er rief nach mehr Grappa, und bald waren wir beide, vornehm ausgedrückt, leicht angeheitert. Ich nahm die hohe Rechnung mit einem Freudenschrei zur Kenntnis, und der strenge Kommissär drückte mir einen Kuss auf die Stirne, bevor er sich mit einem «Tschüss, Marc» verabschiedete.

*

Am Samstagmorgen schlief ich wie üblich aus. Ich hatte eine unruhige Nacht hinter mir. Die vielen Grappas, und vielleicht auch von Guntens Stirnkuss, waren mir nicht bekommen, und ich träumte einen Unsinn nach dem anderen. Einmal verirrte ich mich in einem Labyrinth von Mohnblumen, die mir mit ihren gierigen roten Mäulern immer näher kamen und kaum mehr Platz zum Durchkommen liessen. Dann geriet ich in ein Unwetter und konnte nirgends Schutz vor den Blitzen finden. Oder ich stand mitten in einer Arena und sah entsetzt, wie sich die Tribünen um mich herum mit Hunderten, ja Tausenden von Gestalten füllten, die alle das Gesicht Ochsenbeins hatten.

Ich brauchte jetzt dringend einen guten Milchkaffee und viele Gipfelis, beeilte mich also mit der Morgentoilette und sass bald im schattigen Garten des Restaurants Obstberg. Die friedliche Atmosphäre liess mich den Trubel der Woche vergessen. Ich sah den Bienen zu, die sich auf den Blumen neben mir tummelten, hörte eine Amsel singen und war recht glücklich, als mein Handy in der linken hinteren Hosentasche summte.

Es war von Gunten, der nichts mehr von seinem «Tschüss, Marc» vom Vorabend wusste und mich anbrüllte: «Dubach, Sie müssen heute noch zur Kobelt gehen. Sie hatte in der Nacht einen Zusammenbruch und liegt jetzt in der geschlossenen Abteilung des Inselspitals. Nutzen Sie ihre schlechte Verfassung aus.» Noch ein unfreundliches Brummen, und die Verbindung war unterbrochen.

Damit war natürlich die entspannte Stimmung im Eimer. Ich brach bald auf und war schon eine Stunde später bei Benita. Der Kommissär hatte die Aufsicht der geschlossenen Krankenabteilung von meinem Kommen unterrichtet. Die ehemalige Miss Schweiz sass wie ein Häufchen Elend am kleinen Holztisch des zellenartigen Krankenzimmers, ungeschminkt, bleich, mit strähnigem Haar. Sie sah mich mit einem hoffnungslosen Blick an, der mich bis ins Innerste traf. «Ciao, Marc. Das ist lieb, dass du an mich denkst.» Und brach plötzlich in Tränen aus. «Ich kann nicht mehr. Ich bin am Ende. Hilf mir.»

Angesichts meiner begrenzten Hilfsmöglichkeiten versuchte ich es mit aufmunternden Worten. Natürlich ohne grossen Erfolg.

Sie erzählte mir vom Untersuchungsgefängnis, von anzüglichen Bemerkungen und Gesten Mitgefangener, von harten Verhören und vielen anderen Unannehmlichkeiten, die sie in den letzten Tagen erlitten hatte. Und dann plauderte sie von sich aus über ihre Beziehungen zur kriminellen Organisation in Ascona. Sie war über Meierhans in diesen Zirkel eingeschleust worden und hatte am Anfang Gefallen an den mysteriösen Zeremonien gefunden. Bis ihr klar wurde, dass sie mehr und mehr in kriminelle Handlungen eingebunden wurde. Das hatte erste Abwehrreflexe zur Folge – zu spät. Sie musste spuren und wurde eine echte Komplizin des bösen Charly. Als sie von den Enthüllungsabsichten Carissimos erfuhr, fürchtete sie, die ganze Sache würde auffliegen und sie im Strudel des grossen Skandals untergehen. Benita informierte daher Meierhans und initiierte so eine Welle von Gewalttaten.

Ich tastete mich vorsichtig zum Thema Mister X vor, zuerst ohne Erfolg. Als ich ihre Teilnahme an der Versammlung in der Villa del Principe zur Sprache brachte, erschrak sie. «Woher weisst du das? Ich musste damals im Auftrag von Charles teilnehmen. Er fürchtete sich offenbar. Man hiess mich, das heisst Meierhans, die Diskette mit den Aufzeichnungen beim nächsten Spiel im Stade de Suisse zu behändigen und nach einer Kontrolle des Inhalts zu vernichten. Zudem wurden uns zwei Ganoven aus dem Umfeld von Larini zugeteilt. Sie sollten noch vor dem Spiel versuchen, in die Medienloge einzubrechen. Falls das misslingen würde, so standen sie uns als Helfer während des Gruppenspiels zur Verfügung.»

Nach einer Pause fügte sie bei: «Den geheimnisvollen Mister X, den auch Charles immer wieder erwähnte, sah ich nie von Nahem. An der Versammlung sass er stets im verdunkelten Hintergrund, trug einen breiten schwarzen Hut.»

Sie war am Ende ihrer Kräfte. Ich wollte mich gerade verabschieden, als sie flüsterte: «Einmal sprach Meierhans von einer Besprechung in Gerzensee. Du weisst ja, das ist der noble Ort mit der einmaligen Aussicht auf die Berner Alpen. Dort würde er Anweisungen über das weitere Vorgehen erhalten.»

Ich beschloss, diesen Tipp einstweilen für mich zu behalten, drückte Benita zum Abschied kurz an mich und verliess die Krankenabteilung mit dem mulmigen Gefühl, meine einstige schöne Gespielin zum letzten Mal gesehen zu haben.

Der schöne Samstag war mir so gründlich verdorben worden, dass ich mich in meine Wohnung an der Schosshalde zurückzog, die Läden herunterliess, mich hinlegte und in einem oberflächlichen Schlaf Vergessen suchte.

*

Am folgenden Dienstag fand die dritte und letzte Medienkonferenz des Kommissärs statt. Von Gunten thronte wie ein antiker Gott auf dem Podium, als wir den Presseraum im Rathaus betraten.

«Meine Damen und Herren», er blickte missvergnügt auf zwei Kollegen, die zusammen tuschelten. Als sie schwiegen, begann er mit der Orientierung: «Ich werde Ihnen heute die Namen der beiden Hauptangeklagten in den Mordfällen Dani Carissimo, Hans Wüthrich und Lydia Keller bekannt geben. Indirekt betrifft dies auch den Mordfall Kurt Egger.»

«Es handelt sich einerseits um den 46-jährigen, geschiedenen Dr. Charles Meierhans, den CEO einer bekannten Sportvermarktungsfirma. Diese Firma verfügt unter anderem über die Fernsehübertragungsrechte der gerade laufenden Fussball-Europameisterschaft. Meierhans ist das eigentliche Zielobjekt der nicht realisierten Enthüllungen Carissimos gewesen. Bei der Vergabe der TV-Übertragungsrechte der EM 2008 durch seine Firma ist es offensichtlich zu Unregelmässigkeiten gekommen. Die Untersuchungen laufen noch, so kann ich nur Andeutungen bezüglich der begangenen Delikte machen. Es dürfte unter anderem mit Informationen über die Bietangebote der sich um die Ausstrahlungsrechte bewerbenden Sendeanstalten gehandelt worden sein, und zudem wurden bei der Vergabe der TV-Rechte Schmiergelder bezahlt. Dadurch konnten gewisse Sender ihre Übertragungsrechte zu stark reduzierten Preisen erwerben. Meierhans hat die Schmiergelder an das illegale Finanzsyndikat in Ascona weitergeleitet, aber natürlich seine Provision zurückbehalten. Man geht derzeit von hohen Millionenbeträgen aus, die so unter der Hand flossen.»

Der Kommissär kam nun auf die Angeklagte zu sprechen: «Benita Kobelt, die ehemalige Miss Schweiz, 29-jährig und ledig, ist als Mitläuferin zu qualifizieren. Sie war einige Zeit die Geliebte des Hauptangeklagten, der sie wegen einer Liebschaft mit der verstorbenen Lydia Keller sitzen liess. Die Kobelt wollte ursprünglich wohl nur wieder am Luxusleben des Ex-Liebhabers teilnehmen, wurde dann aber rasch in die kriminellen Machenschaften des Syndikats einbezogen. Zuletzt konnte sie nicht mehr aussteigen und beging mehrere, zum Teil gravierende Delikte.» Von Gunten konsultierte seine Notizen und fuhr fort: «Bei den Morden im Stade de Suisse spielte sie keine tragende Rolle. Sie informierte Meierhans über die bevorstehenden Enthüllungen Carissimos, was diesen zur Planung des Doppelmordes veranlasste. Nach der Gewalttat durch Meierhans behändigte sie die Fernsehaufzeichnung und versteckte sie in der Bibliothek der Medienloge. Beim Mordfall Keller war sie Augenzeugin, wie Meierhans aus der Steuerkabine über die Aussenleiter aufs Hinterdeck hinabstieg, nachdem er den automatischen Piloten eingeschaltet hatte, und dort seine Geliebte ins Wasser stiess.»

«Die Tatsache, dass die Kobelt den Mord beobachtete, wurde ihr fast zum Verhängnis. Einige Tage später versagten bei ihrem Auto die Bremsen, als sie von einem Bootsausflug mit Meierhans nach Bern zurückkehrte. Wir haben zuverlässige Beweise, dass der in Bellinzona inhaftierte Ernesto Larini das Bremssystem sabotierte. Wahrscheinlich im Auftrag von Meierhans.» Der Kommissär ergänzte: «Larini ist der Chef einer Schlägertruppe des Syndikats und für zahlreiche Gewalttaten verantwortlich.»

Von Guntens Ausführungen wurden von den Journalisten mit grösstem Interesse aufgenommen, und in der anschliessenden Fragerunde hagelte es nur so von Wünschen nach vertiefenden Informationen, die fast alle unerfüllt blieben. Der Kommissär verwies auf das laufende Gerichtsverfahren.

Am Nachmittag kam über die Agenturen die Mitteilung, dass einer der Verhafteten aus dem Kreise des illegalen Finanzsyndikats von Ascona, Ernesto Larini, während eines Zahnarztbesuches den Begleitpolizisten niederschlagen und entfliehen konnte. Derzeit werde intensiv nach dem Mann gesucht.

In meinem Abendbericht befasste ich mich eingehend mit den beiden Angeklagten, Charles Meierhans und Benita Kobelt, reicherte die Informationen des Kommissärs mit eigenen Erkenntnissen und Ausschnitten aus dem Filmarchiv von Bern-1 an, versuchte auf Zusammenhänge mit der ausgehobenen Geldwäschereizentrale in Ascona hinzuweisen und gab mir alle Mühe, die Nebenrolle von Benita in der ganzen Affäre hervorzuheben, sie gewissermassen als Opfer von Meierhans darzustellen. Das gelang mir nur zum Teil, und die spöttischen Blicke meiner Kollegen am folgenden Tag sprachen Bände. Hanna konnte es sich nicht verkneifen, in der Cafeteria dumme Sprüche über meine Rolle als Verteidiger der schönen Benita zu machen.

Den zweiten Teil meines Berichts widmete ich dem entflohenen Larini. Ich skizzierte dessen kriminelle Vergangenheit und ersuchte das Publikum um Mithilfe bei der Suche nach dem gefährlichen Gangster. Es gebe Anhaltspunkte, dass sich der Mann nicht mehr im Tessin, sondern im Senderaum von Bern-1 aufhalte. Ich flunkerte weiter, es sei nicht auszuschliessen, dass der Exekutor von Ascona, wie ich ihn in Anlehnung an einen Hollywood-Filmtitel nannte, im Auftrag von Mister X, dem geheimnisvollen Chef des zerschlagenen illegalen Finanzsyndikats, auch gegen Mitwisser vorgehen könnte. Als Beispiele nannte ich Charles Meierhans und Benita Kobelt. Die Polizei werde zweifellos ihr Sicherheitsdispositiv verschärfen. Und zum Schluss gab ich der Vermutung Ausdruck, die neue Zentrale des Geldwäschereisyndikats sei möglicherweise ins Berner Mittelland verlegt worden.

16

Es kribbelte mir richtiggehend in den Fingern. Irgendetwas ging in meiner Umgebung vor, das mir keine Ruhe liess. Ich musste nähere Informationen über die Geldwäschereiströme haben und telefonierte daher mit Alberto Marrani, bat ihn um ein Rendez-vous. Er war gerne dazu bereit und schlug vor, mich noch am selben Abend zu treffen. Bei ihm zu Hause an der Gerechtigkeitsgasse, zu einem einfachen kleinen Nachtessen, wie er sich ausdrückte. «Wie Sie wissen, Herr Dubach, bin ich Junggeselle. Meine Kochkünste halten sich in engen Grenzen, und ich bin daher nicht in der Lage, Ihnen ein richtiges Dinner zu servieren.»

Ich versicherte ihm, eine Kleinigkeit würde vollkommen genügen.

Als ich gegen sieben Uhr die Kramgasse und die Gerechtigkeitsgasse hinunterbummelte, schien die Stadt wie ausgestorben. Das von den Stadtbehörden der Bevölkerung verordnete autofreie Begegnungszentrum in der Altstadt funktionierte an diesem schönen Sommerabend offenbar nicht so recht. Ich erinnerte mich an frühere Zeiten, als man an solchen Abenden in den beiden Gassen kaum einen Parkplatz fand und alles vor Leben nur so überquoll.

Neben der klobigen Eingangstüre zur Wohnung Marranis in der unteren Gerechtigkeitsgasse standen zwei Männer, die sich die Auslage einer Kunstgalerie ansahen. Als sie mich erblickten, schlenderten sie weiter in Richtung Zytglogge. Ich läutete, und die Türe öffnete sich automatisch. Bevor ich eintrat, schaute ich mich nochmals nach den beiden Passanten um. Sie plauderten jetzt vor einer geschlossenen Weinhandlung.

Marrani empfing mich im vierten Stock an der Lifttüre.

«Hoher Besuch in meiner bescheidenen Wohnung», lachte der braun gebrannte, grosse Mann, «ich hoffe, dass ich Ihnen mit meiner Einladung nicht einen geselligen Abend mit Freunden verhindert habe.»

Bevor ich antworten konnte, zog er mich am Ärmel in seine bescheidene Wohnung. Die Untertreibung des Jahres. Das zweistöckige Maisonette-Appartement strotzte nur so von Noblesse. Alles Stilmöbel. Dazwischen mit Spots hervorgehobene Kunstwerke höchsten Niveaus. Ich erkannte einen Hodler, vier Traffelet und mehrere Bilder renommierter französischer Künstler.

Marrani bemerkte mein Staunen und führte mich an vielen weiteren musealen Seltenheiten vorbei zur Dachterrasse auf der Seite der Junkerngasse, die mir wie ein kleiner botanischer Ziergarten vorkam. Man konnte die Strassenschlucht tief unten im Schatten der Altstadthäuser lediglich erahnen. Die letzten Sonnenstrahlen drangen durch ein Blättergewirr auf einen nett gedeckten Tisch inmitten der kiesbestreuten Terrasse.

«Ich kann, wie schon gesagt, nicht besonders gut kochen und habe daher beim Traiteurservice einen kleinen Imbiss bestellt.» Marrani lächelte bescheiden.

Nach dem vorzüglichen kalten Buffet und einigen Gläsern noch besseren Weins schwatzten wir in gelöster Stimmung über dies und das. Bis der Chef der Zentralstelle für die Bekämpfung der Geldwäscherei aufs Thema des Abends zu sprechen kam. «Ich kann Ihnen, Herr Dubach, einen kleinen Überblick über die gegenwärtigen Tendenzen geben, die sich bei der Organisation der von uns bekämpften illegalen Geldströme abzeichnen.» Der Gastgeber wischte sich mit einer eleganten Geste den Mund und sagte: «Alles verschiebt sich zurzeit. Wenn wir noch vor einigen Jahren von einem Süd-Nord-Geschäft sprachen, so geht es jetzt um die Ost-West-Achse.»

Marrani skizzierte die neuen Wege der Geldtransaktionen, beschrieb die zunehmende Einflussnahme der Ostmafia und kam schliesslich auch auf das aufgeflogene Finanzsyndikat von Ascona zu sprechen. «Das war eigentlich ein Relikt aus weit zurückliegenden Zeiten. Eine Versammlung von wenig honorigen Mitgliedern einer verschworenen Gemeinschaft, die sich mit dubiosen Geschäften befasste. Alles geheimnisvoll, ja geradezu mystisch.» Er schmunzelte. «Wie eine Ku-Klux-Klan-Gesellschaft. Lächerlich.»

Der Tessiner hob seine schmale Patrizierhand und dozierte: «Heute geht es viel schneller, viel effizienter und vor allem viel prosaischer zu bei den internationalen Geldwäschern. Das weltweite Internet hat auch hier Einzug gehalten, und die moderne Kommunikationstechnik dominiert alles.»

Auf meine Frage, ob er glaube, die Geldwäschereizentrale sei von Ascona in die Deutschschweiz verlegt worden, schüttelte er den Kopf. «Dieses Syndikat ist zu sehr von italienischen Einflüssen beherrscht worden. Seine Zentrale dürfte daher in der Südschweiz bleiben.»

Marrani lehnte sich genüsslich zurück. Ein Zeichen, dass er mir alles gesagt hatte, was er wollte. Er tröstete mich mit einem Jahrhundert-Grappa aus feinster Provenienz. Ich gab aber noch nicht auf und versuchte, weitere Informationen aus ihm herauszuholen. «Es ist mir zu Ohren gekommen, dass sich im Bernbiet ein neues Zentrum einer internationalen Finanzorganisation etabliert.»

Mein Gastgeber war aufgestanden, um mir einen neuen Espresso aus der Küche zu holen. Er setzte sich wieder und meinte: «Interessant. Woher haben Sie diese Geschichte?»

Ich durfte Benita nicht erwähnen und improvisierte. «Ich erhielt eine anonyme Zuschrift. Ein Anwesen bei Gerzensee werde bald Mittelpunkt internationaler Geldtransaktionen sein.»

Marrani lachte laut auf. «Haben Sie diese haarsträubende Geschichte schon jemandem erzählt? Soweit ich mich erinnere, deuteten Sie in Ihrer letzten Sendung lediglich an, es könnte sich im Berner Mittelland so etwas tun.»

«Nein, ich wollte zuerst Ihre Meinung hören, bevor ich von Gunten orientiere.» Ich spürte, dass mir Marrani die anonyme Informationsquelle nicht abnahm. «Es könnte sich um einen Kassiber von Meierhans handeln, der mehr über die ganze Sache weiss als alle anderen.»

Marrani zuckte mit den Schultern, räumte die leeren Tassen auf ein Tablett und sagte: «Ich bringe Ihnen dann neuen Kaffee. Darf ich mich für einen Augenblick entschuldigen. Ich muss dem Traiteurservice mitteilen, dass er abräumen kann. Geniessen Sie inzwischen den Sommerabend.»

Ich entspannte mich, fühlte die kühle Abendbrise, die über die Dächer der Altstadthäuser strich, hörte den lang gezogenen Rufen einiger Schwalben zu und sah durch die Vorhänge, wie ein weiss uniformierter Angestellter eines Hauslieferungsdienstes in der Wohnung die Essensreste und das verschmutzte Geschirr in einer Tragkiste verstaute. Dann schloss sich die Haustüre mit einem Knall, und Marrani kehrte auf die Terrasse zurück.

«So, das wär's.» Der Gastgeber lächelte mich freundlich an. «Ich hoffe, es hat Ihnen geschmeckt. Lassen wir das leidige Thema der Geldwäscherei, mit dem ich mich die ganze Woche beschäftigen muss, und plaudern wir ein wenig über das bevorstehende letzte Gruppenspiel im Stade de Suisse. Kommen Sie am nächsten Freitag auch?»

«Nein, ich habe leider keine Einladung.» Ich musste austreten, und der Gastgeber führte mich zur Toilettenanlage, die jedem Grand Hotel gut angestanden hätte.

In der nächsten Stunde befassten wir uns mehr oder weniger fachmännisch mit den nächsten Spielen der Fussball-EM

2008. Marrani schien viel über die Mannschaften und die Trainingsvorbereitungen der wichtigsten Kontrahenten zu wissen, und ich versuchte, wenigstens ab und zu einen valablen Gesprächsbeitrag zu leisten, indem ich in den Erinnerungen aus meiner Sportreporterzeit kramte.

Gegen elf Uhr wollte ich mich, wie es sich in vornehmen Kreisen gehört, verabschieden und dankte Marrani für seine vorzügliche Gastfreundschaft.

Er stand auf und meinte: «Bevor Sie mich verlassen, möchte ich Ihnen vorschlagen, auf der oberen Dachterrasse die besondere Aussicht über die Altstadt und die nähere Umgebung zu geniessen. Heute ist ein herrlicher Abend mit einer Weitsicht bis zu den Berner Alpen.»

Wir erklommen die steile, kunstvoll geschmiedete Wendeltreppe zur oberen Etage der Dachterrasse.

Von hier hatte man wirklich eine fantastische Aussicht auf das Lichtermeer der Altstadt, aber auch auf die gerade noch knapp erkennbaren Konturen der Alpenkette. Tief unten hörte man den Abendverkehr in der Junkerngasse.

Marrani entdeckte einen Rostfleck am tiefen Geländer und bückte sich, um den Schaden zu begutachten.

In diesem Augenblick verspürte ich einen Windzug. Eine grosse weisse Masse tauchte hinter dem nahen Kamin auf, und ich sah, wie jemand mit weit ausholenden Schritten auf mich zurannte. Aus reinem Instinkt warf ich mich auf den Boden, brach mir dabei fast das Handgelenk und duckte mich möglichst nahe an das Fundament des nicht sehr hohen Geländers.

Der Angreifer, ich sah jetzt, dass es der weiss gekleidete Serviceangestellte von vorhin war, versuchte seinen rasanten Anlauf zu stoppen, was ihm nicht mehr gelang. Er schrie laut auf, wollte sich an Marrani festhalten, der sich soeben neben mir aufgerichtet hatte, riss ihn dabei mit übers Geländer, und beide Männer stürzten in die Tiefe.

*

Die Kriminalpolizei war innerhalb kürzester Zeit zur Stelle. Auch von Gunten erschien eine halbe Stunde nach dem Vorfall in der Wohnung. Nachdem er sich vergewissert hatte, dass ich noch einigermassen lebte, sagte er: «Wir wussten, dass heute Abend etwas geschieht. Es ging uns vor allem darum, Larini von Ihnen fernzuhalten, was uns offenbar nicht gelang.» Der Ganove aus Ascona hatte mit seiner Verkleidung als Serviceangestellter die Beamten irregeführt. Ein uralter Trick. Der Kommissär ärgerte sich entsprechend.

Meine Handverletzung wurde vom Polizeiarzt verbunden. Von Gunten plauderte währenddessen: «Wir haben Marrani schon seit Längerem observiert und alle Telefonanrufe abgehört. Deshalb wussten wir von der Einladung an Sie. Was haben Sie ihm gesagt, dass er Larini aufbot?»

Ich vermutete, es sei mein Hinweis auf das Anwesen in Gerzensee gewesen. Der Kommissär nickte zustimmend. «Wir werden das Haus noch heute Abend intensiv durchsuchen. Es war vermutlich als neue Zentrale der Finanzmafia vorgesehen.» Er dachte eine Weile nach. «Marrani hat dem illegalen Syndikat mit seinem Insiderwissen unbezahlbare Dienste geleistet. Vielleicht finden wir in den Unterlagen etwas über eine allfällige Nachfolgeorganisation. Es gilt auf alle Fälle zu verhindern, dass wieder so etwas nachwächst.»

Auf meine Frage, warum der Tessiner Aristokrat auf die schiefe Ebene geraten war, wusste von Gunten auch keine Antwort. «Wahrscheinlich war es die immense Macht, die er ausüben konnte. Oder ein Rachefeldzug gegen das bürgerliche System. Wir wissen, dass er zuerst eine Bankierkarriere plante, bei vielen massgeblichen Leuten aber wegen seiner noblen Herkunft Missfallen erregte. Oder es war ganz einfach ein angeborener Hang zum kriminellen Handeln, zum ultimativen Kick, wie man heute so schön sagt.»

«Es könnte gut sein, dass unser Mister X schon seit Längerem aus seinem Berner Landhaus in Gerzensee die Finanzmafia leitete, dass die Villa del Principe in Ascona nur zur Tarnung der eigentlichen Syndikatsaktivitäten diente, uns täuschen sollte. Auch der vorgetäuschte Umzug nach Brissago gehört zu dieser Taktik. Der Schwager Marranis in der Familienvilla ist ein integrer Mann und hat nichts mit der Finanzmafia zu tun.»

In meinem Bericht über die Vorfälle an der Gerechtigkeitsgasse für Bern-1 liess ich es mir am Donnerstagabend nicht nehmen, ein grosses Fragezeichen zur kürzlichen Wahl Alberto Marranis durch die zuständigen Bundesbehörden zu setzen. Gerade für einen solchen hochsensiblen Posten hätte man eigentlich erwarten dürfen, dass eine ausserordentliche Integritätsprüfung des anscheinend einzigen Anwärters stattfand. Was offensichtlich nicht geschehen war. Vielleicht aufgrund spezieller Beziehungen? Mehrere Fragezeichen liess ich bezüglich der hochkarätigen Saubermänner folgen, die vom illegalen Finanzsyndikat mit besonders zinsgünstigen Darlehen bedient wurden und auf diese Weise nach und nach in den Dunstkreis der Illegalität gerieten. Ich nannte keine Namen und auch keine Firmen, aber sowohl Maxli als auch Wenger zeigten sich höchst ungehalten über solch ungehörige Spekulationen, wie sie sich ausdrückten.

Wie dem auch sei, die Sendung war erfolgreich. Die zuständigen Bundesbehörden setzten in der Folge sogar einen ausserordentlichen Untersuchungsausschuss ein, der die Hintergründe der Wahl Marranis abklären sollte.

Die Durchsuchungen des Hauses in Gerzensee ergaben, dass Mister X mit der Zeit ging, die geheimnisvollen Versammlungen in der Villa del Principe durch modernste Kommunkationsmittel ersetzt hatte. Im Keller des luxuriösen Gebäudes war ein riesiges elektronisches System installiert worden, das Internet-Fernkonferenzen mit Hunderten von Teilnehmern in ganz Europa ermöglichte. Alles bis ins Letzte abgesichert, geschützt gegen unzulässige Zugriffe von aussen.

Als ich Ochsenbein ankündigte, ich würde eine spezielle

Reportage über die Villa Stockhorn, so hiess das Anwesen Marranis in Gerzensee, planen und insbesondere über Verbindungen des illegalen Syndikats zu Vertretern der bernischen Wirtschaft und Politik recherchieren, wurde ich von Maxli resolut zurückgepfiffen. Ich solle mich wieder auf meine tägliche Arbeit konzentrieren, und einen Sonderreporter für die Aufdeckung von Machenschaften krimineller Organisationen könne sich Bern-1 nicht leisten. Als ich auf meinem Projekt beharrte, erhielt ich den blauen Brief.

Über ein Jahr später wurden die Urteile im Strafprozess bekannt gegeben. Charles Meierhans wurde wegen Mordes an Hans Wüthrich und Lydia Keller, Mordversuchs an Kurt Egger, Anstiftung zum Mord an Dani Carissimo sowie wegen zahlreicher weiterer Delikte zu lebenslänglich verurteilt. Benita Kobelt kam verhältnismässig gut weg. Sie erhielt wegen Beihilfe in verschiedenen Mordfällen und fortgesetzter aktiver Unterstützung einer krimineller Organisation vier Jahre Gefängnis aufgebrummt. Auch Alfredo Rossi, der Kollege Larinis, musste mit drei weiteren Gewalttätern des Asconeser Zirkels für mehrere Jahre hinter Gitter.

Die anlässlich der Razzia in der Villa del Principe Verhafteten sowie weitere Mitglieder des kriminellen Finanzsyndikats wurden in einem separaten Prozess nur zu geringen Haftstrafen oder Bussen verurteilt, da sich die Beweislage als völlig ungenügend herausstellte. Weder die in Ascona beschlagnahmten Dokumente noch die EDV-Dateien in Gerzensee konnten Aufschluss über das eigentliche Ausmass und die Form der vom Syndikat initiierten illegalen Geldströme geben. Auf der Liste der Verurteilten suchte man daher vergeblich nach bekannten Namen, wie etwa Wurstler oder die hochgestellte Persönlichkeit aus Turin, die man Il Conte nannte. Auch der ausserordentliche Untersuchungsausschuss fand keine schlüssigen Beweise, dass bei der Wahl von Marrani etwas schiefgelaufen war.

*

Ich zog nach Ascona und eröffnete mit Nina das kleine Ristorante «Dà Nina e Marco». Einen Zuschuss zum Startkapital erhielten wir von Hans Müller aus Belp, und die fünf recht komfortablen Fremdenzimmer im ersten Stock können wir mühelos fast übers Jahr hinweg vermieten, natürlich auch an Freunde aus Bern. Stammgäste sind Hanna Lauterburg, Joe Schläfli, Hans Steiner, und auch Kommissär Paul von Gunten brummt sich von Zeit für Zeit für mehrere Tage durchs Eckzimmer mit der schönen Aussicht auf den Lago Maggiore.